Friederike Schmöe

PFEILGIFT

Friedeike Schmöe

PFEILGIFT

Katinka Palfys siebter Fall

KRIMI IM GMEINER-VERLAG

Wir machen's spannend

Bibliografische Information
der Deutschen Bibliothek
Die Deutsche Bibliothek verzeichnet diese
Publikation in der Deutschen Nationalbibliografie;
detaillierte bibliografische Daten sind im Internet
über http://dnb.ddb.de abrufbar.

Personen und Handlung sind frei erfunden.
Ähnlichkeiten mit lebenden oder toten Personen
sind rein zufällig und nicht beabsichtigt.

Besuchen Sie uns im Internet:
www.gmeiner-verlag.de

Im Ehnried 5, 88605 Meßkirch
Telefon 07575/2095-0
info@gmeiner-verlag.de

1. Auflage 2008

Lektorat: Claudia Senghaas, Kirchardt
Umschlaggestaltung: U.O.R.G. Lutz Eberle, Stuttgart
unter Verwendung eines Fotos von sxc.hu
Gesetzt aus der 9,3/13 Punkt GV Garamond
Druck: Fuldaer Verlagsanstalt, Fulda
Printed in Germany
ISBN 978-3-89977-756-7

In Erinnerung an
Nelly Amaschukeli und Nodar Kakabadse
(† 2007, Tbilissi/Georgien)

Alles erstunken und erlogen. Ein Roman eben. Was nicht heißt, dass so etwas nicht doch irgendwann irgendwo auf der Welt passieren könnte.

Gebrannte Kinder fürchten das Feuer oder vernarren sich darein.

Marie von Ebner-Eschenbach

Die Zeitspanne, bis die ganze Scheune brannte, war kurz.

Der Mann im Schatten stoppte die Zeit und notierte sie auf einem Zettel. Sein Puls raste. Die Finger bebten und brachten kleine, krakelige Buchstaben hervor. Schweiß perlte über seine Schläfen und durchnässte sein Haar, rann die Wangen hinunter und tropfte auf den Hemdkragen. Er bemerkte es nicht.

Alles ging so viel schneller als erwartet, jedes Mal. Nun loderten die Flammen aus dem Dach. Der schwarze Qualm war am dunklen Nachthimmel kaum zu erkennen. Das mochte er, dieses Spiel von Rauchschlieren in der Luft, er liebte den harten Brandgeruch, das Knistern der Flammen, die Donnerschläge, wenn es irgendwo eine Verpuffung gab. Seine Augen brannten. Alle Sinne flirrten und bebten wie zum Zerreißen gespannter, feiner Draht.

Von der Feuerwehr war weit und breit nichts zu sehen.

Eine Weile würde er noch stehen bleiben, hier im Schatten. Wenn die Gebäudereste in sich zusammenfielen, würde er allmählich gehen. Sein Körper würde sich entspannen, Glied für Glied, Muskel für Muskel.

Aschefetzen wirbelten vorbei. Seine Kleider würde er sehr sorgfältig waschen, mehrmals am besten. Rauchgeruch hielt sich lange.

Er hatte seine Kraft verbraucht zu Zeiten, als es nicht anders ging. Nun musste er haushalten mit der Kraft, die ihm geblieben war.

1. Auszeit

Sie standen zu siebt nebeneinander im Herbstlaub, dicht an dicht. Paula, Norbert, Hagen, Mia, Katinka, Suse und Mareike. Katinka roch Suses aufdringliches Patchouli-Parfüm. Atmen. Nicht denken. Der Bogen lag noch locker in der Hand.

»Pfeile auflegen!«

Sieben Arme schwenkten über die Köpfe zu den Bögen.

»Einatmen.«

Das war der kraftvollste Moment. Jener Augenblick, da die Bögen sich zum Himmel richteten, die Pfeilspitzen blitzend in der Sonne. Katinka sog die Konzentration von sieben Menschen an einem herbstlichen Tag im Wald auf, die Energie gespannter Erwartung.

»Ausatmen.«

Ihr Rhythmus war im Laufe der letzten drei Tage in Gleichklang übergegangen. Sieben Arme spannten die Sehnen. Katinka spürte ihren Daumen an der Wange. Eins sein mit dem Bogen und den anderen Schützen. Mit dem letzten Quäntchen Luft aus ihren Lungen zupfte sie die Sehne wie eine Harfensaite.

Sieben Pfeile zischten durch das Blau. Sie hatten in perfekter Harmonie geschossen. Die Pfeile trafen fast gleichzeitig auf der Zielscheibe auf. Nicht alle. Katinka hatte ihren haarscharf vorbeifliegen sehen, fast als habe sie absichtlich nicht auf die Strohscheibe, sondern auf die Burgmauer zwanzig Meter weiter gezielt. Es kommt nicht darauf an, dass ihr trefft, war Luisa in diesen Tagen nicht müde geworden zu versichern. Treffen bedeutet nichts. Gar nichts. Wenn ihr jetzt trefft, habt ihr noch nichts verstanden.

»Wunderbar«, sagte Luisa und hängte sich ihren Bogen über die Schulter. »Packen wir zusammen.«

Das Aufräumen funktionierte wie geschmiert. Einige sammelten die Pfeile ein. Norbert nahm die Scheibe ab, Katinka und Paula kümmerten sich um die Bögen.

»Tolle Gegend«, sagte Paula, während sie neben Katinka zu Luisas Ford Transit gingen. »Ich komme aus Schweinfurt, das ist nun wirklich nicht weit weg, aber dass es hier so viele Burgen gibt, habe ich erst jetzt richtig bemerkt.«

»Geheimnisse der Haßberge«, sagte Katinka lächelnd. Das Bogenschießen tat gut. Sie vergaß ihre schweren Gedanken, genoss die strahlende Herbstsonne und die Übungen in schweigender Konzentration. Die Sorgen verloren an Wirklichkeit. Wurden blass wie in die Jahre gekommene Polaroidfotos.

»Kanntest du die Rauheneck schon?«, wollte Paula wissen und machte eine Kopfbewegung zu den eingefallenen Mauern, vor denen sie geübt hatten.

»Nicht nur die. Ich liebe sie alle. Die Rauheneck, die Bramberg, die Altenstein …« Katinka legte die Bögen in den Wagen und breitete eine Decke darüber. Mit den Langbögen aus Eibenholz musste man behutsam umgehen. Jedes Stück hatte Luisa selbst gefertigt, mit Ledernocken und sorgsam umwickelten Griffen. Auch die Sehnen und die Pfeile waren Handarbeit. Einige Pfeile sahen schon ziemlich zerfleddert aus, die Federn ausgefranst, gespickt mit Resten von Grashalmen, andere verbogen und von Luisa mit Klebeband geschäftet.

»Schade, dass die Burg gesperrt ist«, meinte Paula und steckte sich eine Zigarette an, während sie auf die anderen warteten.

»Einsturzgefahr. Du kannst trotzdem rein, es ist niemand da, der dich aufhalten würde. Viel zu sehen gibt es nicht, dazu ist zu wenig übrig. Ein paar Mauern, Fensteröffnungen, Gewölbebögen.«

»Und die Gerüste?« Paula wies mit dem Kinn zur Burg.

»Es wird immer mal wieder was dran gemacht. Wäre auch zu schade, wenn die Rauheneck in ein paar Jahrzehnten nur noch ein Steinhaufen wäre.«

»Hagen und ich schießen sonst mit Sportbögen«, wechselte Paula das Thema. »Glasfiberbögen mit allem erdenklichen Schnickschnack. Du kannst zielen wie mit einem Gewehr. Perfekt treffsicher. Das müsste doch was für dich sein.«

»Ich bin nicht beruflich hier.«

»Aber deine Knarre hast du mit, oder?«

Katinka wedelte den Rauch weg. Paula schaute wohl ganz genau hin und hatte das Holster mitsamt Beretta unter ihrer Jeansjacke bemerkt. Allerdings hatte Katinka nicht die Bohne Lust, Suggestivfragen zu beantworten, und über ihren Beruf oder ihr Leben wollte sie schon gar nicht reden. Deswegen hatte sie diese Auszeit genommen: Eine Woche Bogenschießen in den Haßbergen, vor mittelalterlicher Kulisse, in freier Natur. Obwohl sie nur knappe fünfzig Kilometer von Bamberg weg war, half ihr die räumliche Distanz, endlich abzuschalten. Sie begann sich loszulösen von dem, was ihr in den letzten Wochen Kopf und Herz schwer gemacht hatte. Bei der Kennenlernrunde am ersten Abend hatten die meisten Teilnehmer reichlich verblüfft reagiert, als Katinka sich als Privatdetektivin vorstellte. Dann kamen die üblichen Witze. *Bist wohl Undercover hier. Kann eine*

Frau so einen Job überhaupt machen. Hast du ein Schießeisen. Verdienst du damit Geld. Die ungefragten Meinungsäußerungen zu ihrem Beruf gingen Katinka kolossal auf die Nerven. Sie verabscheute das pseudointellektuelle Gehabe von Leuten, die Chandler gelesen hatten.

»Seid ihr in einem Sportbogenverein?«, fragte sie jetzt. Da brach der jahrzehntelang eingeübte Zwang zur Konversation durch.

»Seit ein paar Jahren. Aber wir wollten mal ausprobieren, wie der meditative Weg geht. Luisa macht das klasse, finde ich.« Paula fummelte einen winzigen Aschenbecher aus der Tasche, drückte die Zigarette aus und verstaute die Kippe darin.

»Können wir?« Hagen klapperte mit seinen Autoschlüsseln und legte Paula den Arm um die Schultern. »Fährst du mit uns, Katinka?«

Katinka stieg zu Paula und Hagen in den Sharan, Norbert und Mia kamen dazu. Die anderen beiden fuhren mit Luisa. Bis zu ihrem Hotel in Lichtenstein brauchten sie nur eine knappe Viertelstunde.

»Der Oktober ist himmlisch in diesem Jahr«, seufzte Mia. »Seht ihr die Äpfel? Nachher gehe ich los und hole mir welche.«

Es entspann sich eine Unterhaltung über das Wetter. Katinka kuschelte sich in ihre Ecke und hielt den Mund. Mal nicht reden müssen … sie war Luisa wirklich dankbar, dass sie darauf bestand, die Übungen schweigend zu absolvieren. Kein Gekicher, keine ironischen Rechtfertigungsversuche, wenn einer nicht traf. Und sie trafen meistens nicht. Einige waren ziemlich gut, Hagen natürlich und Paula. Katinka verstand jetzt, weshalb. Auch Suse machte sich nicht schlecht, während sie selbst und Norbert, der älteste

Teilnehmer, ihre Pfeile mit schöner Regelmäßigkeit in der dünnen Gazestoffbahn hängen sahen, die Luisa hinter der Scheibe aufspannte, damit sie nicht ständig auf der Suche nach verschossenen Pfeilen durchs Gras kriechen mussten. Eigentlich seltsam, dachte Katinka. Eine Autotür könnte so ein Pfeil mit Leichtigkeit durchbohren. Aber eine hauchfeine Gardine nimmt den Pfeilen alle Energie. *Der Pfeil ist schon abgeschossen, den holst du nicht zurück*, hörte sie Luisas Stimme. *Konzentrier dich auf den nächsten Pfeil. Nur der Pfeil, den du jetzt auflegst, ist wichtig*. Katinka schloss die Augen gegen die gleißende Helligkeit und döste, bis Hagen den Motor abstellte.

»Also dann, bis zum Abendessen«, verabschiedete sie sich und ging auf ihr Zimmer.

2. Die Welt in einer Nacht

»Du willst heiraten?« Paula fuhr sich durch die blonden Locken. »Tu's nicht.«

Sie hockten in Katinkas Zimmer auf dem Boden und tranken und redeten seit Stunden.

»Du bist doch auch verheiratet.«

»Leider«, stöhnte Paula.

Katinka leckte ihren Zeigefinger an und stippte die letzten Chipskrümel aus der Tüte.

»So ist das also. Ich dachte, du und Hagen, ihr seid das Traumpaar.«

Paula zuckte die Achseln. Ihre Augen lagen sehr tief in ihrem Gesicht und schimmerten dunkel.

»Komm, wir machen noch eine Flasche auf.«

»Danke, für mich nicht mehr. Die Möbel bewegen sich schon.«

»Bist aber nicht gerade trinkfest!« Paula jonglierte mit dem Korkenzieher. »Detektive werfen doch richtig harte Sachen ein. Jedenfalls in den Büchern.«

»Ja, wir sind verkrachte Existenzen mit zerklüfteten Seelen, hoffnungslose Alkoholiker, hausen in modrigen Apartments und können uns zum Frühstück nicht mal eine Käsesemmel mit abgelaufenem Haltbarkeitsdatum leisten«, sagte Katinka krätzig. Der Job war nicht ihr Problem. Das Problem war ein anderes, rein privat und ziemlich intim.

»Sorry. Wahrscheinlich trifft das nur auf deine männlichen Kollegen zu.« Paula entkorkte die Flasche und goss Katinka nach.

»Ich will nichts mehr.«

»Nimm schon. Rotwein ist gesund. Herzinfarktprophylaxe.«

Katinka bereute zutiefst, Paula in ihr Zimmer eingeladen zu haben. Aber Paula hatte natürlich ein Doppelzimmer mit Hagen gebucht, und ihr Ehemann schlief längst den Schlaf des Gerechten, um am nächsten Morgen entspannt und achtsam Pfeile auf eine Strohscheibe zu schießen. Die Müdigkeit kroch Katinka unter die Haut. Sie musste Paula loswerden, aber wenn sie die Regeln des Anstands nicht völlig unterlaufen wollte, würde das noch eine Weile dauern. Jedenfalls so lange, wie zwei Frauen im zarten Alter von Anfang dreißig brauchten, um eine Flasche Chianti zu leeren.

»Ich sage dir, die Ehe ist keine Erfolgsgeschichte. Zu Schulzeiten hat mir mal ein Klassenkamerad ins Poesiealbum geschrieben: *Liebe Paula, sei so schlau, werde niemals Ehefrau. Vor der Hochzeit kriegst du Rosen, nach der Hochzeit flickst du Hosen.* Wo er recht hatte, hatte er recht.«

»Wie viele flickst du so am Tag?«

Paula brach in Lachen aus. Ihr sommersprossiges Gesicht glühte vom Wein, und sie war schon zu betrunken, um mit dem Reden aufhören zu können.

»Du arbeitest Tag für Tag gegen ein missmutiges Gesicht an. Hast nicht nur deinen eigenen Stress, sondern auch noch den deines Mannes. Musst in der perversen Bettwäsche schlafen, die deine Schwiegermutter euch zu Weihnachten schenkt.« Sie kicherte und steckte sich eine Zigarette an.

Katinka lächelte, als sie an ihre zukünftige Schwiegermutter dachte. Carla. Die leibliche Mutter ihres Freundes Tom. Sie hatten sich im vergangenen Sommer kennengelernt und von Herzen gern. Zwei verwandte Seelen, dachte Katinka, als sie sagte:

»Mein Liebster hat zwei Mütter.«

»Oh, mein Gott. Das wird dir die Heiligsprechung sichern.«

Sie lachten beide.

»Eine leibliche und eine Erziehermutter. Aber seine Erziehermutter ist schwer krank. Sie hatte einen Schlaganfall. Und sein Vater …« Katinka brach ab. Sie wollte das nicht erzählen. Nicht Paula, einer Frau, die sie erst seit ein paar Tagen kannte. Der verfluchte Wein, dachte Katinka und stand auf.

»He, nicht schwächeln!«, beschwerte sich Paula.

Katinka winkte ab und ging ins Bad. Sie stützte die Hände auf das Waschbecken und besah sich im Spiegel. Ob

Tom ihr in diesem Zustand einen Heiratsantrag gemacht hätte? Verdammt, sie liebte ihn. Sie könnte keinen besseren kriegen, sie hatten gemeinsam schwere Zeiten gemeistert. Und doch steckte da der Zweifel wie ein Dorn in ihr. Sie konnten doch auch ohne Trauschein zusammenleben. Das bisschen Steuererleichterung bei gemeinsamer Veranlagung als Ehepaar brachte keine wirklichen Vorteile. Überhaupt, Ehepaar. Das klang so fest, so fixiert, so alt. So unglaublich spießig. So, wie sie nie hatte werden wollen.

Katinka füllte ihren Zahnputzbecher mit Leitungswasser und trank in langen Zügen. Wusch sich das Gesicht kalt ab. Jetzt fühlte sie sich besser. Sie musste mit dem Chianti aufhören. Der Wein tat ihr nicht gut, er machte die Gedanken dickflüssig und traurig, so wie er die Wände verrutschte, wenn sie genau hinzusehen versuchte.

»Spielverderberin«, murrte Paula, als Katinka mit ihrem Wasserglas aus dem Bad kam.

»Denkst du, ich will morgen alles doppelt sehen?«

»In ein paar Stunden verliert sich das.«

Katinka musterte Paula verstohlen. Ihre Weinseligkeit roch nach Sucht, nach Verzweiflung und über Jahre mitgeschleppten Problemen.

»Wer ist denn der Göttliche, den du ehelichen willst?«, fragte Paula. Ihre Augen funkelten.

»Er ist schon o.k.«

»Du, ›o.k.‹ ist aber kein Garant für eine Ehe. ›O.k.‹ ist die Mindestanforderung. Sex und so, passt das?«

Katinka kippte das Fenster. Sie hatte Sehnsucht nach einem Spaziergang durch das stille Dorf.

»Monogamie ist eine beschissene Erfindung«, dozierte Paula. »Warum soll man sich im Sex auf einen Partner festlegen? Wegen Aids etwa? Dass ich nicht lache!«

»Aus Liebe.«

Paula prustete los und versprühte Rotwein auf dem Hotelteppich.

»Liebe. Verrate mir, Privatdetektivin Katinka, was ist Liebe?«

Katinka antwortete nicht.

»Liebe, Miss, ist ein deformierter Gedanke in unserem Gehirn.«

Darin steckte ein Körnchen Wahrheit, das wusste Katinka. Sie dachte an all die Gewaltverbrechen, die aus einem Gefühl namens Liebe hervorbrachen. Eifersucht, Besitzansprüche, Verlassensein ... Mein beknackter Beruf lässt mich nicht los, dachte sie. Und Paula belegt mich auch mit Beschlag. Ich verfrachte sie zu ihrem Gatten ins Bett. Jetzt. Sofort. Letzte Chance, um in dieser Nacht zur Ruhe zu kommen.

»Bei dir ist es ein anderer wunder Punkt, was?« Etwas Lauerndes lag in Paulas grünen Augen.

»Hör mal, Paula. Ich habe dringend Schlaf nötig.«

»Du willst nicht drüber reden. Ein untrügliches Zeichen.«

»Ich möchte schlafen gehen!« Katinka riss das Fenster sperrangelweit auf. »Und vorher muss ich noch lüften.«

»Es gibt einen anderen, hm?«

Katinka fuhr herum.

»Aaaaha!« Paula lehnte sich gegen den Sessel und strich mit dem Finger den Rand ihres Glases entlang.

»Gute Nacht, Paula.«

Das Glas begann zu singen. Dünn zitterte der Ton durch das Zimmer.

»Soll ich dich vor die Tür tragen?« Die Vibrationen bohrten sich in Katinkas Nervensystem.

»Also hast du noch einen anderen.« Paula blies auf ihr Glas. »Nichts Besonderes. Hat sich millionenfach bewährt. Du brauchst nicht zu denken, dass du die Einzige wärst.«

Mit zwei Schritten war Katinka bei ihr und riss ihr das Glas aus der Hand. Der Rotwein rann über ihre Finger und verstärkte den dunklen Fleck auf dem Teppich.

»Raus.«

»Wie ist der andere? Das glatte Gegenteil? Oder ein Abziehbild?«

Katinka stellte Paulas Glas auf dem Fensterbrett ab. Pumpte die kalte Nachtluft in ihre Lungen.

»Zwanzig Jahre älter. Übergewichtig. Beamter.«

»Lehrer?«

»Schlimmer. Kriminalhauptkommissar. Die Konkurrenz.«

»Prima. Gegensätze ziehen sich bekanntlich an.«

»Und dein Geliebter?«

»Wir reden nicht von mir. Lass von dir hören«, entgegnete Paula, kämpfte sich hoch und eroberte ihr Glas zurück. »Wie ist er im Bett?«

»Ich weiß es nicht.« Kraftlos hockte sich Katinka auf den Boden.

»Ich bin baff.« Paula lachte. Es klang fast so schrill wie das singende Glas. »Ihr habt noch nicht?«

»Nein.« Katinka stützte ihr Kinn in die Hände und seufzte.

»Bei allen Teufeln, ich bin beeindruckt. Enthaltsamkeit ist keine schlechte Methode. Das hält die Romantik und insbesondere die Leidenschaft lange wach.«

»Es ist keine Methode.« Ich bin treu, wollte Katinka sagen. Wenigstens im echten Leben, wenn schon nicht in der Fantasie. Vermutlich hatte sie den Satz tatsächlich ausgesprochen, denn Paula antwortete:

»In der Fantasie sind wir alle Huren. Wilde Austesterinnen. Doch, so ist es, Katinka. Es gibt nichts Besseres als die Fantasie. Du kannst alles ausprobieren. Zwei auf einmal, homo, hetero, bi. Ohne Geschlechtskrankheiten und ohne nachher einen Haufen Verrückte am Hals zu haben oder schwanger zu sein.«

»Paula, es reicht. Ich habe keinen Nerv mehr. Geh einfach ins Bett.«

»Ja, ich bin betrunken. Du übrigens auch, trotz deiner warmherzigen Versuche.« Paula deutete auf das Zahnputzglas. »Betrunkene sagen die Wahrheit.«

»Quatsch. Betrunkene reden mehr Mist als Politiker.«

»Oder Beamte.«

Sie schütteten sich aus vor Lachen.

»Das lockert doch ungemein, oder?«, fragte Paula mit funkelnden Augen, als sie sich einigermaßen beruhigt hatten. »Warum schläfst du nicht mit dem anderen? Wenn die Vorstellung dein Gewissen martert, dann mach dir klar, dass man es besser vor als nach der Eheschließung ausprobiert.«

Katinka malte sich aus, wie sie an Hauptkommissar Harduin Uttenreuthers Wohnungstür klingelte und sagte: *Guten Abend, Hardo. Ich muss unbedingt mit Ihnen schlafen, möglichst jetzt gleich. Es ist ein Test. Sie wissen doch, ich werde heiraten, Sie sind ja Toms auserwählter Trauzeuge.* Die Vorstellung war so komisch, dass sie lachen musste. Paula verstand das falsch.

»Daran ist nichts witzig, Katinka. Wie kannst du einen sausen lassen, nur weil er Beamter und zwanzig Jahre älter ist?«

»Mehr als zwanzig. Gute Nacht, Paula.«

Paula stand seufzend auf. Sie trank ihr Weinglas in einem Zug aus und lehnte sich schwankend gegen die Tür.

»Ich bin sofort weg. Du machst es nicht mit dem anderen. Weil er auch eine andere hat, stimmt's?«

»Ja. Stimmt.« Katinka dachte an Elvira Hanf, jene Frau, der Hardo sich seit dem Sommer so schüchtern näherte. »Sie ist bei einem Bombenanschlag schwer verletzt worden. Hat mehrere Operationen und eine anstrengende Reha hinter sich. Das ist kein Spiel, Paula.«

Paula hustete ausgiebig.

»Wir haben eine Menge Raum um uns. Müssen ihn nur nutzen, verstehst du? So vieles könnte möglich sein. Wenn wir nur Mut hätten.«

Im Hinblick auf Hardo bin ich kein mutiger Mensch, dachte Katinka.

»Dass er eine andere hat, Katinka, bedeutet nichts. Er hat sie wahrscheinlich nur geangelt, weil er bei dir nicht landen konnte. Kommissar bandelt mit Verbrechensopfer an, wie? Das liegt doch auf der Hand: Er fühlt sich verantwortlich und will Schuld abtragen. Kein stabiler Boden für eine Beziehung.«

Katinka stöhnte leise. Sie wollte nicht daran denken, und doch lieferte ihr Gehirn die Bilder, die sie in mancher Nacht aus düsteren Träumen rissen. Eine verkohlte Garderobe, Blutspritzer an den Wänden, ein menschlicher Fuß, bis auf die Knochen zerfetzt.

»Wie oft hast du ihn schon abserviert, hm? Wie viele passende Gelegenheiten habt ihr sausen lassen? Macht einen Handel. Sex ohne Konsequenzen. Eine saubere Stilistik, jeder hält sich an die Abmachungen.« Paula grinste. »Ach, ich habe den Chianti vergessen. Du trinkst ihn sowieso nicht mehr?« Sie stolperte zum Tisch und schnappte sich die Flasche. »War ein toller Abend. Danke für die Gastfreundschaft!« Sie winkte mit ihrem Glas und verschwand durch die Tür wie ein Spuk.

3. Pfeiltod

»Sagt mal, hat jemand Paula und Hagen gesehen?« Luisa sah ihre Kursteilnehmer über den abgegrasten Frühstückstisch hinweg an. Alle saßen sie da. Alle bis auf Paula und Hagen.

»Das Ehepaar turtelt noch im warmen Bettchen«, lästerte Suse.

»Dazu sind sie zu lange verheiratet«, kam es von Mareike.

Gekicher. Katinka verdrehte die Augen. Norbert bemerkte ihren Blick und schob verschwörerisch die Unterlippe vor.

»Wir sollten spätestens um neun aufbrechen«, sagte Luisa. »Ob mit oder ohne die beiden. Also dann, bis gleich. Ich muss noch ein paar Pfeile verarzten.« Sie ging.

»War eine längere Sitzung, gestern, oder?«, fragte Norbert und schenkte sich Kaffee nach. Er war der Älteste in der Runde und wirkte dabei so verschmitzt wie ein Lausebengel. Sein dunkles, ein bisschen zu langes Haar stand struppig um seinen Kopf, und die Hornbrille auf seiner Nase unterstrich den Eindruck, einen besonders munteren und gewieften Vogel zum Gesprächspartner zu haben.

»Bitte sag nicht, du hast dein Zimmer neben meinem.«

»Sagen wir mal so: Ihr hattet eine längere Diskussion über Männer, aber ich habe natürlich nichts gehört. Miaut er lautstark, der Kater?«

»Ich habe rechtzeitig aufgehört.«

»Paula wohl nicht.« Norbert lachte.

Katinka nickte ihm zu und ging in ihr Zimmer, um sich die Zähne zu putzen und die ungeliebte Brille gegen Kontaktlinsen auszutauschen. Sie verschmierte Gel in ihrem kurzen Haar, als es an der Tür klopfte.

»Herein!«

»Katinka?«

»Ach, Paula. Habt ihr verschlafen?«, rief Katinka aus dem Bad.

»Ich bin vor einer Viertelstunde aufgewacht. Und Bock zum Bogenschießen habe ich gar nicht.«

Hätte ich mir denken können, verkniff sich Katinka zu sagen.

»Hat einer von euch Hagen gesehen?«, fragte Paula.

»Nein! Wir dachten, ihr kuschelt noch.«

»Komisch.« Paula lehnte sich an die Badezimmertür und rieb sich die Augen. Sie trug Jeans und ein ausgeleiertes T-Shirt und sah ziemlich ramponiert aus. »Als ich aufwachte, war er nicht im Zimmer. Ich dachte, er wäre joggen gegangen. Macht er gern am frühen Morgen. Aber normalerweise wäre er um diese Zeit längst zurück.«

»Vielleicht ist er jetzt beim Frühstück.«

Paula schüttelte den Kopf.

»Ist er nicht. Ich war gerade unten.«

»Keine Sorge!« Katinka wusch sich die Hände. »In einem Dorf wie Lichtenstein gibt es nicht viele Möglichkeiten zum Untertauchen.«

»Trotzdem«, sagte Paula. »Es ist eigenartig.«

Katinka steckte ihren Autoschlüssel ein.

»Wir wollen pünktlich los«, sagte sie. »Kommt einfach nach.«

Paula folgte Katinka auf den Gang. Katinka sperrte ihr Zimmer zu, lief die Treppe hinunter und hinaus zum Parkplatz. Es war ein kühler, sonniger Herbsttag nach einer klaren Nacht, die ersten Raureif auf Dächern und Autos hinterlassen hatte. Hagens und Paulas Wagen stand neben dem Tor zum Biergarten, genau da, wo Hagen ihn am Tag zuvor abgestellt hatte.

»Wir fahren wieder zur Rauheneck«, rief Luisa und klemmte sich hinters Steuer. »Sind alle startklar?«

»Paula und Hagen kommen erst mal nicht«, sagte Katinka, während sie mit der Hand den Beschlag von ihrer Windschutzscheibe wischte. »Steigt bei mir ein.«

Mareike und Suse quetschten sich auf die Rückbank des Käfers.

»Klaustrophobie darf man hier auch nicht haben«, meckerte Suse.

»Nur kein Neid. So ein Cabrio ist ein tolles Auto«, sagte Norbert und klopfte auf das Verdeck.

»Katinka!« Paula kam um die Ecke gerannt. »Katinka, kann ich dich einen Augenblick sprechen?«

»Entschuldigt.« Katinka ging ein paar Schritte. »Was gibt's?«

Paula zog sie durch den verwaisten Biergarten.

»Ich will nicht, dass die anderen was mitkriegen. Hagen ist wie vom Erdboden verschluckt.«

»Das ist Unsinn, Paula. Kann doch sein, dass er den Gruppenblues hat und einfach mal allein sein will.«

»Dann sagt er Bescheid oder schreibt einen Zettel.«

Katinka schob die Hände in die Jackentaschen. Das sagten die Angehörigen immer, wenn jemand verschwand. Mein Sohn würde doch nie einfach abtauchen. Meine Frau hinterlässt immer eine Nachricht. Aber dann stellte sich heraus, dass Verwandte und Freunde sich böse täuschten. Und am allermeisten Ehepartner.

Paula hatte die Arme um den Oberkörper geschlungen. Sie bibberte in ihrem T-Shirt.

»Bitte, Katinka, kannst du …?«

Zum Teufel, ich bin kein Kindermädchen, wollte Katinka sagen. Verkniff es sich. Nahm Witterung auf. Paula sah nervös aus, und sie tat Katinka leid, wie sie frierend unter den halb entblätterten Bäumen stand.

»Warte.« Katinka ging zu den anderen zurück und warf Norbert ihren Autoschlüssel zu. »Fahr du. Und bring ihn mir unversehrt zurück.«

Zwei Minuten später dirigierte sie Paula zurück ins Hotel und die Treppe hinauf.

»Zieh dir was drüber und überleg dir währenddessen, wo dein Mann stecken könnte. Welche Klamotten hat er an?«

Paula schloss ihre Tür auf. Abgestandener, alkoholschwangerer Dunst nahm Katinka den Atem. Sie riss das Fenster auf.

»Seine Turnschuhe sind nicht da«, sagte Paula.

»Schlafanzug?«

»Was?«

Katinka hätte am liebsten laut geschrien, beherrschte sich jedoch.

»Ist sein Schlafanzug hier?«

Paula wühlte im Bett.

»Ja, da liegt er.«

»Also hat er sich angezogen, seine Turnschuhe geschnürt und ist los.«

»Was meinst du damit?«

»Es bedeutet erst mal nur, dass er nicht in Panik aus dem Zimmer geflüchtet ist. Er hatte Zeit, sich anzuziehen.«

Paula hielt sich den Kopf, während sie den Samsonite-Koffer inspizierte, der neben Hagens Bett stand.

»Seine Jeans sind da.«

»Schau, ob seine Sportsachen im Koffer sind.« Katinka sah in den Schrank. Gähnende Leere. Sie selbst hatte auch nichts ausgepackt. »Er hat sie doch mit, oder?«

»Die Trainingshose fehlt.«

»T-Shirt? Pulli?«

Paula stöhnte.

»Ehrlich gesagt, ich weiß gar nicht, was er alles eingepackt hat.«

»Schon gut. Die wahrscheinlichste Lösung ist, dass er joggen wollte. Wie lange dreht er üblicherweise seine Runde?«

»Höchstens eine Stunde. Meistens kürzer. Fünfzig Minuten.«

»Wann bist du aufgewacht?«

»Gegen halb neun. Da war sein Bett leer. Er ist Frühaufsteher, länger als bis acht hält es ihn nie in den Federn.«

Katinka sah auf die Uhr. Kurz nach neun. Hagen war also circa sechzig Minuten unterwegs. Ungewöhnlich, wenn man Paula glauben durfte, aber noch keinesfalls ein Alarmzeichen.

»Wenn man irgendwo läuft, wo man sich nicht gut auskennt, schätzt man die Zeit oft nicht realistisch ein«, beruhigte sie Paula und überprüfte Hagens Nachtschränkchen. »Ist das sein Portemonnaie?« Sie hielt eine braune Lederbrieftasche hoch.

Paula nickte, hockte sich aufs Bett und ließ den Kopf gegen die Wand sinken. Mit ihrer Hilfe war nicht zu rechnen. Was mache ich hier, dachte Katinka. Ich habe eine Woche frei, ich wollte Abstand, mich besinnen, den Job vergessen. Stattdessen durchwühle ich die Klamotten eines fremden Menschen.

Katinka angelte eine Jeans und eine schwarze Anzughose aus Hagens Koffer und checkte die Taschen durch. Eine Herrenlederjacke hing über einem Stuhl. Kaugummi, ein Stofftaschentuch, ein Block mit Haftnotizzetteln, ganz neu, noch eingeschweißt und mit Werbelogo verziert. *Mesoltech*. Nie gehört, dachte Katinka. Wie hatte Hagen sich am ersten Abend im Kurs vorgestellt? Er führte ein Import-Export-Geschäft. Irgend so was.

»Kein Autoschlüssel, kein Handy. Er hat doch ein Handy?«

»Sicher.«

Katinka ging flott die Brieftasche durch. Ausweis, Führerschein und zweitausend Euro in Hundert- und Zweihundert-Euro-Scheinen, dazu ein paar Fünfer und Kleingeld. Ziemlich viel Knete, wenn man eine Woche auf dem Land Bogen schießt, dachte Katinka. Schon spürte sie, wie sich ein Gefühl für Hagen einstellte. Die übliche Routine ergriff von ihr Besitz, aus einer eigenen, nicht zu unterdrückenden Kraft heraus.

»Bist du eigentlich mal auf die Idee gekommen, ihn anzurufen?«

»Klar. Aber sein Handy ist aus. Es ist immer aus, wenn ich ihn brauche«, erwiderte Paula weinerlich.

»Von unserer Gruppe hat ihn keiner gesehen. Fragen wir an der Rezeption und bei den anderen Gästen nach. Sofern bei dem herrlichen Wetter noch jemand im Haus ist«, schlug Katinka vor.

Paula blieb sitzen.

»Hast du ein Aspirin?«

»Ich bin Privatdetektivin, keine Apotheke«, sagte Katinka.

»Mein Hirn platzt!«

»Geh unter die Dusche. Ich frage im Haus rum. Dann komme ich rauf und sage dir Bescheid.« Als Katinka das Zimmer verließ, hockte Paula immer noch mit verschwommenem Blick auf dem Bett.

Katinka hastete die Treppe hinunter. Im Frühstücksraum war niemand. Sie ging zur Rezeption und hieb auf die Klingel. Locker bleiben, befahl sie sich. Keinesfalls durfte sie ihren Grimm an Unbeteiligten auslassen. Ich bin selbst schuld, dachte sie. Ich könnte jetzt vor der Rauheneck stehen und Pfeile auf eine Strohscheibe schießen. Verfluchter Mist.

Die Chefin persönlich riss sie aus ihren Gedanken.

»Frau Palfy? Heute nicht unterwegs?«

»Ich bin auf der Suche nach Hagen ... dummerweise habe ich mir seinen Nachnamen nicht gemerkt. Sie wissen schon, das einzige Ehepaar aus unserem Kurs.«

Die Chefin lächelte.

»Stephanus heißen die beiden.«

»Also, Herrn Stephanus.« Katinka zwang sich zu Ruhe und Geduld. »Haben Sie ihn heute Morgen zu Gesicht bekommen?«

»Nein. Möchten Sie Bettina fragen? Unser Frühstücksmädchen sieht eigentlich jeden, der ab sechs Uhr ihr Reich betritt.«

Katinka folgte der Chefin in die Küche. Bettina saß an einem Tisch in der Ecke, tunkte ein Hörnchen in ein Glas Milch und blickte argwöhnisch drein.

»Hat etwas gefehlt?«, fragte sie.

»Wir vermissen einen Mann aus unserem Kurs. Groß. Breitschultrig. Hagen Stephanus.«

»Herr Stephanus war heute nicht beim Frühstück.«

»Sicher nicht?«

»Bestimmt. Ich komme jeden Morgen um halb sechs. Die ersten Gäste frühstückten gegen halb sieben. Ihre Gruppe kam dann so … zwischen halb acht und acht. Sie ja auch.«

»Aber Hagen war nicht dabei.«

»Sag ich doch«, wiederholte Bettina. »Herr Stephanus war heute nicht beim Frühstück.«

»Kann es sein, dass Sie ihn schlicht nicht gesehen haben? Dass er sich nur rasch eine Tasse Kaffee nahm und wieder ging?«

Bettina vertilgte den Rest ihres matschigen Hörnchens.

»Ich bin ab und zu in der Küche, wenn ich Geschirr raustrage oder Brötchen aufbacke. Ein paar Minuten vielleicht. Weniger sogar. Er müsste superkurz im Frühstücksraum gewesen sein. Sonst hätte ich ihn gesehen.«

»Danke.«

Katinka nickte den beiden Frauen zu und ging hinaus in den Biergarten. Das Laub raschelte unter ihren Füßen, als sie zu der Koppel hinüberging, wo der Esel ihr erwartungsvoll entgegensah. Sie streichelte ihm die samtenen Ohren. Wahrscheinlich kam Hagen gleich um die Ecke getrabt. Katinka hatte am ersten Morgen selbst bemerkt, wie leicht man sich in dem Spinnennetz aus Wanderwegen verirren konnte. Was wusste sie über einen Mann mit einem Import-Export-Geschäft, der eine Woche Urlaub nahm, um mit seiner Frau Bogen zu schießen? Dessen Frau ihre Ehe als Ärgernis bezeichnete? Der zweitausend Euro in großen, neuen Scheinen im Portemonnaie hatte und Belanglosigkeiten in der Jacke? Ansonsten ein bürgerliches Auto fuhr und auf den ersten Blick sympathisch und natürlich wirkte?

Es war halb zehn, als sie an Paulas Zimmertür klopfte.

»Es ist offen!«

Katinka trat ein. Paula frottierte ihr Haar trocken. Sie sah elend aus.

»Wie es scheint, war Hagen heute nicht beim Frühstück.«

»Er frühstückt nie, bevor er joggen geht.«

Klang alles plausibel. Aber die Uhr tickte. Hagen wäre jetzt beinahe anderthalb Stunden unterwegs, gesetzt den Fall, er war erst kurz, bevor Paula aufgewacht war, losgelaufen. Katinka trainierte kaum über sechzig Minuten, weil ihr dann die Puste ausging.

»Zieh dich an, Paula. Lass uns die Waldwege abgehen. Kann doch sein, dass er sich den Fuß verstaucht hat oder so.« Beim Anblick von Paulas erschrockenen Augen biss sie sich auf die Zunge. »Ist mir auch schon passiert. Kein Grund zur Beunruhigung.«

Später sollte Katinka ihre Naivität verfluchen. Ich hätte es ahnen können, sollte sie sich viele Male sagen, und es war eine riesige Idiotie, Paula mit auf die Suche nach ihrem Mann zu nehmen. Aber in der Kühle des Waldes und den ersten zaghaften Sonnenstrahlen des Tages kamen ihr keine dunklen Gedanken. Sie schritten flott aus, Seite an Seite. Die frische Luft tat gut, sogar Paulas Wangen nahmen Farbe an.

»Schau mal, hier blühen Königskerzen«, rief sie.

Katinka nickte abwesend. Unerwartet tat es gut, nicht in der Gruppe unterwegs zu sein. Ihre Schritte verlangsamten sich.

»Wir sollten uns trennen«, sagte sie. »Sonst können wir dieses Netz von Wanderwegen nie absuchen.«

»O.k.«

Katinka war höchstens zwei Minuten gegangen. Sie pflückte eine Handvoll vergessener Brombeeren von einem Strauch und ließ sich gerade die süßen Früchte auf der Zunge zergehen, als sie Paula schreien hörte. Langgezogene, vor Entsetzen bebende Schreie. Katinka rannte los.

Sie fand Paula ein Stück abseits des Weges. Dort stand sie, die Hände auf die Lippen gepresst, und starrte mit weit aufgerissenen Augen auf Hagen. Er lag auf der Seite, die Hände in seinem Pulli verkrallt, die Augen waren weit aus ihren Höhlen getreten. Sein Blick verriet unsagbare Qualen.

»Ist er tot?«, flüsterte Paula, die Stimme hoch und schrill. »Ist er tot?«

Der Pfeil steckte in Hagens linkem Oberschenkel. Einer von Luisas selbstgebauten Pfeilen. Katinka suchte vergeblich nach Hagens Puls. Laut zwitscherten die Vögel zwischen den Zweigen. Fliegen saßen in Hagens Mundwinkeln. Es roch stark nach Pilzen.

»Keine tödliche Verletzung«, murmelte Katinka. Sie zückte ihr Handy und rief die Polizei.

4. Der Tapir

Die kleine, runde Frau Ende fünfzig mit der Baskenmütze wies Katinka einen Platz im Frühstücksraum zu und setzte sich ihr gegenüber. Unter der Mütze drängten krause Haare ans Tageslicht.

»Sie sind Katinka Palfy?«

»Ja.«

»Private Ermittlerin?«

»Genau.«

»Teilnehmerin an einem Kurs in«, sie fuhr mit einem rotlackierten Fingernagel über ihren Zettel, »abendländischem Bogenschießen?«

»Ja.«

»Ruth Stein, Hauptkommissarin, Haßfurt. Warum schießen Sie hier mit Pfeilen?«

»Eine Art Meditation«, erklärte Katinka und sah in zwei zusammengekniffene türkisblaue Augen. Die Kommissarin hatte ihre Brille vergessen oder setzte sie aus Eitelkeit nicht auf.

Die Polizei hatte alle verhört, angefangen mit Paula, die sie mittlerweile ins Krankenhaus gebracht hatten. Katinka war die Letzte. Die Praline in der Sammlung, dachte sie seufzend.

»Erzählen Sie, wie Sie den toten Hagen Stephanus fanden«, forderte die Hauptkommissarin sie auf.

Katinka berichtete knapp.

»Ich habe mich gewundert«, endete sie, »dass er starb, weil ein Pfeil seinen Oberschenkel traf. An so einer Verletzung stirbt man nicht so qualvoll.«

»Qualvoll?«

»Sein verzerrter Blick«, sagte Katinka. »Hagen bemerkte, was mit ihm passierte.«

»Woher wissen Sie das?«

Katinka rieb sich die Augenbrauen. Da kam der feine, pulsierende Schmerz zum Vorschein. Ein gehässiger Begleiter aus nervenaufreibenden Ermittlungen. Ruth Stein ließ sie nicht aus ihrem Blick entkommen; sie suchte nach den untrüglichen Zeichen für Anspannung und Stress. Katinka ließ die Hand sinken und sagte:

»Er starb vermutlich an einem Gift.«

»Ist Ihnen so was in Ihrer Tätigkeit schon einmal untergekommen?«

»Nein.«

Die Kommissarin kniff die Augen zu noch schmaleren Schlitzen zusammen.

»Sie haben das einfach so kombiniert.«

»Ja.«

Nicht losreden, nicht zur großen Verteidigungsrede ausholen. Alles macht verdächtig. Ruhig, befahl Katinka sich. Ruhig.

Ruth Stein stand auf und wanderte durch den Frühstücksraum. Ihre schwerfälligen und doch überraschend schnellen Bewegungen erinnerten Katinka an ein Tier, auf dessen Namen sie nicht kam. Am Büffet bediente sich die Kommissarin aus den Müsliboxen und warf eine Handvoll Krispies ein.

»Ich habe Ihren Namen schon gehört«, sagte sie. »Palfy. Das Bamberger Ermittlungstalent. Hardo hat mich im vergangenen Sommer einige Male kontaktiert. Es ging um den Mord in Königsberg*. Die Akten sind über meinen Schreibtisch gegangen.«

Hauptkommissar Harduin Uttenreuther hatte damals auf Katinkas Bitte hin mit Ruth Stein Kontakt aufgenommen. Er hatte ihren Namen zwar nicht genannt, aber bemerkt, dass in Haßfurt eine Kollegin sitze. Kolleg*in*.

»Curare«, sagte Ruth Stein. »Schon gehört?«

»Ein indianisches Pfeilgift.«

»Die Sammelbezeichnung für Pfeilgifte des tropischen Südamerikas.« Ruth Stein schnappte sich die Müslibox und

---

* ›Januskopf‹. Katinka Palfys sechster Fall.

schüttete einen Grabhügel aus Krispies auf ihre Handfläche. »Ich warte auf die endgültige Bestätigung durch den Rechtsmediziner. Soweit können wir aber sicher sein, dass Hagen Stephanus nicht an der Verletzung durch den Pfeil starb, sondern an etwas anderem.«

»Curare lähmt die Muskeln«, sagte Katinka. »Zuletzt die Atemmuskeln.«

»Indem es die Reizübertragung zwischen Nerv und Muskel unterbindet«, bestätigte Ruth Stein. »Das Hässliche an Curare ist, dass es das Opfer in absoluter geistiger Klarheit über das Geschehen belässt. Der Herzmuskel ist nicht betroffen. Das Herz pumpt bis zuletzt. Das Opfer weiß, was mit ihm passiert, aber es kann sich nicht bewegen, nicht einmal schreien.«

»Wie lange dauert der Todeskampf?«

Krachend zerbiss die Kommissarin ihre Krispies.

»Kommt auf die Dosis an. Wir werden das genau feststellen. Kleinere Säugetiere kämpfen zehn Minuten um ihr Leben. Ein großes, sagen wir ein Tapir, vielleicht zwanzig. Wie lange es bei einem Menschen dauert … Wie gesagt, wir werden das feststellen.«

Ein Tapir! Katinka grinste. So hießen die plumpen Dickhäuter, an die Ruth Stein sie mit ihrem kurzbeinigen Auf und Ab erinnerte. Und dennoch konnte man ihr eine gewisse Eleganz nicht absprechen, wie sie nun nach der Box mit den Schokosnacks griff.

»Luisa Weinmann sagte, sie würde ein paar Pfeile aus ihrer Sammlung vermissen. Wir haben nachgesehen: Ihr Auto wurde aufgebrochen. Subtil und sanftmütig, aber ein paar Kratzer sind geblieben. Ich nehme an, Sie wissen, wie man ein Auto aufbricht?«

Katinka lachte auf.

»Klar. Zumindest die alten Modelle sind kein Problem. Haben Sie schon den genauen Todeszeitpunkt?«

»Noch nichts Brauchbares. Hagen Stephanus starb zwischen zwei und sieben Uhr morgens.«

»Mit wem hat er zuletzt telefoniert?«

Ruth Stein plumpste auf ihren Stuhl.

»Der letzte Anruf kam von einem gewissen Karl Süßholz. Wir haben auch den Bogen gefunden, mit dem der tödliche Pfeil abgeschossen wurde.«

Einer von Luisas Bögen, dachte Katinka.

Die Tür ging auf. Ein Polizist brachte ein Brillenetui.

»Ach, danke!«, seufzte Ruth Stein erleichtert. »Ich bin ohne fast blind.«

»Ich auch«, sagte Katinka.

Die Kommissarin musterte sie.

»Kontaktlinsen?«

»Genau.«

»Lohnt sich das?«

»Absolut«, bestätigte Katinka. »Ich kann Ihnen einen sehr guten Optiker empfehlen. Wie schaut es mit Fingerabdrücken aus?«

»Fehlanzeige. Also, Karl Süßholz«, machte Ruth Stein weiter, während sie mit ihren Wurstfingern eine kleine, gelb gerahmte Brille aus dem Etui klaubte und auf ihrer Nasenspitze zurechtsetzte. Tapir. Ganz eindeutig ein Tapir. Fehlte der Rüssel. »Sagt Ihnen der Name was?«

»Nie gehört.«

Die Stein nickte sinnend.

»Kannten Sie Hagen Stephanus näher?«

»Nein. Ich habe alle Teilnehmer erst hier kennengelernt. Am ersten Abend stellte Hagen sich als Geschäftsführer eines Import-Export-Unternehmens vor. Das ist alles, was ich von ihm weiß.«

Katinka wusste eine Menge mehr über Hagen. Dass es irgendwo in seiner Ehe klemmte, dass er vorzugsweise morgens laufen ging und nicht länger als sechzig Minuten. Sie sagte keinen Ton. Der Tapir machte sich wieder auf den Weg zu den Krispies.

»Erzählen Sie mir von Paula. Die junge Dame gab an, die Nacht mit Ihnen verbracht zu haben.«

»Naja, Nacht verbracht … Wir haben Wein getrunken und uns die Welt zurechtgezimmert. Über Männer geredet, über den Kurs.« Katinka machte eine Kunstpause. Längst hatte sie sich zurechtgelegt, was sie sagen wollte. »Paula hat einen Geliebten, vermute ich. Sie deutete so etwas an. Man solle nicht monogam leben, so ähnlich drückte sie es aus.«

»Keine Einwände«, sagte die Stein. »Wer ist der Kerl?«

»Ich weiß es nicht. Fragen Sie Paula.«

»Werde ich, sobald sie ansprechbar ist. Sie wurde ins Krankenhaus gebracht. Schockzustand. Frau Palfy, Ihr Zimmernachbar, Norbert Kahl, behauptet, er habe bis kurz nach eins Stimmen und Gekicher aus Ihrem Zimmer gehört.«

»Das kommt hin. Ich wollte schlafen und habe Paula schließlich hinauskomplimentiert. Sie war ziemlich betrunken.«

»Frau Stephanus gab an, dass ihr Mann friedlich schlummerte, als sie in das gemeinsame Zimmer kam. Und als sie heute Morgen um halb neun aufwachte, war er weg.«

»Die Geschichte kann ich zu Ende erzählen«, erbot sich Katinka. Sie berichtete, wie sie im Hotel nach Hagen gefragt hatte und mit Paula über die Waldwege marschiert war. Ruth Stein machte sich ein paar Notizen mit einem monströsen Kugelschreiber. *Mesoltech*, entzifferte Katinka verblüfft die Aufschrift.

»Woher haben Sie den Kuli?«, fragte sie.

Die Stein sah auf.

»Den hier? Keine Ahnung. Ein Werbegeschenk vielleicht?« Sie kritzelte weiter auf ihr Papier. »Wundern Sie sich nicht, wenn ich mich die nächsten Tage bei Ihnen melde.«

»In welches Krankenhaus haben Sie Paula bringen lassen?«

»Haßfurt. Klein, aber oho.« Die Kommissarin zwinkerte und stand auf. Sie reichte Katinka eine kompakte kleine Hand. »Machen Sie es gut.«

Eine halbe Stunde später trafen sich die verbliebenen Bogenschützen im Restaurant. Die Chefin persönlich hatte Spaghetti al Pesto gekocht. »Wir brauchen jetzt alle eine Stärkung«, bemerkte sie, als sie Katinka den Teller füllte.

Du bist doch nur froh, dass die Leiche nicht in deinem Foyer lag, hätte Katinka ihr gerne gesagt.

»Hört zu«, sagte Luisa, als alle in ihren dampfenden Nudeln stocherten. »Ich kann so nicht weiterarbeiten. Der Kurs wird abgebrochen, selbstverständlich bekommt ihr euer Geld zurück.«

Getuschel.

»War das einer von deinen Pfeilen, mit dem Hagen umgebracht wurde, Luisa?«, fragte Mareike.

»Mir fehlen ein paar Pfeile und ein Bogen«, sagte Luisa. Sie sah bleich und unglücklich aus und schien die morbide Erregung der anderen nicht zu teilen.

»War es jemand von uns? Was meinst du?«, raunte Mareike Norbert zu, der neben ihr saß. Norbert blinzelte verdrießlich.

»Haben wir nicht eine Detektivin dabei?«, fragte Suse laut.

Stille. Katinka wickelte ihre Spaghetti auf.

»He, Katinka. Was glaubst du? Wer hat das gemacht, hm?«

»Das ist ein Kapitalverbrechen, hier ermitteln die staatlichen Stellen«, sagte Katinka.

»Komm schon«, nörgelte Mareike. »Die komische Kommissarin hat Ewigkeiten mit dir geredet. Hat sie nichts durchblicken lassen?«

»Nein.«

»Du musst dir doch irgendwas zusammenreimen. Gestern hast du die halbe Nacht mit Paula geratscht. Stimmt es, dass sie und Hagen Streit hatten?«, wollte Mia wissen. Sie schaufelte sich Spaghetti in den Mund. Ihre Lippen wurden grün vom Pesto.

Katinka warf Norbert einen Blick zu. Er wich aus.

»Vielleicht hat Paula ihren Mann umgebracht«, sagte Mareike lauernd. »Das beste Verhältnis hatten sie nicht, das habe ich gleich gemerkt.«

»Das stimmt«, bemerkte Suse. »Kein sehr liebevoller Umgangston war das zwischen den beiden.«

»Und gemordet wird immer im familiären Umfeld«, dozierte Mareike weiter. Sie kicherte. »Jedenfalls, wenn man dem ›Tatort‹ glauben darf.«

Katinka schob die Nudeln weg. Das Gefasel ekelte sie an. Mit aller Höflichkeit, derer sie fähig war, stand sie auf und sagte:

»Ich packe zusammen.« Sie klopfte auf den Tisch, nickte in die Runde und ging. Im Sturmschritt nahm sie die Treppen. Ihre Sachen hatte sie schnell verstaut. An der Rezeption zahlte sie ihre Rechnung und ging zum Parkplatz.

Das halbe Dorf war auf den Beinen. Man umschlich das Hotel wie ein gestrandetes Piratenschiff. An Katinkas Käfer lehnte Norbert, einen Seesack über der Schulter.

»Ich habe noch deinen Autoschlüssel.«

»Gut, dass du es sagst.« Katinka wich seinem Kiebitzblick aus und schloss die Tür auf.

»Fährst du mich zu einem Bahnhof? Egal zu welchem. Ich habe das Hühnergehege da drin ziemlich satt.«

Katinka grinste.

»Steig ein. Ich hoffe, dass in Haßfurt ab und zu ein paar Züge halten.«

5. Die Firma

»Paula Stephanus?«, sagte die Schwester im Vorbeilaufen. »Letzte Tür links.«

Katinka drückte die Klinke hinunter und trat ein. Paula lag in einem Einzelzimmer, in diskretem Halbdunkel. Sie blinzelte Katinka zu.

»Wie geht es dir?«

»So làlà.« Paula schloss die Augen. Es kam Katinka vor, als habe sie jemand anderen erwartet. »Die haben mir was gegeben, wovon ich mich fühle wie ein fauliges Salatblatt.«

Katinka trat ans Fenster und schob den Vorhang beiseite. Ein junger Mann eilte zum Parkplatz, Jeans, ein offenes Sakko, eine Aktentasche in der Hand. Er hatte den gleichen blonden Lockenkopf wie Paula.

»Der sieht ihr verdammt ähnlich«, murmelte Katinka.

»Mein Bruder, wenn du den Typen im Sakko meinst!«, sagte Paula matt.

»Dein Bruder?«

»Goddi. Ja. Er war gerade hier.«

»Goddi?«

»Eigentlich Godhard.«

»Wie heißt du eigentlich mit Mädchennamen?«

Paula seufzte.

»Jäger. Wie der aus Kurpfalz. Den Namen nehme ich garantiert nicht wieder an.«

Sie schwiegen eine Weile.

»Paula, ich würde dir gerne ein paar Fragen stellen. Natürlich geht mich die Sache nichts an. Schmeiß mich raus, wenn es dir unangenehm ist.«

»Ich bin froh um jede Silbe, die irgendjemand zu mir sagt.«

»Kennst du einen Karl Süßholz?«

»Klar. Ein Kunde von uns. Ein richtig großer Kunde. Wir leben das halbe Jahr von dem, was er einbringt.«

»Was habt ihr eigentlich für ein Geschäft?«

»Wir importieren und exportieren.« Sie betrachtete die gegenüberliegende Wand, als sei in dem trüben Weiß die Antwort auf alle Fragen versteckt. »Alle möglichen Sachen. Am Anfang, vor fünf Jahren, haben wir mit Kunsthandwerk aus Ägypten gehandelt. Keine wertvollen Sachen, eher Nippeskram. Heute liegt unser Schwerpunkt auf chemischen Substanzen, die für die Industrie benötigt werden. Sag mal, Katinka, könntest du mir eine Cola besorgen?«

Katinka nickte und machte sich auf die Suche nach einem Getränkeautomaten. Mit zwei Flaschen im Arm setzte sie sich wieder neben Paula.

»Ach, das tut gut«, sagte Paula nach dem ersten Schluck. »Die geben mir nur stilles Mineralwasser, das schmeckt dermaßen fade.«

»Was für Substanzen sind das?«

»Ziemlich viele unterschiedliche Sachen. Reinigungsmittel für Elektronik zum Beispiel. Manchmal Bestandteile für Farben und Lacke oder Düngemittel. Nichts Verbotenes.« Die Cola schien Paula aufzumöbeln. Ihre Wangen bekamen Farbe. »Ich möchte nach Hause. Meinst du, die lassen mich raus?«

»Du kannst jederzeit auf eigene Verantwortung gehen.«

»Goddi meint, das wäre keine gute Idee.«

»Was macht Goddi beruflich?« Es kostete Katinka Überwindung, die Koseform auszusprechen.

»Er ist Anwalt. Ein ziemlich nerviger Anwalt. Altklug und übervorsichtig. Er hat Hagen manchmal geschäftlich beraten, aber meistens mit jämmerlichen Ergebnissen. Irgendwann hat sich Hagen einen neuen gesucht. Dr. Siegloch heißt er.«

Die Tränen überwältigten Paula. Die Colaflasche rutschte ihr aus der Hand. Die braune Brühe rann ins Bettlaken. Katinka hob die Flasche auf.

»Die Polizei tut, was sie kann.«

Da war er wieder, dieser leere, ermüdende Spruch aus Ermittlermund.

»Das bringt mir meinen Mann nicht zurück.«

»Hast du … einen anderen?«

Paula wischte sich mit der Bettdecke das Gesicht ab.

»Ja. Den Michael. Aber das geht keinen was an, und ich habe Hagen nicht umgebracht. Ich hätte mich von ihm scheiden lassen, verstehst du? Ganz sauber.«

Katinkas Mund fühlte sich holzig an von den vielen Fragen, die sie loswerden wollte.

»Hast du schon die Scheidung eingereicht?«

»So gut wie.«

»Bei deinem Bruder? Ist er dein Anwalt?«

»Natürlich nicht. Mein Bruder und mein Vater haben konservative Ansichten, die hätten doch einer Scheidung nie zugestimmt.«

Katinka ging auf und ab wie die Tapir-Kommissarin.

»Michael – wie weiter?«

»Das geht dich nichts an, Katinka, o.k.? Das ist nur meine Sache.«

»Die Polizei wird nachfragen. Mach dich drauf gefasst.«

»Die werden eine Menge fragen.«

Katinka vergrub die Hände in den Jackentaschen.

»Kann ich etwas für dich tun? Brauchst du etwas?«

Paula schüttelte den Kopf.

»Lass mal.«

Katinka ging zur Tür.

»Noch was: Was wird denn nun aus dem Geschäft?«

»Das gehört mir.«

»Dir? Nicht Hagen?«

»Nein. Hagen ist, war, der Geschäftsführer und mein Angestellter. Wir haben noch einen Angestellten, den Josef. Der muss jetzt erst mal die Geschäfte führen, ich habe keine Ahnung, was aktuell alles ansteht.«

»Josef, und wie noch?« Verflucht, dachte Katinka, ich kann mir die Fragerei einfach nicht verkneifen.

»Wertinger.« Paula fielen die Augen zu. Katinka hob die Hand zum Abschied.

Wieder im Auto lehnte sie die Stirn gegen das Lenkrad. Sie könnte heimfahren. Heim zu Tom, zu dem Mann, der ihr einen Heiratsantrag gemacht hatte, und zu den lästigen Aufträgen, die in ihrem Büro die Zeit verschliefen.

Die Dämmerung kam schnell im Oktober. Katinka startete den Motor und fuhr los. Ohne Ziel, einfach so. In der Innenstadt hielt sie und schlenderte durchs Zentrum. Es war immer noch warm. Sie leistete sich ein Eis und stolperte über Norbert, der die gleiche Idee gehabt hatte.

»Na? Hat immer noch kein Zug am Bahnhof gehalten?«, fragte sie ironisch.

Norbert wurde rot und sah noch jungenhafter aus.

»Ich wollte mir das Städtchen ein bisschen ansehen. Malerisch, findest du nicht?«

Katinka ließ ihre Autoschlüssel klirren.

»Ich fahre nach Schweinfurt«, sagte sie. »Soll ich noch mal Taxi spielen?«

Norbert rückte an seiner Brille und folgte ihr. Sie fuhren auf die Autobahn. Katinka trat aufs Gas.

»Was hast du in Schweinfurt vor?«, fragte er.

»Eine Freundin besuchen.«

Er warf ihr einen misstrauischen Blick zu.

»Sag mal«, frage Katinka, als sie an Schonungen vorbeibrausten, »was wolltest du eigentlich wirklich in Haßfurt?«

»Rumgucken. Ehrlich. Nächste Woche stehe ich wieder unter Kunstlicht.«

Katinka beließ es dabei. Weil sie die Stille im Auto nicht ertrug, schaltete sie das Radio ein. Achtzehn Uhr. Nachrichten, auf Bayern 5 alle Viertelstunde. Sie hielt am Bahnhof und sah Norbert seinen Seesack über die Schulter werfen. Eine Minute später folgte sie ihm. Er studierte die Abfahrtszeiten, rannte plötzlich los. Katinka flitzte hinter ihm her zu den Gleisen und sah gerade noch, wie er auf einen Zug sprang, dessen Türen Sekunden später zuschlugen.

Sie suchte eine Telefonzelle und schlug den Namen *Stephanus* nach. Es gab zwei Nummern, eine private und eine mit dem Vermerk *Handelsagentur* hinter dem Namen. Sie merkte sich die Adresse und schlug sich zum Hafen durch. Hier war alles ruhig. Katinka ließ das Fenster herunter. Es roch nach Müll. Links im Schatten einer großen Halle sah sie Berge von Schrott.

Die *Handelsagentur Stephanus* bestand aus einem schlichten einstöckigen Gebäude und lag unscheinbar zwischen einem Elektrogroßhandel und einer Spedition. Katinka fuhr langsam vorbei. In einem Raum im Erdgeschoss brannte Licht. Sie stieg zwei Straßen weiter aus und ging zurück. Blieb im Schatten des Parkhäuschens vor der Spedition stehen, und sah sich nach Videoaugen um. Paulas Firma lag zurückgesetzt, vor dem Haus war Platz zum Parken. Alles sehr lax, keine Schranke, nicht einmal weiße Markierungen für Ein- und Ausfahrt. Gleich neben der Tür parkte ein Audi. Jenseits des Grundstücks hörte sie einen Lkw vorbeifahren.

Katinka ging auf das Gebäude zu. Plötzlich flammte ein Scheinwerfer am Haus auf. Sie sprang zurück. Sofort verschluckte sie die Dunkelheit. Sie musste höllisch aufpassen. Wenn sie von einer Überwachungskamera aufgenommen würde, käme die Polizei, allen voran die stramme Ruth Stein, mit sehr unangenehmen Fragen zu ihr. Das Licht erlosch. Niemand zeigte sich. Neben ihr troff ein kläglicher Laut aus dem Dunkel. Eine Katze, schwarz mit weißen Pfoten, strich um Katinkas Beine. Katinka ging in die Knie um sie zu kraulen, während sie nach Kameras suchte. Schließlich lief sie zum Auto, warf die Jeansjacke in den Kofferraum und stülpte sich ihren schwarzen Rollkragenpullover über, die Handschuhe, die Mütze.

Sie näherte sich dem beleuchteten Fenster, ohne den Bewegungsmelder noch einmal auszulösen. Jetzt sah sie, dass an Paulas Firma der Putz abblätterte und die Fenster dringend frischen Kitt brauchten. Drinnen saß ein Mann an einem Schreibtisch und starrte auf einen Bildschirm. Sein Gesicht schimmerte bläulich in dem unnatürlichen Licht. Ab und zu hackte er mit dem Zeigefinger auf eine Taste. Katinka hätte gern die Augen eines Chamäleons mit Zoomfähigkeit gehabt, um lesen zu können, was über den Bildschirm flimmerte. Sie blieb lange stehen und sah zu, wie der Mann Listen prüfte, bis er mit einem Mal aufstand, sich das Haar raufte, schließlich einen Stapel CDs aus einem Fach nahm.

Ein Auto näherte sich. Katinka schlich geduckt weg und rannte zur Straße, als der Geländewagen auf den Parkplatz bog. Ein Mann stieg aus. Katinka hockte sich auf ihre Fersen. Der Mann klingelte und wurde eingelassen. Katinka hielt den Atem an, als sie zum Fenster schlich.

Die Männer diskutierten. Nicht aufgeregt oder feindselig, eher als beratschlagten sie über den Ablauf einer Party. Ab und zu lachten sie, nur um sich betreten anzusehen. Wo gemordet worden war, lachte man nicht. Der Besucher nahm eine CD-Tasche entgegen und schüttelte dem anderen die Hand. Katinka tappte zur Straße zurück. Beide Männer traten vor die Tür. Katinka ging langsam zu ihrem Auto. Sie riss sich Mütze und Handschuhe herunter und schob sie in die Jeanstaschen. Der Geländewagen startete. Überholte sie und blieb stehen. Leise surrend fuhr die Beifahrerscheibe nach unten.

»Suchen Sie etwas?«, rief der Mann. Er hatte ein freundliches Gesicht, lockiges Haar, ein Kamelhaarmantel lag auf dem Sitz neben ihm. Darauf die CD-Tasche und eine Mappe mit der Aufschrift ›Mesoltech Geschäftsleitung‹.

»Meinen Rottweiler«, sagte Katinka breit lächelnd.

»Nichts für ungut. Aber diese Gegend ist kein allzu sicherer Ort für eine Frau allein.«

»Zuviel der Ehre. Es macht mich immer ganz verlegen, wenn Männer sich um mich sorgen.«

Er schwitzte. Sein Gesicht verzog sich. Nicht spöttisch, sondern genervt. Er fühlte sich auf den Schlips getreten. Öffnete das Handschuhfach und angelte nach einem Tempotaschentuch. Ein paar zerfledderte Papiere verrutschten. Den Pistolenlauf sah Katinka sofort. Der Mann schlug das Fach zu, hob die Hand mit dem Taschentuch zum Gruß und gab Gas. Splitt schleuderte hoch. Ein Steinchen traf Katinka am Kinn. Wieder im Auto notierte sie sich das Kennzeichen.

Sie zog sich um, bevor sie zur Autobahn fuhr. Es war halb neun. Nahe bei dem Torbogen, der den Kreisverkehr bewachte, leuchtete ein *Burger-King*-Schild in die Dunkelheit. Katinka hielt, leistete sich einen Hamburger und einen Kaffee und hockte sich unter ein Werbeplakat, das Oliver Kahn mit Burgertüte zeigte. Unwahrscheinlich, dass ein Sportler Junk futtert, dachte sie, während sie mit Appetit die Zwiebeln aus der Packung leckte. Bis auf ein Pärchen war sie alleine im Lokal.

Ein Streifenwagen hielt auf dem Parkplatz. Zwei Polizisten stiegen aus und kamen ins Restaurant. Sie sahen sich um, mit dem Blick von Menschen, die allerorten mit Außergewöhnlichem rechnen, holten sich Cola und Pommes und aßen im Stehen. Überall Polizei, man fühlt sich so unsicher, dachte Katinka und grinste beim Gedanken an ihr gutes Gedächtnis, wenn es um Blödsinn, Reime und Spontisprüche ging. Sie stellte ihr Tablett weg. Im Hinausgehen schenkte sie den beiden Grünen ein strahlendes Lächeln.

Gespräch 1

Er:	*Er sagt, es sei kein Problem.*
Der andere:	*Dann brauchst du dir keine Sorgen zu machen.*
Er:	*Diese Frau ist mindestens so clever wie Micky Maus.*
Der andere:	*Darüber mache ich mir keine Gedanken. Ich erwarte die Lieferung zur vereinbarten Zeit.*
Er:	*Die Sache steht.*
Der andere:	*Schon blöd, dass dein Partner ausgerechnet jetzt umgekommen ist.*
Er:	*Kein Kommentar.*
Der andere:	*Habe ich nicht erwartet. Du würdest dich um Kopf und Kragen reden. Jedes Wort ist zu viel.*
Er:	*Bis bald in Marienbad.*

6. Ein Auftrag

Der Strom der Touristen floss träge über die Brücke. Katinka betrachtete ihn spiegelverkehrt in Brittas Sonnenbrille. Sie genoss die seltene Gelegenheit, mit ihrer besten Freundin bei einer Tasse Kaffee Neuigkeiten zu bereden. Zwischendurch lauschten sie den Begeisterungsrufen, wenn die Besucher die vielen Kleinigkeiten an den Balkonen und auf der bunten Fassade des Alten Rathauses entdeckten und sich gegenseitig auf die versteckten Schönheiten am Flussufer hinwiesen. Wo sonst außer in Bamberg konnte man ein Rathaus mitten in einem Fluss bewundern! Videokameras und Fotoapparate surrten und klickten.

»Ich möchte nicht wissen, auf wie vielen privaten Urlaubsfilmen ich schon drauf bin«, beschwerte sich Britta, als ihr Espresso kam.

Katinka lachte.

»Ich auch nicht. Man kommt nicht mehr durch die Stadt, ohne Pulks von Touris umschiffen zu müssen.«

Britta verzog das Gesicht.

»Und du sagst, das war wirklich Curare?«, griff sie das Thema auf, das sie in den letzten zwanzig Minuten heiß diskutiert hatten, um die Wartezeit auf einen freien Platz im *Bassanese* zu nutzen. Als Journalistin und Redakteurin beim *Fränkischen Tag* stürzte sie sich wie ein Habicht auf alles, was neu und außergewöhnlich klang.

»Eindeutig«, antwortete Katinka.

»Das ist ... gruselig. Wer mordet denn mit Indianergift!«

»Ich habe nichts dagegen, wenn du die Informationen verarbeitest«, sagte Katinka. »Solange du mich als Quelle geheim hältst.«

»Der Landkreis Haßberge fällt nicht in mein Ressort«, erwiderte Britta. Ihre Enttäuschung konnte sie nur schlecht verbergen. Katinka wusste, dass Britta auf die Lokalnachrichten keine Lust mehr hatte. »Was für ein irrer Herbst! Hoffentlich hält das Wetter.«

Sie hingen ihren Tagträumen nach. Katinkas Blick fiel auf den Holunderbusch jenseits der steinernen Brüstung. Das knallige Violett der prallen Dolden vor dem blauen Himmel tat den Augen beinahe weh.

»Wäre man Maler«, sagte sie versonnen, »dann wäre der Herbst wohl die einzig wahre Jahreszeit.«

Britta grinste.

»Ich muss los. Die Pflicht ruft. Besser gesagt, der Deskchef.« Sie stand auf. »Wenn du was Neues weißt – melde dich, o.k.?«

In den folgenden zwei Tagen erledigte Katinka ein paar monotone Büroarbeiten, brachte die Buchhaltung in Ordnung und stockte die Nahrungsmittelvorräte auf, um Tom zum Kochen zu animieren. Immerhin habe ich einen Kerl gekriegt, der weiß, wo der Unterschied zwischen einem Roastbeef und einem Wiener Schnitzel liegt, dachte sie grinsend. Tapfer ignorierte sie sämtliche Gedanken an Paula und die *Handelsagentur Stephanus*. An den Nachmittagen nutzte sie das herrliche Herbstwetter, um am Kanal ihre Runden zu laufen und sich die Sonne aufs Gesicht scheinen zu lassen. Letzte Herbstblätter glühten vor einem blauen Himmel. Am Weegmannufer graste eine Schafherde, und Katinka machte sich einen Spaß daraus, den schwarzen Widder zu beobachten, der seinen Schafsgenossen das Fressen verleidete, indem er seine Hörner in ihre Seiten rammte.

Ein einziges Mal telefonierte sie mit Hauptkommissar Harduin Uttenreuther. Er saß in seinem Büro in der Bamberger Polizeidirektion und brütete über einer Einbruchsserie.

»Ach, Palfy«, bemerkte er spitz. »Die Kollegin hat mich schon angerufen. Sie haben wieder einmal eine Leiche gefunden.«

»Sehr witzig.«

»War ein blöder Scherz, entschuldigen Sie.«

»Schon gut. Wissen Sie, wo man Curare herbekommt?«

Er lachte.

»Nicht aus dem Effeff, aber ich finde, die Beschaffung von Pfeilgift ist nichts, worüber Sie nachdenken sollten.«

»Ich will den Fall nicht lösen.«

»Aber es juckt Sie, oder?«

Katinka hörte ihn in Papieren herumblättern. Sie wechselte das Thema.

»Wie geht es Elvira?«

Hardo schwieg ein paar Augenblicke.

»Wir sehen uns selten«, sagte er schließlich.

Du Schwein, schalt sich Katinka. Heißt das, es wird nichts aus Hardo und Elvira Hanf? Freust du dich darüber, du unbedeutender Kleingeist?

»Ach so.«

»Tja, Palfy, das erzähle ich Ihnen mal bei einem Bier.«

Mit pochendem Herzen legte Katinka auf und rief das Internet auf, um Informationen über Curare einzuholen. Es bestätigte sich nur, was sie ohnehin wusste: Im Internet konnte man alles kaufen. Indianische Pfeilgifte waren keine exotische Ware. Sie rief in der Zulassungsstelle an. Floriane meldete sich sofort.

»Was soll ich herausfinden?«, fragte sie nach ein paar höflichen Sätzen.

»Eine Schweinfurter Nummer.« Katinka diktierte das Kennzeichen.

Floriane machte kein Theater und rief sie wenig später zurück.

»Fahrzeughalter ist Karl Süßholz, geboren am 27.12.1952 in Schweinfurt.«

»Danke. Ich revanchiere mich.«

»Keine Ursache. Frau Palfy?«

»Ja?«

»Beim nächsten Mal nicht telefonisch.«

»Geht klar«, sagte Katinka.

In der folgenden Nacht schlief Katinka schlecht, sie sah den toten Hagen mit verzerrtem Gesicht vor sich, lag lange wach und achtete auf Toms Atemzüge. Dass Katinka früher als geplant nach Hause gekommen war, hatte er, nachdem er den Grund erfahren hatte, mit einem besorgten Kopfschütteln kommentiert. Er steckte bis über beide Ohren in Arbeit, programmierte ein System zur Erfassung von Personaldaten für einen großen Mittelständler. Am Freitagnachmittag hockte Katinka auf dem Sofa in seinem Arbeitszimmer und sah ihm beim Tüfteln zu, als es an der Tür klingelte.

»Ich gehe«, sagte sie.

Gespannt lauschte Katinka auf die schnellen Schritte im Treppenhaus. Ein blonder Lockenkopf kam zum Vorschein.

»Hallo Katinka«, keuchte Paula. Sie schleppte eine riesige Sporttasche die Stufen hinauf. »Du musst mir unbedingt helfen.«

Aufgelöst sah sie aus, das Haar ungewaschen, das Gesicht älter als noch vor ein paar Tagen. Sie roch nach Alkohol.

»Komm rein.« Katinka trat zur Seite, um sie einzulassen.

»Ich bezahle dich, das ist sowieso klar«, sagte Paula aufgeregt und folgte Katinka in die Wohnküche. »Hast du was zu trinken?«

»Für dich nur alkoholfrei«, erwiderte Katinka. »Orangensaft?«

»Keine Panik, ich bin mit dem Zug gekommen. Ich habe Stress, Katinka«, sagte Paula. »Ich weiß niemanden, der mir helfen könnte. Die ganze Zeit habe ich gegrübelt, aber auf einen grünen Zweig bin ich trotzdem nicht gekommen. Hej, du hast ja eine Katze.«

»Kater«, verbesserte Katinka und streichelte Vishnu, der um ihre Beine strich und nörgelte. »Wie üblich dauert ihm das Warten auf seine Mahlzeit zu lange. Was ist los?« Sie pulte eine Tüte Orangensaft auf.

»Ich habe dir von Süßholz erzählt. Unser bester Kunde. Er hat eine große Firma, macht in Solartechnik und Photovoltaik, erste Sahne. *Mesoltech* heißt seine Firma, hast du sicher schon mal gehört. Wir liefern ihm seine Solarflüssigkeit.« Sie griff nach dem Glas Saft. »Weißt du, die Flüssigkeit ist das Wärmeträgermedium, so nennt sich das. Da brauchst du gute Qualität, denn Solaranlagen sind teuer, und bei Wind und Wetter knabbern Frost und Korrosion an der Technik. Überhitzen soll sie sich auch nicht. Kurz, ein richtig gutes Geschäft.« Paula lockte Vishnu, aber der Gott aller Katzen zog sich beleidigt aus der Küche zurück.

»Und?« Katinka dachte an Hagens Klebezettel und Ruth Steins Kugelschreiber.

»Josef, unser Angestellter, steht heute früh bei mir vor der Tür und verlangt, dass ich einen Vertrag unterzeichne, der uns über Jahre an Süßholz bindet.« Paula zögerte. »Er meinte, ich würde doch die Firma ohnehin übernehmen. Angeblich hätte er die Angelegenheit mit Hagen schon in trockenen Tüchern gehabt, es fehlte nur die Unterschrift.«

»Worum geht es genau?«

»Ich … weiß es eben nicht. Seit immer mehr Leute Sonnenkollektoren auf ihre Dächer bauen und ihren eigenen Strom produzieren, macht Süßholz Umsatz ohne Ende.«

Katinka runzelte die Stirn.

»Du brauchst gar nichts zu unterschreiben, Paula«, sagte sie. »Vor allem nicht unter Druck. Das ist eine alte Masche, mit der Leute verunsichert und über den Tisch gezogen werden. Frag deinen Bruder, der ist doch Anwalt.«

»Ach, Goddi!«, schnaubte Paula. »Hast du wirklich nichts zu trinken?«

»Doch. Saft und Mineralwasser. Ich kann dir unten im Restaurant eine Cola besorgen.« Es lohnt sich immer, wenn die Gastronomie im Haus ist, dachte Katinka.

»Nein, danke.«

»Hast du den Vertrag mit?«

Paula schüttelte den Kopf.

»Ich konnte ihn nicht mal richtig lesen, so schnell hat Josef ihn mir unter der Nase weggezogen.«

»Paula, ich bin keine Juristin. Ich kann dich nicht beraten, wenn es um Verträge oder Geschäfte geht.«

»Das weiß ich schon«, erwiderte Paula und hob den Kopf. »Aber mir geht's um was anderes.«

»Rede nicht drum herum. Was ist es?«

»Josef hat wirklich ziemlich Druck gemacht. Er ist mir auf die Pelle gerückt, von wegen ich würde schon sehen, wohin meine Verweigerungshaltung führt. Er hat mir echt Angst gemacht, Katinka. Ich bin quasi aus dem Haus geflohen.«

Stirnrunzelnd fragte Katinka:

»Hat Hagen solche Verträge normalerweise ohne dein Wissen unterschrieben?«

»Ich glaube nicht. Aber was weiß ich schon. Ich habe Geheimnisse. Er hatte Geheimnisse. In alle Details war ich sowieso nicht eingeweiht. Vor allem nicht in die finanziellen Geschichten. Buchhalter ist Josef Wertinger. Mich interessierte mehr die Kundenbetreuung, das Marketing. Damit habe ich mich beschäftigt. Josef meint, wenn ich nicht einwillige, würde Süßholz die Beziehungen über einen anderen Importeur nutzen, und wir würden in die Röhre gucken.«

»Ach, komm schon: Das sind Sprüche. Einschüchterungstaktik.«

Paula schüttelte den Kopf.

»Das Geschäft ist knallhart, Katinka. Wenn ich die Firma halten will, darf ich Süßholz als Kunden nicht verlieren. Hagens Mutter ist auch schon auf die Bildfläche getreten und verlangte, ich sollte Hagens Schwester an der Firma beteiligen. Aber Marie ist von morgens bis abends zugekifft. Sie weiß erst ab mittags um eins, wie sie heißt.« Paula goss sich noch ein Glas Saft ein. »Hagens Mutter kann wirklich auftreten. Scheiße scheiße scheiße.«

»Hast du mit der Polizei über diesen dubiosen Vertrag geredet?«

Paula verneinte.

»Warum nicht? Vielleicht hat dieser Süßholz kein so schlechtes Motiv!«

»Du glaubst doch nicht, dass Süßholz Hagen ermordet hat!«

»Ich glaube nichts. Ich frage mich nur so manches«, entgegnete Katinka. »Hätte Hagen diesen Vertrag unterzeichnet?«

»Angeblich wollte er es tun, aber dann wurde er ermordet.« Paula nagte an ihrer Unterlippe.

»Er wollte ihn unterzeichnen, hat es aber nicht getan«, sagte Katinka. »Das ist ein ziemlicher Unterschied! Sicher gab es dafür einen Grund, und wenn es nur der war, den Vertrag genau zu studieren.«

»Josef hat angeboten, mir die Firma abzukaufen. Ich wäre den Laden los. Könnte von vorne anfangen.«

»Willst du das?«

»Im Augenblick nicht. Ich will in Ruhe nachdenken. Vor allem will ich mir ein genaues Bild von der Firma machen, will wissen, wie sie gerade dasteht. Wie soll ich sonst rauskriegen, was sie wert ist?« Paula trank Saft. »Mit Süßholz haben wir in all den Jahren nur positive Erfahrungen gemacht. Alles, was er anleierte, lief blendend. Hagen hatte Vertrauen zu ihm. Im Geschäft ist Vertrauen alles, hat er immer gesagt.« Sie wischte die Tränen weg. »Scheiße, wer schießt Hagen ab wie ein Grillhähnchen?«

»Dieser Wertinger scheint ein immenses Interesse an der Firma zu haben!«

»Er hat keine Frau, keine Familie, nichts. Statt dass er in seinem leeren Haus herumhockt, verbringt er lieber so viel Zeit wie möglich im Geschäft. Er reist sogar auf eigene Kosten durch die Weltgeschichte, um Kunden zu akquirieren. Manche von seinen Trips fand ich allerdings überflüssig.« Paula kringelte sich eine Haarsträhne um den Finger. »Er war mal verheiratet, aber irgendwas ging schief. Er hat nie darüber gesprochen, nur dass er sich Vorwürfe wegen einer bestimmten Sache macht.«

Katinka hörte die Arbeitszimmertür klappen.

»Tom!«, rief sie. »Wir haben Besuch.«

Tom kam in die Küche.

»Das ist Paula Stephanus. Paula, mein Freund Tom«, erledigte Katinka die Vorstellung.

Die beiden nickten sich zu.

»Tut mir leid, was passiert ist«, sagte Tom zu Paula.

»Danke«, murmelte sie.

»Ich störe euch nicht lange«, fügte er hinzu. »Ich mache mir schnell eine Tütensuppe.«

»Knifflige Probleme?«, fragte Katinka.

»Kann man sagen.« Er füllte den Wasserkocher und beäugte argwöhnisch Paulas gewaltige Sporttasche. Katinka fing seinen Blick auf und deutete ein Schulterzucken an. Keine Ahnung, formten ihre Lippen. Tom mixte sich seine Minutensuppe und verschwand hinter seinen Rechner.

»Netter Kerl«, sagte Paula. »Den gibst du aber nicht auf, oder?«

»Natürlich nicht«, erwiderte Katinka gereizt. »Was kann ich tun, Paula?«

Paula druckste herum.

»Ich weiß nicht, wie das bei Detektiven so läuft«, sagte sie dann. »Aber ihr beschützt doch auch Leute, oder?«

Katinka nickte.

»Ich hab Angst. Wenn ich mich in der Firma umsehe, will ich nicht ohne Begleitung hin.« Sie rieb sich die Augen. »Sag mir, was das kostet. Ich will nichts umsonst, das ist klar.«

Katinka fragte sich, ob Paula, erschüttert durch den Mord an Hagen, Gespenster sah.

»Wir können gleich zum Finanziellen kommen«, sagte Katinka. »Aber du solltest der Polizei von Wertinger und seinen Drohungen und von Süßholz' Angebot erzählen. Dann können wir über alles andere reden.«

In den letzten Jahren war ihm mehr Zeit zur Verfügung gestanden, als er mit Sinn zu füllen sich imstande fühlte.

Nach einigen grauen Monaten, in denen er geblendet von den leeren Versprechungen der ihm aufgezwungenen Pharmaprodukte dahinvegetierte, absolvierte er ein ehrgeiziges Leseprogramm. Eine Weile befasste er sich mit den Lehrreden Buddhas, bis er bemerkte, dass er zu den Sutras keine Zuflucht nehmen konnte.

So war er zur Bibel zurückgekehrt.

Als er ein Kind war, hatte seine Mutter streng darauf geachtet, dass er sonntags zur Kirche mitkam. Damals hatte er sich auf die Lesungen gefreut, vor allem auf die aus dem Alten Testament. Das Neue erschien ihm trocken, eine dürre Essenz von unwahrscheinlichen Geschichten. Aber das Alte Testament entfachte ein Feuer in ihm.

Feueropfer, Feuersäule, Feuerofen, Brand und Schwefel. ›Gott spricht zu Mose aus dem brennenden Dornbusch. Eine Feuersäule führt die Israeliten durch die Wüste. Der Zorn Gottes lodert einem Feuer gleich. Feuer ist eine Macht, die alles durchdringt.‹ Die Bilder wuchsen in ihm wie Geschwüre. ›Das Feuer läutert und scheidet das Reine vom Unreinen.‹ Er wischte die Schweißperlen weg. ›Es kommt einer, der wird euch nicht mit Wasser taufen, sondern mit Feuer.‹ Er versuchte sich zu konzentrieren und vertiefte sich in die Offenbarung des Johannes. ›Der Tod und die Unterwelt wurden in den Feuerpfuhl geworfen.‹ Sein Atem ging schneller. ›Wer nicht im Buch des Lebens verzeichnet war, wurde in den Feuerpfuhl geworfen.‹

7. Paula

»Wie lange bleibt Paula?«, fragte Tom. Er streichelte Vishnu, der es sich auf seinem Kopfkissen bequem gemacht hatte und nicht die leiseste Absicht hegte, den Platz freizugeben.

»Sei nicht so ungnädig. Ihr Mann ist gerade ermordet worden.«

»Dramatisch genug«, gab Tom zu, »halte mich nicht für kaltherzig. Aber ich brauche wirklich Ruhe, um diesen Auftrag hinzukriegen!«

»Sie pennt heute Nacht in unserem Wohnzimmer, wo ist das Problem? Morgen begleite ich sie nach Hause und sehe mich um, bleibe vielleicht eine Nacht. Dann hat sich die Lage schon entspannt.«

»Und ich hatte gehofft, *du* würdest in der nächsten Zeit etwas entspannter sein.«

»Bin ich unausgeglichen?« Katinka setzte sich im Bett auf.

»Können wir nicht mal vernünftig reden?«, fragte Tom gereizt.

»Klar. Rede.«

Tom seufzte.

»Du willst mich nicht, oder?«

»Wie kommst du darauf?«

»Du selbst hast es mir mal erklärt. Rückfragen deuten darauf hin, dass ein Verdächtiger aus dem Konzept gerät und der Ermittler dem Kern der Sache näher kommt.«

Ein kalter Wurm kroch in Katinkas Herz.

»Was meinst du denn damit!«

Er stopfte sich ein Kissen in den Nacken.

»Willst du mich jetzt heiraten? Oder nicht? Sei ehrlich!« Er strich ihr übers Haar. »Du weichst mir seit Monaten aus. Das kann's doch nicht sein!«

Ich gehe unfair mit ihm um, dachte Katinka zerknirscht. Warum nur konnte sie bei der Vorstellung, den Mann neben sich zu heiraten, nicht in Begeisterung geraten? Irgendwo im Räderwerk ihrer Beziehung musste ein Rädchen angefangen haben, sich in die falsche Richtung zu drehen.

»Ich denke einfach, wir können auch ohne Trauschein zusammenleben. Es kommt doch nicht auf den Familienstand an.«

»Schon gut. Ich will doch nicht, dass du irgendwann aus Zermürbung ›ja‹ sagst. Aber deine Unentschlossenheit zeigt mir, dass du nicht sicher bist, ob du mich willst. Das tut weh.«

Katinka spielte mit ihrem Kissen herum.

»Tom, als du mich gefragt hast, ob wir heiraten, da … hatte ich gerade einen nervenzerfetzenden Fall gelöst. Du hast eine Entführung überstanden. Wir waren beide in einer absoluten Ausnahmesituation.«

Tom sah sie verletzt an.

»Deshalb gilt mein Heiratsantrag dennoch.«

Wie das klang, Heiratsantrag. Nach Biedermeier und Korsett, sonntäglichem Kaffeetrinken mit Schwiegereltern, Streitereien um die korrekte Zubereitung von Weihnachtsgänsen. Katinka hatte Sehnsucht nach einem Bier und absurderweise nach einer Zigarette, obwohl sie seit Jahren nicht mehr rauchte. Nach einem Blues, der auf Gummisohlen dahertappte, schräg und off beat.

Tom, ich liebe dich ja. Wollte sie sagen. Sagte sie nicht. Wenn Hardo sie fragte, ob sie seine Frau werden wollte – was würde sie antworten? Entschlossen schüttelte sie den Kopf.

»Bitte, Tom. Ich … ach, Mist!«

Sie stand auf und ging in die Küche. Im Wohnzimmer brannte noch Licht, Paula lag wohl genauso schlaflos da wie sie und Tom. Katinka holte sich ein Bier aus dem Kühlschrank und schnickste den Kronenkorken am Heizkörper weg. Draußen ging Wind. Sie hörte ihn um die Hausecken heulen. Die Bäume fuchtelten mit ihren Ästen und ließen ihre Blätter auf die Straße rieseln.

»Katinka?« Tom kam auf bloßen Füßen in die Küche getappt. Er nahm sie in die Arme. »Lässt du mich mal trinken?«

Verdammt, sie konnte ihn nicht so enttäuschen. Sie würde keinen besseren kriegen. Sollte sie tatsächlich auf eine Beziehung zu einem zwanzig Jahre älteren Beamten setzen?

»Klar.« Sie reichte ihm die Flasche. Was, wenn sie Tom verlöre? Wenn er es irgendwann müde würde, sich Ausflüchte anzuhören? »Gib mir Zeit, Tom.«

Er trank in großen Schlucken.

»So viel du willst«, entgegnete er und drückte ihr das Bier in die Hand. Sein Blick wich ihrem aus.

Sie küsste ihn zaghaft. Sie mochte seine Lippen. Das oft so spöttische Glimmen in seinen blauen Augen. Sie mochte seinen Geruch und seine Hände und hasste sich dafür, wenn sie in seiner Umarmung an einen anderen dachte. Auch wenn es mehr als fünfzig Prozent aller Frauen so machten. Das hatte sie jedenfalls gelesen.

Der Samstag brachte Temperaturen wie im Spätsommer. Katinka öffnete das Verdeck und lud Paulas Sporttasche ein.

»Was genau willst du von mir?«, fragte sie und lenkte den Beetle zwischen Schlangen von Lkws auf den Berliner Ring. Sie fühlte sich ganz wepsig und war froh, von zu Hause rauszukommen. Das liegt am Wetter, beruhigte sie sich. Keinesfalls an Tom oder an irgendeiner Sache, die Tom und mich betrifft.

»Bleib ein paar Tage bei mir. Komm überall mit mir hin. In die Firma vor allem.«

Katinka konnte sich im Augenblick kaum vorstellen, dass es wirklich jemanden gab, der Paula ans Leder wollte, aber wie sollte man gerade jetzt solche finsteren Gedanken denken? Wie das Mittelmeer gleißte der blaue Himmel, und die Weinberge rechts der Autobahn leuchteten in allen Neonfarben. Von Paulas Gesicht war kaum etwas zu erkennen. Eine großformatige Sechziger-Jahre-Sonnenbrille verdeckte mindestens fünfzig Prozent ihrer weißen Haut.

»Was hast du vor?«, fragte Katinka.

»Ich weiß es noch nicht. Ich gebe die Firma nicht einfach so aus der Hand. Manchmal habe ich das Geschäft gehasst, weil Hagen mehr mit der Firma verheiratet schien als mit mir. Aber immerhin hatte er keine andere Frau.«

»Deine Nacht war ziemlich durchwachsen, oder?«

»Kann man sagen.« Paula lehnte den Kopf zurück. »Ich muss immerzu daran denken, dass ich Hagen betrogen habe. Als er noch lebte, schien mir das legitim, schließlich raubte Hagen mir meine Zeit und meine Jugend und meine positiven Gefühle für ihn, indem er immer nur arbeitete. Aber jetzt denke ich, was für ein Quatsch.«

Schuldgefühle, dachte Katinka. Sie sind immer und überall.

»Ich will das Geschäft unter die Lupe nehmen. Wenn ich mich dafür entscheide, die Firma zu verkaufen, dann weiß ich wenigstens, was ich abstoße.«

Paulas Handy klingelte. Sie sprach kurz, fummelte nervös an ihrer Brille.

»Der Tapir, hm?«, sagte Katinka, als Paula auflegte.

»Wer?«

»Kommissarin Ruth Stein.«

»Du nennst sie Tapir? Das passt!« Paula lachte kläglich. »Sie sagte, ich könnte die Beerdigung planen.«

»Dann geben sie Hagens Leiche frei.«

»Ist das ein gutes Zeichen?«

»Ein schlechtes jedenfalls nicht.«

»Aber sie haben noch keine Ahnung, wer ihn umgebracht hat. Ich kapiere das nicht.«

Katinka sagte nichts dazu. Sie warf einen Blick auf den in der Sonne glitzernden Main und verschwieg Paula, dass Tötungsdelikte zu über neunzig Prozent Beziehungstaten waren. Dass die Polizei so gut wie immer den Mörder fand, sobald sie das Umfeld ausgeleuchtet hatte. So würde es auch bei Paula sein. Die Familie, die Arbeitskollegen. Große Mysterien waren nicht zu erwarten. Ich habe damit nichts zu tun, redete sie sich zu. Es ist nicht mein Fall.

»Hagen hat vor ein paar Jahren eine Grabstätte für uns gekauft. Wir waren in der Nähe von Ebrach unterwegs und stießen oberhalb des Ortes auf einen kleinen Friedhof. Beschaulich, mit Apfelbäumen jenseits der Mauer und einer winzigen Kapelle. Damals philosophierten wir gerade viel über den Tod, und Hagen kam auf die Idee, auf diesem Minifriedhof ein Grab zu kaufen. Eine ziemlich verrückte Sache, mit dreißig ein Grab zu besitzen. Es geschah aus einer Laune heraus. Ein Tag wie heute, und dazu die herrliche Gegend …«

Katinka schaltete die Scheinwerfer an. Sie fuhren in den Tunnel Schwarzer Berg. Eine zweite Röhre wurde gerade gebaut, und der Verkehr verengte sich auf zwei Spuren. Katinka mochte Tunnel nicht, und den Schwarzen Berg schätzte sie nur deshalb, weil er kurz war, nicht einmal einen Kilometer lang. Die Augen wollten sich eben an die Dunkelheit gewöhnen, da glitten sie schon wieder über den sonnenbeschienenen Asphalt.

»Hagens Mutter weiß das noch gar nicht. Die alte Bernhild kriegt einen hysterischen Krampf, wenn sie es erfährt.

Seiner Schwester ist es wahrscheinlich deswegen schwer ums Herz, weil ihr Hauptsponsor jetzt von der Bühne abgetreten ist.«

»Hauptsponsor?« Katinka überholte einen Pferdetransporter.

»Marie snifft so ziemlich alle Pülverchen, die zu haben sind. Vielleicht kocht sie sich auch die Süppchen selbst zusammen. Hagen hat ihr schon zwei Entziehungskuren bezahlt.«

»Zahlt das nicht die Krankenkasse?«

»Für Marie sollte es die beste Privatklinik sein. Genützt hat es nicht, spätestens nach fünf Wochen war sie rückfällig.«

Katinka dachte an Paulas Alkoholproblem und setzte den Beetle wieder auf die rechte Spur.

»Für jüngere Geschwister fühlt man sich verantwortlich«, dozierte Paula. »Mit Goddi geht mir das ähnlich. Er ist vier Jahre nach mir zur Welt gekommen und musste immer besonders gefördert werden. Er tat sich mit allem schwer. Unsere Mutter starb früh, da war ich acht und Goddi vier. Goddi pinkelte nachts ins Bett, bis er zehn war. Die Ärzte sagten, das wäre die seelische Belastung durch Mamas Tod. Papa machte ihn fertig. Bettnässer passen nicht in sein Weltbild. Mein Bruder hat ziemlich unter seiner autoritären Fuchtel gelitten. Bis er in ein Internat kam, da war er zwölf und schon als Schulversager abgestempelt. Aber die Patres haben ihn wieder flottgekriegt.« Paula lachte auf. »Klingt witzig, oder? Ich mag schräge Formulierungen.«

»Wusste Hagen, dass du die Scheidung eingereicht hast?«

»Ich habe sie noch nicht offiziell eingereicht. Nur mit dem Anwalt gesprochen und die Modalitäten geklärt. Nach dem Bogenschießkurs wäre es losgegangen.«

Katinka pfiff leise durch die Zähne. Sie konnte sich zusammenreimen, welche Diskussionen dieses pikante Detail in der Ermittlungsgruppe der Polizei auslösen würde. Ermordete eine Frau, die ihre Scheidung mit einem Anwalt besprach, zeitgleich ihren Ehemann?

»Ich muss da jetzt irgendwie durch«, murmelte Paula. »Hast du Geschwister?«

»Eine Schwester. Auch jünger.« Katinka lachte. »Die Phase, in der ich mich für sie verantwortlich fühlte, habe ich abgehakt. Sie lebt mit wechselnden Partnern in Wien und führt ein Literaturcafé. Wahrscheinlich nimmt sie wenig Geld ein, aber in ihrem Fall sponsert unser Vater.«

Paula schnaubte.

»Hattet ihr einen Ehevertrag?«, wollte Katinka wissen.

»Klar. Gütertrennung. Mit der Firma verdienten wir beide Geld. Ich fand das albern und altmodisch, diese Geschichte mit dem Zugewinn. Wir haben eine moderne Ehe geführt, in der jeder sein eigenes Konto hat.«

Katinka gewöhnte sich nur schwer daran, Menschen, mit denen sie gerade Umgang hatte, ganz rational der Überlegung zu unterziehen, ob sie töten könnten. In einem bestimmten Fall getötet hatten. Sollte die Polizei den Ehevertrag checken. Nicht mein Fall, prägte Katinka sich ein.

Links kam das Kernkraftwerk Grafenrheinfeld in Sicht. Dicke Dunstschwaden trieben aus den Kühltürmen. An der Ausfahrt ›Hafen‹ fuhr Katinka von der Autobahn ab und ließ sich geduldig von Paula den Weg erklären. Dass sie sich schon einmal umgesehen hatte, behielt sie besser für sich.

Die *Handelsagentur Stephanus* wirkte im Hellen noch bescheidener, als sie Katinka in der Nacht vorgekommen war. Der Putz blätterte ab, über dem Eingang war der Verfall besonders deutlich. Die glänzende Fassade der benachbarten Spedition verstärkte den Eindruck noch.

Der Audi vom Dienstagabend stand neben der Eingangstür. Sonst war der Parkplatz leer.

»Das Auto gehört Josef«, erklärte Paula und löste den Sicherheitsgurt.

»Seit wann arbeitet er für euch?«

»Schon seit Bestehen der Firma. Das sind jetzt knappe sechs Jahre.«

»Was sollte ich über Wertinger wissen?«

»Er stammt aus Landshut. Ein Altbayer mit Animositäten den Franken gegenüber.« Paula lachte.

»Gab es irgendwann schon mal Probleme mit ihm?«

»Absolut nicht. Hagen mochte seine Zuverlässigkeit. Josef identifiziert sich zu hundert Prozent mit dem Geschäft. Reißt sich den Arsch auf, um neue Kontakte herzukriegen.«

»Keine Konflikte? Streitereien, Genörgel, Meinungsverschiedenheiten?«

Paula schüttelte mit Bestimmtheit den Kopf.

»Da fällt mir beim besten Willen nichts ein.«

»Gehen wir!«, sagte Katinka und stieg aus. »Und sieh zu, dass er dir den Vertrag aushändigt, den du unterschreiben sollst, damit du ihn einem Juristen auf den Schreibtisch legen kannst.«

Paula nickte und ging auf die Tür zu. Katinka folgte in einigem Abstand. Sie sah sich wieder nach Kameras um. Hier war doch eine, direkt über der Tür. Sie filmte den Umkreis der Tür mit einem Durchmesser von maximal drei Metern.

»Paula!« Ein großer Mann, kräftig gebaut, kam durch die Eingangshalle auf sie zu. Er sah ausgelaugt aus. Dunkle

Schatten lagen unter seinen Augen. »Gut, dass du kommst. Die Polizei war hier …« Er verstummte.

»Das ist Katinka Palfy, Privatdetektivin«, stellte Paula vor. »Josef Wertinger, Buchhalter der *Handelsagentur Stephanus*.«

Wertinger drückte Katinka widerwillig die Hand.

»Angenehm. Paula, wir müssen reden.«

»Kein Thema, ich will ohnehin mit dir sprechen. Ich bräuchte einiges an Daten von dir.« Paula ging ihm voraus ins Büro.

»Paula, wir müssen die Geschäfte am Laufen halten. Es sind Entscheidungen zu treffen.«

»Wenn ein Mensch stirbt, Herr Wertinger«, sagte Katinka, »dann sollten auch Geschäftsleute zugestehen, dass die Welt für kurze Zeit stehen bleibt.«

»Das werden gerade Sie wissen«, begehrte Wertinger auf. »Was wollen Sie eigentlich hier? Paula, was soll das?«

»Frau Palfy begleitet mich in den nächsten Tagen.«

Wertinger glotzte, riss sich zusammen und sagte:

»Paula. Wir müssen Dinge besprechen. Dieser Vertrag muss unterzeichnet werden. Süßholz wartet.«

»Zuerst brauche ich Einblick. Rundum. In alles.«

Wertinger raufte sich das Haar.

»Süßholz wartet auf deine Unterschrift.«

»Kann er haben«, sagte Paula. »Druck mir den Vertrag aus, und ich lasse ihn prüfen.«

»Spinnst du jetzt vollkommen? Hagen hat den Vertrag schon durchsehen lassen.«

»Bei welchem Anwalt denn? Bei Dr. Siegloch nicht. Ich habe ihn gefragt.«

»Woher soll ich das wissen!« Wertingers Stimme wurde sehr laut. »Ich habe den Text nicht hier.«

Katinka blinzelte Paula zu und schlenderte ins Nebenzimmer.

»He, was treiben Sie denn da!« Wertinger kam hinter ihr her. Katinka blickte auf seine geballten Fäuste.

»Sie stehen ganz schön unter Stress, wie?«, fragte sie.

Einen Augenblick lang sah es so aus, als wolle Wertinger auf sie losgehen. Dann fing er sich, holte tief Luft und sagte:

»Verzeihung. Wir sind alle nervös.«

»Sie haben doch sicher Lagerräume?«, fragte Katinka.

»Eine Abstellkammer. Ein Lager ist zu teuer.«

»Führen Sie mich mal rum?«

Wertinger rieb sich die Finger.

»Jetzt ist es gerade nicht günstig«, sagte er.

»Macht nichts. Ich sehe mich gerne alleine um.«

»Nun warten Sie doch. Ich begleite sie.« Zähneknirschend kam Wertinger Katinka nach.

Er führt sie in zwei kleine Räume, die durch eine Schiebetür verbunden waren. Sie sahen aus wie Katinkas und Toms Kellerabteil. Alte, zerdrückte Kartons, Autoreifen. Katinka buchstabierte die Aufschriften.

»Was war hier drin?« Sie deutete aufs Geratewohl auf einen Karton mit der Aufschrift СОФЯ auf dem Adressenaufkleber.

»Düngemittel für Brasilien.«

»Das kriegen Sie aus Sofia?«

»Zur Zeit ja. Der südamerikanische Markt ist auf Einfuhren angewiesen. In Brasilien wird der Bedarf an Dünger zur Hälfte aus Importen gedeckt. Das Gleiche ist es mit Kosmetika«, erläuterte Wertinger. »Die Brasilianer lieben Kosmetik. Auch die Männer. Bei uns in Deutschland ist dieses Bedürfnis noch nicht so ausgeprägt.«

»Deswegen sind die meisten Männer auch ziemlich hässlich«, sagte Katinka.

Wertinger öffnete wie in Zeitlupe den Mund und sagte: »Das muss ich mir nicht bieten lassen.«

»Sie rechnen sich doch sicherlich nicht zu dieser Gruppe, oder?« Katinka musterte unverhohlen seinen Anzug und die Krawatte. Seine Kleidung war in Ordnung. Adrett allenfalls. Keineswegs einfallsreich und bestimmt nicht so hinreißend, wie er es sich einbildete.

»Arbeiten sie mit der Spedition nebenan zusammen?«

»Nein. Wir haben als Partner ein großes europäisches Logistikunternehmen an der Hand. Das meiste, was wir importieren und exportieren, geht direkt vom Verkäufer an den Lieferanten. Wir sehen so gut wie alle Sachen nur auf dem Papier.«

Katinka schaute auf die Uhr. Paula hatte inzwischen längst die Daten abgezapft, die sie haben wollte. Sie stieß gegen einen zerfledderten Karton auf dem Fußboden.

»Danke für Ihre Zusammenarbeit«, sagte sie.

»Hören Sie mal, ich habe nicht die leiseste Vorstellung, was Sie hier eigentlich wollen.« Er schnappte sich den durchlöcherten Karton.

Katinka nickte ihm zu und ging zurück ins Büro. Mit lautem Rasseln verschloss Wertinger die Tür zu den Abstellkammern. Katinka streckte den Kopf zu Paula hinein.

»Bist du fertig?«

Sie nickte stumm und schob eine CD in die Jackentasche.

»Dann würde ich vorschlagen, dass wir jetzt gehen«, sagte Katinka. »Und Sie, Herr Wertinger, sollten Paula möglichst schnell den Vertrag zuschicken.«

8. Bernhilds Auftritt

Sie traten ins Freie. Die Mittagssonne schien so heiß wie im August. Der Geruch nach Müll schien unerträglich.

»Wenn das mal nicht schon der Klimagau ist«, murmelte Katinka. Aus den Augenwinkeln sah sie, wie Wertinger den Karton in einen Mülleimer stopfte.

Ein Porsche Cayenne rollte auf den Parkplatz vor der Firma. Er bog in einer Weise von der Straße ab, als handele es sich um eine außerordentliche Gunst, dass er ausgerechnet hier vor Anker ging.

»Na, dann Prost!«, sagte Paula.

Die Wagentür öffnete sich, und ein schlankes Bein, das am Fuß in einen weißen Pump auslief, kam zum Vorschein. Katinka hielt unwillkürlich Ausschau nach Kameras und Beleuchtern.

»Wer ist das?«, raunte sie.

»Hagens paranoide Mutter.« Paula presste beide Hände an ihre Brust. »Mach dich bereit.«

Der silbergrauen Karosse entstieg eine Dame um die sechzig. Ihr kurzes Haar glänzte im gleichen Ton wie der Autolack. Über engen, schwarzen Hosen trug sie eine weiße, duftige Tunika.

»Aha. Paula. Wie gut. Bringen wir es also hinter uns.«

Paula blieb stehen.

»Hallo«, sagte sie unbestimmt.

»Keine sehr charmante Begrüßung.« Frau Stephanus senior kniff die Lippen zusammen. »Es hätte sich gehört, mich anzurufen. Nachzufragen. Zu kondolieren. Nichts dergleichen.«

»Ich habe von dir auch keinen Anruf bekommen, Bernhild«, bemerkte Paula spitz und ging auf Katinkas Beetle zu. »Ist dir aufgefallen, dass mein Mann gestorben ist?«

»Ich hätte mehr familiären Zusammenhalt von dir erwartet. Immerhin haben wir einiges zu klären. Bei der Polizei gab man mir keine Auskunft. Ich will meinen Sohn begraben.« Theatralisch warf sie die Arme in die Höhe. »Da ihr keine Kinder habt, ist außerdem zu besprechen, wie wir es mit dem Erbe halten. Ich bin gerne bereit, auf meinen Anteil zu verzichten und ihn anzulegen, damit du ihn nach meinem Tod mit Marie teilen kannst.«

»Warten wir den Termin beim Nachlassgericht ab«, entgegnete Paula und warf die CD in hohem Bogen durch das offene Dach in den Beetle.

Katinka drängte sich zwischen die beiden Frauen.

»Paula, wir müssen zum nächsten Termin.«

»Wer sind Sie denn?« Pikiert rümpfte Bernhild Stephanus die Nase.

»Mein Beileid, Frau Stephanus.« Katinka wog ihren Autoschlüssel in der Hand. »Es tut mir wirklich leid, dass ich Ihre Schwiegertochter so flott entführe, aber Sie wissen, wie es ist im Geschäftsleben.«

»Das weiß ich allerdings. Und dass Sie mit der Firma nicht mal eine Socke gemeinsam haben, rieche ich gegen den Wind.«

»Mit dieser Firma sicher nicht.« Katinka wies hinter sich. »Ich habe meine eigene.«

Bernhild wollte etwas erwidern, doch ein zweiter Wagen bog ab und hielt neben ihrem. Ein Herr stieg aus, mit Hut und Mantel, als brause ein Schneesturm über Schweinfurt hinweg und nicht der wärmste Herbst seit langem.

»Na, das trifft sich ja wunderbar«, blühte Bernhild auf. »Grüß Gott, Herr Dr. Jäger.«

Katinka zog fragend die Augenbrauen hoch.

»Mein Vater.« Paula schob resigniert die Hände in die Taschen. »Jetzt wird's erst richtig spannend.«

»Paula! Mädchen, wieso meldest du dich nicht bei mir?«

»Meine Rede«, bestätigte Bernhild Stephanus und entnahm ihrer Handtasche eine silberne Schatulle, dieser wiederum eine Zigarette.

»Mein Beileid, Bernhild. Es ist so unfassbar!« Paulas Vater nahm den Hut ab und küsste Bernhild die Hand. Sein Gesicht war zerfurcht von tief in die Haut eingeschnittenen Falten. Das Haar war noch voll, weiß wie Gischt fiel es ihm in die Stirn. Er sah sich nach seiner Tochter um.

»Paula!« Er nahm sie in die Arme. Durchaus herzlich, aber doch knorrig wie Feuerholz. Katinka ahnte, dass er selten Gefühle zeigte.

»Hallo Papa«, sagte Paula unbeteiligt.

»Ich habe so oft versucht, dich zu erreichen! Wir haben uns Sorgen gemacht, Goddi und ich.«

»Ich wollte allein sein.«

Bernhild steckte ihre Zigarette an und rauchte.

»Aber wenigstens kurz anrufen hättest du können!« Dr. Jäger ließ Paula los. »Es gibt so viel zu regeln. Beerdigung. Grab. Kränze. Einladungen. Sterbebildchen. Pfarrer.« Er nahm seine Finger zu Hilfe, um alles aufzuzählen.

»Ja. Ich werde das planen«, bestätigte Paula.

»Kind, wir wollen dir doch helfen.«

»Sie wird auf uns angewiesen sein«, sagte Bernhild zu Paulas Vater. »Hagen sollte im Familiengrab auf dem Schweinfurter Friedhof beigesetzt werden. Immerhin braucht sie dann nicht extra ein Grab zu kaufen.«

»Pech gehabt, Bernhild. Hagen und ich besitzen ein Grab«, erwiderte Paula.

Bernhild hustete, ein unechtes empörtes Aufkeuchen.

»Du bist nicht gescheit! Hagen wird dort bestattet, wo auch mein Bruder und meine Schwester liegen.«

»Das wird sich wohl kaum so ergeben.«

Bernhild verdrehte die Augen, sog gierig an ihrer Zigarette und sagte:

»Dir ist schon klar, dass ich dir Schwierigkeiten bis zum Himmel machen kann?«

»Nun lassen Sie doch …«, regte Paulas Vater sich auf. »Es ist jetzt nicht der geeignete Augenblick für solche …«

»Gerfried, die Stunden vergehen, und Dinge sind zu erledigen. Dass eine frisch verwitwete junge Dame von zweiunddreißig das nicht alleine schafft, kann ich ja zugestehen.«

Katinka beobachtete sie scharf. Die Zigarette in ihrer Hand zitterte. Bernhild Stephanus war nicht im Entferntesten so cool, wie sie tat.

»Wir setzen uns in Ruhe zusammen«, schlug Gerfried Jäger vor. »Ich lade zu mir nach Hause ein. Wir lassen etwas zu essen kommen und besprechen …«

»Es gibt nichts zu besprechen!«, sagte Paula. Ihre Stimme klang schrill. »Die Einladung zur Trauerfeier geht euch in den nächsten Tagen zu.« Sie kletterte in den Beetle. »Katinka, können wir?«

»Klar.« Katinka klemmte sich hinter das Steuer.

»Wer sind Sie denn?«, fauchte Gerfried.

»Katinka Palfy, private Ermittlerin«, sagte Katinka.

»Private – *was* sind Sie?«

Katinka startete den Motor. Mit zwei beherzten Schritten trat Bernhild Stephanus auf den Beetle zu. Sie beugte sich über das Seitenfenster zu Katinka. Ihre frisch manikürten Finger krallten sich um das Glas.

»Sie dürfen hier gern amerikanischer Filmstar spielen«, erklärte sie mit flackerndem Blick. Sie roch nach Rauch. »Aber was auch immer Sie tun: Hüten Sie sich vor Paula. Es gibt niemanden, der so verlogen, so selbstsüchtig und so …«

»Bernhild!« Paulas Vater trat neben sie. »Müssen Sie denn an einem Tag wie diesem Ihr Gift verspritzen? Muss das wirklich sein?«

Katinka ließ die Kupplung kommen und fuhr an. Bernhild musste das Auto loslassen. Im Rückspiegel sah Katinka, wie sie auf ihren Absätzen schwankte und Gerfried nach ihrem Arm griff.

»Ihr hört von mir!«, schrie Paula ihnen zu, als sie vom Parkplatz rollten.

»Was war das denn?«, fragte Katinka zwei Minuten später.

»Einer der üblichen Auftritte von Hagens Mutter.« Paula klaubte die CD vom Boden auf und betrachtete sie. Ihre Hände bebten.

»Sollen wir irgendwo einen Kaffee trinken?«, fragte Katinka.

»Nein, ich will heim. Ich mache uns dort einen.«

Paula wohnte in einem Altbau in der Neutorstraße. Laub raschelte unter ihren Füßen, als sie zur Tür gingen.

»Gehört euch das Haus?«

»Bist du von Sinnen? Nur die Wohnung. Hier habe ich mich durchgesetzt. Hagen wollte ein Haus auf dem Land kaufen, in einem von den Wohngulags. Aber ich wäre eher in die Bronx gezogen als in ein Dorf.«

»Kann ich verstehen.« Katinka musterte das schön renovierte Treppenhaus, die gedrechselten Säulen des Geländers, die lackierten Holzstufen. Im zweiten Stock steckte Paula den Schlüssel ins Schloss.

»Warte!« Katinka drängte sich vor. »Ich bin für deine Sicherheit verantwortlich.«

»Lass das. Wir sind nicht im Film.«

»Sagte deine Schwiegermutter.«

Paula stöhnte und ließ Katinka vorgehen. Die Wohnung war sauber.

»Habe ich dir gleich gesagt«, meckerte Paula. »Schau dich um, ich mache uns einen Kaffee.«

Katinka wanderte staunend durch die vier Zimmer. Jedes besaß seine eigene Ausstrahlung, hier kam nichts aus dem Möbelhaus, sondern aus den Palästen der Fantasie. Die Wohnung beherbergte Menschen, die gerne lasen und Musik hörten, ohne Fernseher klarkamen und sich nicht um den Mainstream scherten.

»Schön hier«, sagte Katinka und kam zu Paula in die Küche, ein altmodischer, quadratischer Raum mit schwarzen und weißen Bodenfliesen im Schachbrettmuster.

»Stell deine Sachen einfach im Gästezimmer ab«, schlug Paula vor. »Und jetzt gibt's Kaffee.«

Sie setzten sich auf den Balkon in die Sonne. Die Wärme strahlte von der Hauswand zurück. Es wurde schnell heiß. Paula spannte den Sonnenschirm auf. Gegenüber warb ein Schild für Natursteine.

»Ein unglaublicher Oktober«, sagte Paula.

»Erzähl mir mehr von Bernhild«, bat Katinka.

»Gibt's nicht viel zu erzählen. Sie hasst mich. Ich bin einfach nicht die richtige Frau für Hagen. Als unsere Ehe in die Krise geriet, posaunte sie es überall herum und hatte nichts

Besseres zu tun, als es gleich meinem Vater zu stecken. Du hast ihn doch gesehen. Ein Gentleman der alten Schule«, seufzte Paula. »Er hat wirklich die besten Absichten und will mich unterstützen, aber das bedeutet für ihn, dass ich all das tun muss, was er für richtig hält und Generationen vor ihm für richtig hielten. Modern kann man Papa nicht nennen.«

Katinka dachte kurz an ihren Vater, der sich so gut wie nie in ihr Leben eingemischt hatte.

»Papa war Staatsanwalt«, fuhr Paula fort. »Nie gehört? Zu seiner aktiven Zeit war er über die Grenzen Schweinfurts bekannt als scharfer Hund. Gerfried Jäger, Meister seines Faches, scharf wie ein türkischer Säbel.«

»Ist er schon in Pension?«

»Er ist siebzig, Katinka. Rechne ruhig nach. Er war vergleichsweise alt, als er Vater wurde. Mir gegenüber war er ein guter Vater. Vielleicht, weil ich eine stärkere Persönlichkeit habe als mein Bruderherz. Und ein Mädchen war. Typen wie er sehen Mädchen einiges nach, denn sie verstehen Mädchenseelen sowieso nicht. Als meine Mutter starb, nahm er ein halbes Jahr Urlaub, um unser Leben in den Griff zu kriegen. Ich hab die ganze Trauer um Mama unter den Teppich gekehrt. Mein Lebenszentrum wurde die Schule. Ich machte überall mit, Sport, Musik, Fotokurs, Hauptsache, ich war von morgens bis abends beschäftigt und musste nicht nachdenken. Goddi allerdings hatte immer Probleme damit, den Anforderungen gerecht zu werden, die Papa an seinen Sohn stellte. Einen *Sohn*, du verstehst.«

Katinka verstand. Diese Geschichten hatte sie oft gehört, und war doch jedes Mal aufs Neue erstaunt, dass es sie noch gab, die Eltern, die sich ihre Kinder zurechtschnitzen wollten und vor Gram zusammenbrachen, wenn es nicht funktionierte.

»Komischerweise hat er mich nie gezwungen, Jura zu studieren. Er fragte einige Male vorsichtig nach, was mich denn interessieren würde. Ich hatte ein sehr gutes Abi, ich hätte alles studieren können. Als ich BWL sagte, da hatte er einen Kloß im Hals. Aber er versuchte nicht, mir meine Pläne auszureden.«

Katinka schloss die Augen und hielt ihr Gesicht in die Sonne. Die Wetterleute im Radio versprachen weiterhin Hochdruckherbstwetter, ruhig und sonnig, aber man konnte sich kaum darauf verlassen, dass es ewig anhalten würde. Katinka mochte den Winter nicht, und in etwas mehr als zwei Monaten war schon Weihnachten!

»Wie ging denn Hagen mit seiner Mutter um?«

»Sehr fürsorglich.«

Auch das gehört zu den Klischee-Geschichten, dachte Katinka.

»Es hat mit seiner Schwester zu tun. Sie ist Junkie, hängt an Tabletten und weiß der Himmel woran noch. Ich schätze, Heroin ist die einzige Droge, die sie noch nicht probiert hat, denn sonst würde sie längst nicht mehr leben.« Paula spielte mit ihrer Kaffeetasse. »Sie ist erst neunundzwanzig.«

»Wer finanziert ihr die Sucht? Ihre Mutter?«

Paula lachte auf.

»Ich sehe, du verstehst was von der Materie. Natürlich zahlt Mama, natürlich zahlte Hagen. Wobei Hagen eher die Rettungsmaßnahmen finanzierte und seine Mutter für das Gift aufkam.«

»Marie muss auch irgendwo wohnen und essen. Wer kommt dafür auf?«, fragte Katinka.

»Die Wohnung zahlt ihre Mutter. Ich darf nicht meckern, mein Vater hat mir diese Wohnung hier gekauft.« Sie lächelte verlegen. »Marie hat zwei oder drei Studiengänge ausprobiert. In Würzburg hat sie mit Kunst angefangen. Das gefiel ihr nicht, sie amüsierte sich lieber mit Freunden in irgendwelchen Clubs. Ich lernte Hagen und seine neurotische Familie erst ein Jahr später kennen, da lag mit Marie schon so manches im Argen, aber niemand wollte es sehen. Wenn Marie zugekifft am Kaffeetisch saß, wurde das als Erkältung bezeichnet!« Paula zischte vor Empörung. »Erkältung! Wer sollte das denn glauben! Wenn sie sich wieder nach Würzburg aufmachte, strich sie Kohle ein. Einen Hunni von Mama, einen von Hagen. Das waren noch D-Mark-Zeiten. Ich nehme an, Marie ist teurer geworden. Später ging sie an die FH in Coburg und studierte was mit textiler Gestaltung oder so. Aber da war sie schon hauptberuflich mit euphorisierenden Substanzen beschäftigt, sodass sie nach dem dritten Semester flog. Ich glaube nicht einmal, dass Marie die meiste Zeit in ihrer Wohnung herumhängt. Sie ist ständig unterwegs. Pennt bei Freunden, die ihr Stoff besorgen.«

»Wo ist eigentlich Papa Stephanus?«

»Kurz nach Maries Geburt durchgebrannt und nie wieder aufgetaucht.«

Katinka seufzte. Sie hatte oft mit angesehen, wie Junkies mit Lügen und Spielchen ihre Familien schleichend zersetzten, während immer noch die falschen Hoffnungen gärten.

»Willst du nicht die Daten auf deiner CD überprüfen?«, wechselte sie das Thema.

»Doch!« Paula sprang so heftig auf, dass ihre Tasse umfiel. Sie war ohnehin leer. »Komm mit.«

Sie griff sich die Kaffeekanne und eilte Katinka voraus ins Arbeitszimmer. Die Sonne flutete herein, und die halb kahlen Bäume warfen skurrile Schatten auf die hellgelbe

Tapete. Ein mächtiges Bücherregal beherbergte eine ansehnliche Krimisammlung, auffallend viel Kinderliteratur, aber auch stapelweise Zeitschriften und Reihen von Musik-CDs.

Katinka schenkte sich Kaffee nach. Die Daten, die Paula auf den Bildschirm rief, sagten ihr überhaupt nichts.

»Bestellungen, Lieferscheine, Verkäufe«, erklärte Paula und fuhr mit dem Finger über die Listen. »Und hier ist die Buchhaltung. Das ist eine Geschichte, von der ich nichts verstehe, absolut nichts.«

Katinka verstand davon noch weniger. Sie beherrschte eine simple Einnahme-Ausgabe-Buchhaltung, die sie für ihren eigenen Betrieb nutzte. Man verrechnete Plus gegen Minus. Ganz einfach. Was da auf Paulas Rechner schillerte, sah ungleich komplizierter aus.

»Bilanzbuchhaltung«, sagte Paula. »An der Uni habe ich mich irgendwie durch den Kurs gemogelt. Hat mich nie interessiert, und in der Firma hat Josef alles gemacht.«

»Schaute Hagen ihm dabei auf die Finger?«

»Er wusste jedenfalls, welche Summen hin und her gingen.«

»Wer hat Wertinger eigentlich eingestellt? War das Hagen?«, fragte Katinka.

»Der hat sich ganz offiziell beworben. Weder Hagen noch ich kannten ihn.« Paula fixierte eine Ecke des Zimmers. Ihre Finger spielten mit der Maus. »Er hat in Landshut in einem mittelständischen Unternehmen als Buchhalter gearbeitet. Sagte, er wollte sich verändern und Franken würde ihm gefallen. Das stimmt aber nicht. Bei jeder Gelegenheit lästert er über Franken.«

»Könnte sein, dass andere Details aus seinem Leben auch nicht stimmen.«

»Darüber habe ich oft nachgedacht. Aber Hagen sagte nur, dass Josef ein prima Buchhalter wäre und er ihm vertraute. Ich war froh, dass Hagen nicht auf die Idee kam, ich sollte die Buchhaltung übernehmen.«

»Hatte Wertinger eine Chance, später als Mitinhaber dabei zu sein?«

Paula schüttelte den Kopf.

»Nicht in nächster Zeit. Ich glaube schon, dass Josef darauf gehofft hat. Jeden Monat, wenn er Hagen die Zahlen vorlegte, machte er ein gewichtiges Gesicht. Vor allem, wenn ein Monat deutlich besser lief als ein anderer.« Sie riss ihren Blick von der Wand los. »Du, Katinka, ich muss mir ein Bild machen. Das werde ich schon hinkriegen, aber ich brauche ein bisschen Zeit.«

»In Ordnung.« Katinka überlegte. »Hältst du es zwei Stunden alleine aus?«

»Klar, es wird schon kein Monster vorbeikommen.«

»Mach nicht auf, wenn es klingelt. Ich fahre schnell was erledigen, und dann komme ich wieder.«

»Gut. Hier, nimm den Zweitschlüssel mit.« Paula sah nicht auf, als Katinka nach Jacke und Autoschlüssel griff und die Wohnung verließ.

Im Auto atmete Katinka befreit auf. Sie fuhr über die Landstraße nach Haßfurt und genoss den Blick auf den in der Sonne glitzernden Main. Die schmale Straße zwischen Fluss und Weinbergen schien ihr die schönste Zufahrt nach Schweinfurt. Es war so warm, dass sie Lust bekam, zu baden. Einem Wegweiser folgend bog sie nach Ottendorf ab, hielt beim Gasthof zur Linde und bestellte sich einen Salatteller und ein Glas Saft. Sie saß auf der Terrasse in der Sonne, bewunderte die über dreihundert Jahre alte Dorflinde und kam sich vor wie eine alleinstehende Pensionärin auf der Fahrt in den Urlaub.

Was sie eigentlich für Paula tun sollte, stand immer noch in den Sternen. Sicher, sie beschützen, aber wovor eigentlich? Vor ihrem lieblosen Umfeld? Auch wenn sie sich hatte scheiden lassen wollen – vor wenigen Tagen war ihr Mann ermordet worden, und so einen Schock steckte niemand einfach so weg. Doch bei allem Verständnis: Paulas impulsive Art war nichts, womit Katinka leicht zurecht kam.

Dann war da die Frage, wer Hagen ermordet hatte. Tötungsdelikte sind Beziehungstaten, Katinka rollte diesen Satz um seine eigene Achse und wiederholte ihn in ihrem Kopf wie ein Mantra. Paula schloss sie als Mörderin aus. Blieben: die Schwester, die Mutter. Oder Wertinger. Warum besuchte Karl Süßholz, angeblich der beste Kunde, Wertinger am Abend nach dem Mord in der Firma im Schweinfurter Hafen? Er fuhr eine Waffe in seinem Handschuhfach spazieren und bekam vom Buchhalter der Agentur CDs ausgehändigt. Eben dieser Buchhalter drängte Paula zum Abschluss eines Vertrages mit Süßholz. Katinka setzte ihre Sonnenbrille auf. Sie musste vom Anfang her denken. Wer kam an das Gift heran? Paula vielleicht. Wertinger bestimmt. Handelte die Agentur Stephanus mit Curare? Katinka hatte im Internet gelesen, dass Curare-Derivate in der Medizin noch eingesetzt wurden, aber sie hatte vergessen, wann und in welcher Dosierung. Soviel stand jedoch fest: Wenn es eingesetzt wurde, musste es gekauft und verkauft werden.

Ihr Salat kam. Katinka aß ein paar Blätter und legte die Gabel wieder weg. Alles auf dieser Welt war nur Einkauf und Verkauf. So deutlich wie jetzt hatte sie das noch nie gesehen. Sie lehnte sich zurück und sah in die Weinberge hinauf. Die Gesellschaft funktionierte, indem Dinge gekauft und verkauft wurden, und immer so weiter, ein unendliches Rotieren von Waren und Geldströmen. Was hatte Wertinger gesagt? Brasilien importierte fünfzig Prozent seines Bedarfs an Düngemitteln? So ein riesiges Land? Katinka fragte sich, weshalb ein brasilianischer Landwirt Dünger aus Bulgarien kaufte.

Sie aß ihren Salat und trank den eiskalten Saft. Volkswirtschaft war eine Welt, die sie nicht verstand, und sie hatte es bisher auch nicht ernsthaft versucht. Mit Mördern tat sie sich leichter. Sie stellte sich vor, wie jemand einen Curarepfeil abschoss. Man musste verdammt gut zielen können, um den Schenkel eines Menschen zu treffen, der kaum still stehen bleiben würde, um auf den Tod zu warten. Katinka schob den leeren Teller von sich, winkte der Bedienung und zahlte.

In der Polizeidirektion Haßfurt fragte sie nach Ruth Stein. Der Tapir kam binnen Minuten zum Eingang getrabt. Sie trug Jeans und ein Männerhemd drüber.

»Aha, Frau Palfy. Ein hübsches Domizil haben wir hier, nicht wahr?« Sie wies auf das flache Polizeigebäude und reichte Katinka ihre kompakte kleine Hand. Heute bändigte keine Baskenmütze das Wuschelhaar, es stand wirr um ihren Kopf. Sie wickelte einen Schokoriegel aus dem Glitzerpapier.

»Wie gut, dass Sie am Samstag arbeiten. Haben Sie ein bisschen Zeit für mich?«, fragte Katinka und schenkte ihr liebenswürdigstes Lächeln her.

»Es ist geschäftsschädigend, so zu tun, als hätte man Zeit«, bemerkte die Hauptkommissarin und biss in den Riegel. »Machen wir einen Spaziergang. Das Wetter ist wie Urlaub, und mein Büro geht nach Norden.«

Ruth Stein führte Katinka zum Main hinunter. Eine Weile gingen sie schweigend nebeneinander her.

»Wir haben noch nichts«, sagte die Stein schließlich. Sie pfefferte das Schokopapier in einen Mülleimer und leckte sich die Finger ab.

»Paula hat mich für ein paar Tage als Beschützerin engagiert«, packte Katinka aus. »Sie fühlt sich bedroht.«

»Und da tuckern Sie hier durch die Weltgeschichte?«

»Momentan ist sie in Sicherheit.«

Ruth Stein warf Katinka einen vernichtenden Blick zu. Katinka sagte nichts.

»Hagen Stephanus ist definitiv an Tubocurarin gestorben«, berichtete Ruth Stein. »Kommt dazu noch ein Sedativum, dann haben wir die klassische Narkoseeinleitung, sagt die Rechtsmedizinerin. Sein Todeskampf dauerte geschätzte dreißig Minuten. Todeszeitpunkt ist kurz nach drei in der Nacht, plus minus zehn Minuten. Er ist erstickt.«

»Warum zog er den Pfeil nicht raus?«

»Er schaffte es wohl nicht mehr. Die Dosierung war hoch, die Lähmung trat unmittelbar ein. Hätte ihm auch nichts gebracht, den Pfeil rauszuziehen. Das Gift war schon im Körper unterwegs. Die Substanz heißt Pancuronium und wird für Narkosen gebraucht, um die innere Muskulatur ruhigzustellen, damit sie sich nicht gegen die Aktivitäten des Chirurgen sperrt. Großer Hass könnte ein Motiv sein, und das passt zu einer Ehefrau.«

»Warum?«, fuhr Katinka auf.

»Sie haben noch keine Ehe durchgemacht, was?«, fragte die Stein zynisch.

»Nein.« Katinka schwieg einen Moment, um die heranbrummenden Gedanken abzuwehren. ›Ehe‹ war ein Wort, das ihr gerade nicht gut tat. »Paula hatte genug von Hagen.

Aber sie hat ihn nicht gehasst. Nicht in einem Maß, dass sie ihn qualvoll ersticken lassen würde.«

»Wenn es nur darum geht, einen Menschen loszuwerden, weil er etwas weiß, das nicht ans Licht kommen soll oder weil er versucht hatte, jemanden zu erpressen – dann macht man das nicht mit Curare. Man erledigt ihn. Schluss.« Die Stein ruderte mit den Armen, als fiele es ihr schwer, das Gleichgewicht zu halten. »Wer kann einen Menschen so hassen, dass er ihn dermaßen brutal sterben lässt?«

»Das muss nicht allein die Ehefrau sein«, gab Katinka zu bedenken. »Es kann der Geliebte der Ehefrau sein, die Mutter des Opfers, die Junkie-Schwester ...«

»Marie Stephanus hat nicht das Zeug dazu. Sie würde in ihrem üblichen Zustand nicht einmal eine Hauswand treffen.«

»Wer kam an Curare heran?«, fragte Katinka. Anscheinend hatte die Stein sich schon intensiv mit Paulas Schwägerin beschäftigt.

»Offiziell handelt die Agentur Stephanus nicht mit tropischen Pfeilgiften«, sagte Ruth Stein. »Aber Hagen Stephanus erstattete vor zwei Jahren eine Anzeige, dass in seine Firma eingebrochen worden sei. Kurz darauf zog er die Anzeige zurück. Es sei nichts weggekommen. Vielleicht habe jemand nur Bargeld gesucht. Sie hatten damals eine Kaffeekasse im Büro mit dreißig Euro drin. Die waren noch da.«

»Sie meinen«, begann Katinka und sah einem Frachtschiff nach, das sie gemächlich auf dem Wasser überholte, »dass in der *Handelsagentur Stephanus* Waren über den Tisch gehen, die es offiziell nicht gibt, auf die es aber wiederum der Einbrecher abgesehen hatte?«

Dieselschwaden trieben ans Ufer. Ruth Stein blieb stehen und musterte Katinka. Ihre türkisblauen Augen leuchteten grell.

»Es ist eine Möglichkeit, Geld zu verdienen. Waren werden falsch deklariert. Weißes Pulver ist Koks, nicht Backpulver, aber Backpulver steht drauf.«

»Und das funktioniert?«, fragte Katinka zweifelnd.

»Die Ware kommt vom Schiff zum Lagerhalter, geht weiter an die Importeure, deren Lkws werden beladen und gehen anschließend durch den Zoll. Der Zoll prüft die Papiere, macht ab und zu Stichproben. Wenn man Glück hat, donnert der Laster mit dem Koks an Bord ins Land.«

Katinka runzelte die Stirn.

»Das klingt mir zu simpel.«

»So einfach ist es auch nicht«, sagte Ruth Stein. »Der Zoll arbeitet effektiv. Schiffe aus bestimmten Häfen, zum Beispiel aus Asien, werden bei der Ankunft im Hamburger Hafen sofort von der Schwarzen Gang unter die Lupe genommen. Wenn es um Drogen geht, hat die Zollverwaltung ihre Informanten. Die Kollegen kennen ihre Pappenheimer. Die Schlupflöcher sind winzig. Aber es gibt sie. Lkws zum Beispiel können umgeladen werden. Sie sollten aber bedenken«, sie holte tief Atem, »dass Ein- und Ausfuhr teuer ist. Es kommt Einfuhrumsatzsteuer hinzu, Zoll, alles wird fällig, sobald die Ware im Land ist. Der Importeur tritt also erst mal in Vorleistung. Dazu muss man flüssig sein.«

Kann sich Hagens Klitsche gar nicht leisten, dachte Katinka und rief sich den rissigen Fensterkitt ins Gedächtnis.

»Hat Hagen Stephanus zur Zeit dieses Einbruchs mit Curare gehandelt?«

»Das haben meine Leute schon geprüft. Um Gifte zu handeln, benötigen Importeure eine besondere Zulassung.

Die Agentur Stephanus hat keine. Außerdem müssen Gifte gesondert angemeldet werden. Wertinger, der Angestellte, weist rüde von sich, jemals das Wort ›Curare‹ auf der Zunge geführt zu haben.«

»Hagen und sein Kompagnon haben das Curare geschmuggelt?«, fragte Katinka der Einfachheit halber.

»Schmuggel klingt böse. Aber wie kommen sonst all die kleinen Gemeinheiten ins Land? Frauen für Sex? Kinder für Sex oder als Organspender? Nicht zu vergessen all die berauschenden Flüssigkeiten und Pülverchen, ohne die so viele Zeitgenossen das Leben nicht mehr ertragen …«

»Verraten Sie mir die Alibis?«

Die Kommissarin lachte rau.

»Sie gefallen mir. Wollen Sie nicht bei uns anfangen?«

»Hätte ich gern einmal. Aber jetzt nicht mehr.«

»Ich verstehe. Also: Paula Stephanus: kein Alibi. Ihre Schwiegermutter: kein Alibi. Die Schwägerin, Marie Stephanus: Sie hat eins. Sie war in Bamberg in der *Green Goose* und tanzte in den Morgen hinein. Mindestens drei Leute bestätigen das. Marie ist nur zwei oder drei Stunden pro Tag hell im Kopf. Es wäre absolut unwahrscheinlich, dass sie mit Pfeil und Bogen ein bewegliches Ziel trifft. Weiter zu Wertinger: Er sieht wohl eine Chance, das Geschäft zu übernehmen, jetzt wo Hagen Stephanus tot ist. Das ist ein hübsches Motiv. Er hätte auch die Mittel, wenn wir annehmen, dass die Agentur Curare weitergereicht hat. Selbst wenn nicht, könnte er es sich irgendwo besorgt haben. Ein Alibi hat er nicht. Angeblich war er in der Firma.«

»Paula hat Hagen nicht umgebracht«, sagte Katinka.

»Leider sprechen die Umstände gegen sie. Sie war vor Ort. Wenn Wertinger über die Firma an Pfeilgift herankonnte, dann Paula auch. Sie hat einen Geliebten. Und sie hatte Zugang zu Pfeil und Bogen.«

»Sie wollte sich scheiden lassen«, widersprach Katinka.

»Ich habe mit ihrem Anwalt gesprochen. Paula wäre bei einer Scheidung ziemlich gut rausgekommen. Dann haben wir noch den Geliebten, Michael Henz. Kein Alibi. War zu Hause, schlief. Wissen Sie, Frau Palfy, was ich seltsam finde? Paula steht kurz davor, die Scheidung einzureichen. Die Papiere sind schon in der Ablage. Aber sie belegt einen Kurs im Bogenschießen. Zusammen mit ihrem Mann.«

»Vielleicht ein letzter Versuch, noch einmal zusammenzufinden?« Katinka sah über das glitzernde Wasser.

Ruth Stein schob die Hände in die Jeanstaschen.

»Ja, das probiert man bis zum Schluss, bis einem die Haut in Fetzen hängt.«

Katinka musterte die Kommissarin verstohlen, bevor sie sagte:

»Mich wundert, dass Paula die Identität ihres Liebhabers einfach so preisgegeben hat.«

»Einfach so? Ich lache! Ich habe schon genau nachgefragt.«

Daran zweifelte Katinka nicht. Sie war froh, Ruth Stein nicht in einem muffigen Verhörzimmer gegenüberzusitzen.

»Aber auch Henz hat doch kein wirkliches Motiv. Für den Geliebten ist eine Scheidung risikoloser als ein Mord. Und viel bequemer«, sagte Katinka.

»Die Firmenunterlagen sehen wir die nächsten Tage ein«, fuhr die Kommissarin ungerührt fort. »Mir geht es wie immer zu langsam, aber wir sind unterbesetzt und haben auch noch die Brandstiftungen hier im Landkreis an der Backe.«

»Welche Brandstiftungen?«

»Lesen Sie keine Zeitung? Alte Scheunen, Dachstühle, Lagerhallen werden in Brand gesetzt. Bislang sind keine Menschen zu Schaden gekommen, aber ein alter Hofhund verendete im Qualm. Widerliche Geschichte, denn mittlerweile haben wir den Eindruck, dass der Feuerteufel sich seine Objekte nur danach aussucht, ob er in Ruhe zündeln kann. Ganz versteckte Ecken macht er ausfindig. Seit gut vier Monaten geht das schon so, immer mit einigen Wochen Pause dazwischen.« Ruth Stein wandte sich dem Fluss zu und streckte sich, als wolle sie mit Freiübungen loslegen. »Ich zerbreche mir den Kopf, ob wir es hier wohl mit einem echten Pyromanen zu tun haben. Wobei neunundneunzig Prozent aller Brandstiftungen mit Zwangserkrankungen gar nichts zu tun haben. Meistens handelt es sich um Versicherungsbetrug und Racheakte.«

»Es ist es unwahrscheinlich, dass Paula ihren Mann umbringt, anstatt sich reibungslos scheiden zu lassen«, sagte Katinka. »Ihr gehört sogar die Wohnung, sie hätte nicht einmal ausziehen müssen.«

»Eine Scheidung ist nie reibungslos«, sagte die Stein und öffnete die oberen Knöpfe an ihrem Hemd. »Ich weiß, wovon ich rede. Verflucht, ist das heiß.«

»Ich mag es«, sagte Katinka und hielt ihr Gesicht in die Sonne. »Gegen Paula als Mörderin spricht noch eine andere Sache. Sie war in der Tatnacht ziemlich betrunken. Ich glaube kaum, dass sie imstande war, einen Pfeil treffgenau auf den Oberschenkel ihres Mannes abzufeuern.«

»Sie ist Mitglied in einem Sportbogenverein.«

»Ich weiß, ich habe selbst mitgekriegt, dass sie gut zielen kann. Aber der Pfeil in Hagens Bein war kein moderner Sportpfeil, sondern einer von Luisas Holzpfeilen mit Hahnenfedern dran. Und mit diesen altmodischen Pfeilen schießt es sich ganz anders. Da gibt es keine Apparatur, die einem das Zielen abnimmt.«

Die Kommissarin kaute an ihrer Unterlippe und sah auf den Fluss. Ein Sportboot fegte vorbei, der Bug schlug rhythmisch auf dem Wasser auf. Die Gischt spritzte bis zu ihnen herüber.

»Ein moderner Fiberglasbogen und indianisches Pfeilgift. Das würde nicht passen.«

»Nein«, sagte Katinka.

»Jetzt sind Sie dran. Was haben Sie anzubieten?«

Katinka hockte sich auf einen Poller. Das Metall war heiß.

»Karl Süßholz, haben Sie den näher unter die Lupe genommen?«

Ruth Stein sagte nichts. Die ist mit allen Wassern gewaschen, dachte Katinka.

»Mag sein, dass er eine Waffenbesitzkarte hat. Mag aber auch sein, dass nicht. Jedenfalls hat er eine Pistole, die er in seinem Handschuhfach spazieren fährt.«

Die Kommissarin nickte bedächtig.

»Ich mache mich wieder an die Arbeit«, sagte sie. »War nett, mit Ihnen zu plaudern.«

Sie legte die Hand an eine imaginäre Mütze und stapfte mit kurzen, schnellen Schritten davon. Ganz wie ein Tapir, dachte Katinka.

Gespräch 2

Der andere:	*Ich habe einen Hinweis gekriegt.*

Er: *Woher?*

Der andere: *Über die Presse. Was soll ich den Leutensagen? Können sie pünktlich mit der Lieferung rechnen?*

Er: *Ich hoffe doch.*

Der andere: *Hoffen gilt nicht.*

Er: *Wenn du mich kaltmachst, kriegst du gar nichts.*

Der andere: *Ich habe nicht viel Humor.*

Er: *Hagen wird am Mittwoch beerdigt. Vorher kann ich nichts machen.*

Der andere: *Was ist mit dieser Detektivin? Meine Leute sagen, sie hat einen guten Draht zu den Bullen.*

Er: *Kümmere dich um sie.*

9. Ein anderes Bild

»Schau dir das an, Katinka.« Paula hockte mit angezogenen Beinen auf dem Schreibtischstuhl. Vor ihr lagen ein paar Ausdrucke. Einige grau unterlegte Zahlen hatte sie eingekringelt. Auf einem Blatt zeichnete sich der Rand eines Weinglases ab. Katinka warf einen Blick auf die Flasche. Sie war halb leer.

»Ich finde das seltsam«, sagte Paula. »Hier gibt es zwei Buchhaltungsfiles. So als wäre das Programm zweimal installiert worden.«

Katinka setzte sich auf den Tisch und nahm die Papiere in die Hand. Es hätte eine chinesische Handschrift aus der Tang-Dynastie sein können.

»Entschuldige«, sagte sie. »Aber da muss ich passen.«

»Denk mal nach.« Paulas Wangen waren vom Wein gerötet. »Zwei Files, aber nicht mit denselben Zahlen.«

»Also eine offizielle Buchhaltung und eine inoffizielle?«

»So einfach ist es auch wieder nicht.« Paula fuhr mit dem Finger über die Listen. »Manche Beträge tauchen in beiden Programmen auf. Andere nicht.«

Sie sahen sich an.

»Wertinger solltest du nicht danach fragen«, sagte Katinka schließlich. »Wie wäre es mit einem Buchprüfer?«

Paula stand auf und holte ein Weinglas für Katinka.

»Nein. Ich bin im Dienst.«

»Komm schon, ein halbes Glas!«

»Ich möchte nicht, Paula. Vielleicht später.«

Paula zuckte die Achseln und goss sich selbst nach.

»Kennst du jemanden, den man unter der Hand fragen könnte?«, wollte sie wissen. »Der die Klappe hält, egal was rauskommt?«

»Ich könnte so jemanden kennen«, begann Katinka und verfiel in Schweigen. Ruth Stein hatte angedeutet, dass sie mit dem Sichten der Unterlagen aus der Handelsagentur nicht nachkam. Katinka hätte also einen Vorteil …

Es juckt mich schon wieder, dachte sie. Ich sollte es endlich sein lassen. Es ist wie eine Sucht, dieses Nachfragen und Nachspüren. Eine miserable Angewohnheit, schlimmer als Nasebohren. Katinka marschierte hin und her wie ein Zootier. Es gab jemanden. Natürlich gab es jemanden. Sie öffnete die Balkontür und trat hinaus. Paula kam nach.

Da war dieser eine, ein bisschen spezielle Kollege. Keiner von denen, die Katinka besonders mochte. Sie hatte ihn in ihren ersten Monaten als Praktikantin in einer Detektei als Kollege ertragen müssen. Ein von Komplexen zerfressenes Subjekt, das sich allerlei einbildete, vor allem, bei Frauen gut anzukommen. Die Mitarbeiterinnen in der Detektei hatten sich manches Mal beschwert, und Julius Liebitz, der Chef, hatte Cuno schließlich gefeuert. Cuno wollte nicht gehen, aber Liebitz versprach ihm in die Hand, ihn wegen sexueller Belästigung anzuzeigen, wenn er nicht sofort verschwände.

»Ich kenne einen Typen, den wir fragen könnten«, sagte Katinka langsam.

Paula blickte sie gespannt an.

»Cuno Fischer. Ein Schmierlappen, ausgewiesener Experte für Wirtschaftskriminalität. Privater Ermittler und ehemaliger Buchhalter. Vielleicht sitzt er aber auch längst im Bau.« Es wäre wirklich möglich, dachte sie. Cuno hat mehr Dreck am Stecken als Haare auf dem Kopf, und die wuchsen damals reichlich.

Paula setzte sich auf die Türschwelle und stemmte die Füße gegen das Balkongeländer.

»Das ist unser Mann«, verkündete sie. »Ruf ihn an. Die Rechnung geht an mich.«

Es war kurz nach neun Uhr abends, eine Zeit, zu der Cuno wahrscheinlich gerade frühstückte.

»Fischer?«

Er röhrte die beiden Silben, als sei er Al Capone persönlich. Die Stimme rau, der Atem heiß. So hat er sich gern gesehen, damals schon, dachte Katinka.

»Katinka Palfy. Du erinnerst dich?«

»Ach, Katinka, klar!« Er machte eine Pause. »Wie geht's dir und was machst du so?«

»Ich sitze vor einer frisierten Buchhaltung.«

»Super. Kann ich dir helfen?«

»Deswegen rufe ich an. Wo steckst du eigentlich?«

»Mal hier mal da«, entgegnete Cuno. »Gerade bin ich in Bremen. Esel, Hund, Katze und Hahn lassen dich grüßen.«

»Witzbold. Meine Klientin würde dich gerne engagieren. Sagen wir, drei Tage, Vorauskasse?«

Cuno pfiff leise durch die Zähne.

»Auswärtsaufträge gegen Aufschlag.«

»Ist nicht. Ich habe dir den Fall vermittelt. Das sind Festpreise.«

Er machte eine Kunstpause.

»Du hast ganz schön was dazugelernt, kleine Palfy«, sagte er schließlich.

»Zehn Prozent Abzug bei chauvinistischen Äußerungen.«

»Bist du bescheuert?«

»Nein. Man wird älter und lernt. Du kommst nach Schweinfurt. Morgen früh um neun bist du hier. Wir haben einen erklecklichen Vorsprung vor den verbeamteten Kollegen, und den würden wir gerne nutzen.«

Sie diktierte ihm Paulas Adresse.

»Sollen wir dir ein Hotelzimmer buchen?«, fragte sie.

»Nicht nötig. Ich habe meinen Campingbus.«

»Bis morgen dann.« Katinka legte auf.

Paula sah sie an wie ein Alien.

»Von dir kann man was lernen«, sagte sie ernst und nippte am Glas.

»Kann man«, sagte Katinka. »Weißt du was? Ich trinke jetzt doch einen Schluck.«

Paula holte den Wein.

Eine Stunde später war die Flasche leer. Katinka hatte nur ein Glas getrunken und fühlte sich schon seltsam schwer. Paula lag nebenan im Bett. Aus einer kurzen Hochphase war sie in ein Tief gestürzt. Katinka hörte sie weinen, doch sie fühlte sich außerstande, hinüberzugehen und Paula zu trösten. Sie war Ermittlerin, keine Psychologin. Sie musste es sich immer wieder neu eintrichtern: keine Identifikation mit Opfern oder Tätern oder anderen Beteiligten! Es klang grausam, aber nur so konnte sie professionell arbeiten.

Mit einem Glas Wasser setzte sie sich auf den Balkon. Es war immer noch mild und völlig windstill. Mit einer Jacke konnte man es gut draußen aushalten. Die Straße lag ruhig unter ihr. Autos parkten dicht an dicht. Aus den anderen Wohnungen fiel Licht in die Nacht. Gedämpft hörte man Fernsehapparate. Irgendwo unterhielten sich zwei Frauen. Sie lachten oft. Katinka löschte das Licht im Zimmer und blieb im Dunkeln sitzen. Müde vom Wein wäre sie beinahe eingedöst. Sie stellte sich vor, wie Cuno einen Campingbus über die Autobahn steuerte. Überhaupt, wie kam er zu einem Campingbus? Wieder so ein Spleen, dachte sie. Vielleicht ein rollendes Liebesnest, damit er keine Gelegenheit auslassen muss.

Ein Wagen tastete sich durch die Straße und blieb vor dem Natursteinegeschäft stehen. Katinka kannte das Auto. Wertinger stieg aus und sah zu Paulas Wohnung hoch. Katinka kroch tief in ihren Stuhl. Unschlüssig trat Wertinger von einem Bein auf das andere. Sah auf die Uhr. Schritt auf das Haus zu. Katinka schoss hoch und lief aus der Wohnung. Sie stürmte das Treppenhaus hinunter und passte Wertinger an der Haustür ab.

»Was machen Sie denn hier?«, fragte er verblüfft.

»Und Sie?« Katinka zog die Haustür zu. Sie stand im Freien, bereit zum Duell.

»Ich muss mit Paula sprechen.«

»Paula ist nicht da.«

»Ach ja? Sagen Sie mal, was nehmen Sie sich eigentlich heraus?«

Katinka ging auf sein Auto zu und hockte sich auf die Motorhaube. Wertinger kam wutschnaubend hinterher.

»Sind Sie irre? Was soll das denn! Verdammt, es geht um die Firma! Paula kann ihre Verantwortung nicht einfach ignorieren! Wir haben einen Vertrag abzuschließen.« Er wurde hummerrot.

»Eventuell kann ich Sie beraten«, sagte Katinka. »Es ist doch sowieso nicht so einfach für Sie, jetzt, da Sie keinen gleichwertigen Partner mehr haben?« Sie lächelte ihn an.

Es funktionierte immer. Alle wollten die Besten sein, und Wertinger gierte nach Anerkennung. Es war so verdammt einfach.

Er stotterte, verdutzt von dem plötzlichen Verständnis, das er bei Katinka gefunden zu haben glaubte.

»Ja, also …«

»Haben Sie den Vertrag hier?«

»Im Auto.« Er seufzte tief. »Hagen hat den Vertrag prüfen lassen. Er sagte mir nicht, bei welchem Anwalt, aber nicht bei Godhard, diesem Knallkopf. Der hat uns oft genug reingeritten mit seiner sogenannten Beratung!«

»Nein, kein Experte würde ihn als die erste Wahl ausgeben«, schmeichelte Katinka.

»Genau das habe ich Hagen immer gesagt. Lass uns einen Juristen mit ins Boot nehmen, habe ich ihm vorgeschlagen. Davon wollte er nichts wissen. Ich hatte den Eindruck, er wollte es wegen Paula nicht. Paula hängt an ihrem Bruder Goddi, was für ein Name. Ja, wegen Paula hat Hagen jedes rechtliche Problem mit ihm besprochen. Wollte keinen anderen hinzuziehen.« Wertinger verfiel zusehends in seinen niederbairischen Dialekt. »Goddi ist ein Typ, der ein Antiquariat leiten könnte. Einen Prozess hat der noch nie gewonnen!« Er lehnte sich neben Katinka an den Wagen und klimperte mit den Fingern über das Blech. »Paula kommt so großartig daher. Rollt mit den Augen und redet von Marketing und Akquise und ich weiß nicht was. Die hat doch keine Ahnung. Haben Sie sie mal nach ihrem Studium gefragt? Mit Ach und Krach hat sie das Diplom bestanden. Ist ja in Ordnung, keiner muss als Einstein daherkommen, aber dann braucht sie nicht so zu tun, als könnte sie einen Weltkonzern leiten.« Er schnaubte. »Was sie in der Firma gemacht hat, hätte jede bessere Sekretärin hingekriegt. Flugtickets buchen, Hotels reservieren, die Ablage sortieren, und ab und zu mal ein paar Anrufe bei möglichen Partnern. Haben Sie Interesse an einer Zusammenarbeit, nicht, dann danke, dass ich Sie anrufen durfte. So in dem Stil hat sie das gemacht. Kann man vergessen.« Er spuckte aus. »Vergessen.«

»Mit Süßholz ist auch nicht so leicht Kirschen essen, oder?«, tastete Katinka sich vor.

»Wie meinen Sie das?«

»Wie ich es sage.«

Wertinger sah argwöhnisch zu Paulas dunklem Balkon auf. Mit gedämpfter Stimme fuhr er fort:

»Das Geschäft ist bedrückend. Es wird einem doch immer nur unter die Nase gerieben, dass ein anderer billiger ist. Da wird geblufft, dass sich die Balken biegen.« Er atmete schwer. »Ich habe mir den Arsch aufgerissen, dass wir nicht zu Dumpingpreisen liefern mussten. Manche Ware ist plus minus null über den Tisch gegangen.«

»Und Süßholz?«

»Ohne Süßholz wäre das Geschäft nicht gelaufen. Wir wären schon vor zwei Jahren in Insolvenz gegangen. Er kennt einfach die entscheidenden Leute, ruft an und sagt: Hört mal zu, da und da gibt es Bedarf, hängt euch ran. Dann hat Paula ihre Anrufe gestartet. Oder Hagen. In letzter Zeit meistens Hagen. Die gute Paula ist immer erst gegen zehn in der Firma aufgekreuzt. Da war das meiste schon gelaufen.« Wertinger scharrte mit den Füßen. »Süßholz hat es auch nicht einfach im Leben. Sein Bruder leidet an irgendeiner Unterart von Schizophrenie und war bis vor einem halben Jahr in einer Klinik. Weil er auf die Behandlung gut angesprochen hat, wurde er entlassen. Süßholz hat ihn bei sich aufgenommen und passt auf wie ein Schießhund, dass Georg die Medikamente auch einnimmt. Sonst muss er zurück in die Klinik, aber da will er nicht hin. Verstehe ich. Ein moderner Kerker, so eine Klinik. Süßholz meinte, Georg würde sich ganz manierlich benehmen und sogar darüber nachdenken, sich einen Job zu suchen.«

»Samariterdienst«, murmelte Katinka.

»Sie müssen auch alles in den Dreck ziehen!«, fauchte Wertinger.

»Süßholz macht das umsonst?«

»Seinen Bruder betreuen? Na klar, was denken Sie denn!«

»Nein, ich meine die Vermittlungstätigkeit für die *Handelsagentur Stephanus*.«

Wertinger druckste herum.

»Natürlich gibt es da eine Gebühr.«

»Das klingt mir ein bisschen zu amtlich.«

»Er stellt eine Rechnung. Honorar für Beratertätigkeit.«

»Zahlen Sie die schwarz? Oder über die Bücher.«

»Sie stellen Fragen. Ganz offiziell. Logisch.« Schweiß perlte über Wertingers Oberlippe. »Ich weiß nicht, welche Vorstellung Sie von unserem Business haben, aber vielleicht liegt es an Ihrem Beruf, dass Sie alles kriminalisieren, was Ihnen über den Weg läuft?«

Katinka lächelte ihn an.

»Wie viel weiß Paula denn wirklich über die Firma?«

»Die wird sich noch umschauen. Sie könnte mich zum Geschäftsführer machen, dann hätte sie die wenigsten Probleme. Sie würde Geld verdienen, ohne groß was dafür zu tun, müsste sich um nichts kümmern.«

Katinka rutschte von der Motorhaube. Wertinger kramte nach einem Taschentuch und wischte sich den Schweiß vom erhitzten Gesicht. Sie fragte sich, woher sein Engagement für die *Handelsagentur Stephanus* rührte. Er war ein kleiner Angestellter, der auf Teilhaberschaft hoffte. Nach Hagens Tod fand er sich in einer unsicheren Position wieder. Rechnete sich womöglich aus, bei Hagens Witwe schneller zum Zug zu kommen. Gebraucht zu werden. Trotzdem glaubte Katinka nicht, dass er Hagen umgebracht haben könnte, um der unsteten Paula das Geschäft abzukaufen. Aber was bedeutete schon glauben. Widersprüche, so wusste sie nach jahrelanger Ermittlungserfahrung, sind Wegweiser.

»Sie waren schon mal pleite, oder?«, fragte sie.

Er sah auf.

»Wie kommen Sie denn darauf«, rief er und brach in Lachen aus. Rasch ging er zur Fahrertür. »Sagen Sie Paula, sie kann sich den Vertrag bei mir abholen. Falls sie überhaupt noch ein Interesse daran hat, das Geschäft am Leben zu erhalten. Vielleicht ist es spannender für sie, uns alle reinzureiten. Könnte so eine Art spontaner Selbstversuch sein.« Wertinger machte eine Pause und kratzte sich am Kinn.

Er hatte wahrscheinlich Angst, zu viel geredet zu haben. Jedenfalls sah er Katinka besorgt an und insistierte: »Das bleibt unter uns, ja?«

10. Der Kollege

Am Sonntagmorgen um acht tappte Katinka in die Küche. Paula saß mit einer übergroßen Jeansjacke über dem Nachthemd auf dem Boden im Wohnzimmer und sortierte Briefe. Hastig räumte sie alles in einen zerknitterten braunen Umschlag. Ihre Hände zitterten.

»Morgen, Katinka!«, sagte sie und stand auf. Sie sah ziemlich lädiert aus, das Gesicht fahl, mit schwarzen Schatten unter den Augen. »Kochst du uns einen Kaffee?«

»Dass du ihn nicht kochen kannst, sehe ich«, murmelte Katinka und tippte die zwei auf ihrem Handy. Tom meldete sich sofort.

»Ausgeschlafen?«, fragte Katinka, während sie in die Küche ging.

»Weniger«, sagte er. »Ich habe die halbe Nacht durchgearbeitet. Und du?«

»Ansatzweise. Heute kommt Cuno Fischer nach Schweinfurt.«

»Der Kotzbrocken?«

Katinka lächelte.

»Du erinnerst dich an ihn?«

»Allerdings. Was hast du mit dem denn zu schaffen?«

»Ich brauche jemanden, der mir hilft, den Sumpf zu durchwaten, der sich aus Begriffen wie Zoll, Transit, Bilanz zusammensetzt.«

Tom lachte lauthals.

»Viel Spaß. Ich weiß, wie sehr du so was hasst.«

Katinka füllte die Kaffeemaschine mit Wasser.

»Einen angenehmen Tag, Tom. Wir telefonieren?«

»Sowieso.«

Sie legten auf. Ein paar Minuten hing Katinka ihren Gedanken nach. Sie hatte befürchtet, Tom würde klagen, dass ihr gemeinsames Wochenende den Bach runterging. Nichts dergleichen. Nicht einmal Vorwürfe zwischen den Zeilen.

»Was soll's«, murmelte Katinka und trug Paula eine Tasse Kaffee ins Wohnzimmer. Sie stand am Fenster, presste den braunen Umschlag an sich und sah deprimiert aus.

»Michael meldet sich nicht. Wir dachten, es ist das Beste, wenn wir eine Weile nicht in Kontakt sind. Nicht, dass die Polizei auf blöde Ideen kommt und denkt, Michael hätte Hagen aus Eifersucht umgebracht. Verdammt, er fehlt mir so.« Sie brach in Tränen aus und Katinka wusste nicht, ob sie um ihren Mann weinte oder weil ihr Geliebter ihr fehlte. Wahrscheinlich beides. Noch sah sie keinen Grund, Paula mit der Tatsache zu konfrontieren, dass die Affäre mit Michael eindeutig die Hauptmahlzeit für die Ermittler wäre. Wenigstens so lange, wie keine plausibleren Zusammenhänge herausgearbeitet waren, wenngleich Ruth Stein darauf hingewiesen hatte, wie wenig sie von Michael Henz als Mörder überzeugt war. Paula stand ohnehin kurz vorm Zusammenbruch und brauchte nicht noch zusätzliche Katastrophenmeldungen. Ihr Alkoholgenuss machte die Sache auch nicht leichter.

»Dicker Kopf?«, fragte Katinka.

Paula schob das Kinn vor.

»Ich könnte ohne einen Schoppen überhaupt nicht schlafen.«

Katinka stand auf.

»Ich ziehe mich an. Cuno kommt gleich.«

Sie schlüpfte in Jeans und einen dicken Pulli. Der Morgen war grau, und als sie vor die Tür trat und zur Bäckerei lief, fröstelte sie in der Kühle. Die Brötchentüte schwenkend kam sie zurück in die Neutorstraße und sah sofort den grünen Campingbus vor Paulas Tür. Mindestens zwei Dutzend Aufkleber bedeckten das Heck.

»Hallo Cuno!«

Cuno Fischer sprang aus dem Wagen. Er sah frisch aus, obwohl er gerade fünfhundert Kilometer über die Autobahn gejuckelt war.

»Moin Palfy! Siehst gut aus. Wie immer.«

Katinka streckte ihm die Hand hin, und verhinderte so, dass er ihr einen theatralischen Kuss in die Wange stanzte.

»Willkommen in Schweinfurt.«

»Kunst und Industrie. Habe ich auf dem Schild an der Autobahn gelesen.« Er lachte.

Er trug immer noch einen Pferdeschwanz, und die Indianerfeder samt Türkissplitter steckte wie früher in seinem linken Ohrläppchen. Auch die Cowboystiefel hatte er nicht gegen bequemeres Schuhwerk getauscht. Allerdings begann der Gott Chronos feine silberne Fäden in sein schwarzes Haar zu wirken, und sein Bäuchlein verriet mangelndes Training und ein Übermaß an kulinarischen Genüssen.

»Schön, dass du kommen konntest, Cuno«, sagte Katinka ein wenig steif. Sie mochte Cuno nicht. Zumindest dann nicht, wenn sie über ihn und seine Machoanwandlungen nachdachte. Stand er jedoch vor ihr, fand sie ihn ganz sympathisch. Er hatte dieses gewinnende, sehr männliche Lachen, und seine schlanken, gepflegten Hände sprachen auch für ihn. »Wohnst du jetzt im Campingbus?«

»Ich bin gern mobil.« Er schob die Seitentür auf. »Hier habe ich alles, was ich brauche. Bett, Klamotten zum Wechseln, Wasserkocher ist auch dabei. Ich kann jederzeit los. Egal wohin. Eigentlich habe ich immer von so einem Leben geträumt.«

Katinka beneidete ihn für ungefähr zehn Sekunden. Sie war letztlich doch zufrieden damit, sesshaft geworden zu sein. Cuno fand das wahrscheinlich spießig.

»Komm mit nach oben, ich stelle dir Paula vor.«

Paula hatte geduscht und sah annehmbar aus, als sie mit einem Handtuch um den Kopf Cuno begrüßte.

»Setz dich«, forderte sie ihn auf. »Katinka erklärt dir alles beim Frühstück.«

Manchmal hat sie etwas von einer Vorgesetzten, dachte Katinka und legte die Brötchen in einen Korb.

»Paulas Mann ist mit einem Giftpfeil ermordet worden. Das Curare wurde eindeutig festgestellt. Meine Aufgabe ist im Augenblick, Paula zu beschützen.«

»Wirst du bedroht?«, fragte Cuno Paula und brach eine Laugenstange in der Mitte auseinander, dass das Salz spritzte.

»Ich fühle mich jedenfalls nicht so, als wollte ich allein in einer Wohnung herumsitzen«, sagte Paula, woraufhin Cuno sie zweifelnd musterte.

Katinka schilderte ihm die Situation in der *Handelsagentur Stephanus.*

»Paula meint, dass jemand ein zweites Buchhaltungsprogramm auf den Rechner gespielt hat. Wir möchten, dass du dir die Daten mal ansiehst und feststellst, was da los ist.«

Cuno hob die Achseln.

»Eine meiner leichtesten Übungen. Habt ihr daran gedacht, jemanden vom Zoll hinzuzuziehen?«

»Kennst du einen, der einen kennt?«, fragte Katinka.

»Klaro.« Er grinste lässig. »Aber ist vielleicht gar nicht nötig, wozu die Pferde scheu machen. Noch Kaffee in der Kanne? Nein, ohne Milch. Ich trinke ihn immer schwarz, du weißt doch.«

Katinka erinnerte sich. Cuno und sein schwarzer Kaffee, von dem er mindestens zwei Liter pro Tag trank. Wenn sie ihn genauer betrachtete, bemerkte sie die ersten Anzeichen des Alters in seinem Gesicht. Die Krähenfüße waren tiefer geschnitten als bei ihrer letzten Begegnung, und auch sein Hals wurde langsam faltig. Cuno musste jetzt Anfang vierzig sein. Noch knappe zehn Jahre, dann erwischt es mich auch, dachte sie.

Cuno fing an, Paula vollzuquatschen.

»Ich meine, wir haben einen Job, der uns irgendwann umbringen wird. Wenn nicht der finale Schuss, dann ist es der Alkohol und der Kaffee, der uns ins Grab kippt wie eine Karre voll Schutt«, dozierte er und kratzte sich unter der Achsel.

Katinka verdrehte die Augen. Hatte sie Cuno einen Augenblick lang sympathisch gefunden? Ein riesiger Irrtum, dachte sie seufzend und schmierte sich Butter auf eine Brötchenhälfte.

»Der Job bringt dich nicht um«, sagte sie. »Es ist die Lebensweise.«

»Ach, wie weise«, turtelte Cuno und wollte sich über sein Witzchen kaputtlachen. Paula schnitt Katinka eine Grimasse.

»Machen wir uns an die Arbeit«, sagte Katinka. »Cuno, du checkst die Buchhaltungsfiles.«

»Ay, Käptn«, erwiderte Cuno und legte die Hand an die Indianerfeder. »Wo ist der Computer?«

Er richtete sich mit Kaffeekanne und Brötchenteller am Schreibtisch ein.

»Was hast du denn da für eine Pflaume angeschleppt«, beschwerte sich Paula, als sie die Tür zum Arbeitszimmer hinter sich zugezogen hatte.

»Er spinnt, aber in Sachen Buchhaltung ist er gut. Schmeiß Wertinger raus und gib Cuno den Job.«

»Dann wäre ich aber selten blöd.« Paula verschwand im Wohnzimmer, wo Katinka sie telefonieren hörte. Sie selbst rief Ruth Stein an.

»Sie nerven«, sagte der Tapir.

»Ich weiß. Hat Süßholz nun eine Waffenbesitzkarte oder nicht?«

»Er hat überhaupt nichts mit Waffen zu tun.«

»Er führt aber eine Pistole mit sich. In seinem Auto. Denken Sie dran, dass Sie den Tipp von mir haben, wenn ich Sie mal wieder anrufe und nerve?«, fragte Katinka.

Ruth Stein lachte auf. »Rotzfrech, aber irgendwie muss man Sie mögen«, sagte sie und legte auf.

»Hagen war katholisch«, sagte Paula. »Nicht unbedingt religiös, aber an Weihnachten und Ostern war es ihm wichtig, in die Kirche zu gehen. Manchmal auch im Urlaub, wenn wir gerade Zeit hatten.«

Sie saßen in Katinkas Wagen und fuhren nach Ebrach zu dem Pfarrer, der die Beerdigung halten sollte.

»Sag mal, wie kommt es eigentlich, dass ihr den Bogenschießkurs zusammen gemacht habt?«, fragte Katinka.

»Hagen hat es vorgeschlagen. Ich wollte gern mit. Auszeiten tun allen gut. Ich hatte ohnehin nichts Besseres zu tun.«

Katinka dachte an das, was Wertinger ihr über Paulas Arbeit in der Firma gesagt hatte.

»Konntet ihr denn einfach so weg? Trotz der Arbeit?«

»Hagen ging es nicht gut«, sagte Paula. »Bieg hier rechts ab.«

»Was meinst du damit?«

»Die letzten Nächte vor seinem Tod hat er sich in seinem Bett herumgewälzt. Hat manchmal im Schlaf gerufen. Nach Marie, seiner Schwester.«

Katinka zog die Augenbrauen hoch.

»Nach seiner Schwester?«

»Sie hat ihm immer nur Kummer gemacht. Dann das Getöse von seiner Mutter, er sollte sich mehr um Marie kümmern, und ich sollte das natürlich auch. Marie ist ein Wrack. Egal, wie sehr du dich um einen Junkie bemühst: du holst ihn nie aus dem Dreck. Marie ist ein paar Tage hell im Kopf, dann stürzt sie in einen Eimer mit Tabletten und landet in der Gosse. Die Bullen haben sie schon an wer weiß welchen Orten aufgelesen. Es ist immer das gleiche: In die Klinik, Magen auspumpen, Entgiftung. Nach einer Woche schicken sie sie nach Hause, und ein paar Tage später geht das Spiel von vorne los.«

»Hast du mit Hagen über seine Alpträume geredet?«

»Er wollte nicht darüber sprechen«, antwortete Paula finster.

»Warum ist Marie denn so abgestürzt?«, fragte Katinka und kramte ihre Sonnenbrille aus dem Handschuhfach. Die Sonne hatte den Dunst aufgesogen, und nun lag der Himmel so blau vor ihnen, dass er die Augen blendete. Katinka hielt und öffnete das Verdeck.

»Ich weiß es nicht genau. Schulprobleme hatte sie keine, sie hatte gute Noten. Aber mit sechzehn kam sie das erste Mal zugedröhnt nach Hause. Bernhild kriegte einen Anfall.

Als ihre Noten schlechter wurden, schickte sie Marie auf ein Internat, aber da fiel sie in Ungnade, weil sie sich nicht an das Alkoholverbot hielt.« Paula lehnte sich hinaus. Der Fahrtwind ließ ihre Locken flattern. »Marie schaffte trotzdem ihr Abi, die letzten zwei Schuljahre war sie clean. Im Studium ging es dann wieder los mit den Drogen. Bernhild hält es nicht aus, keinen Einfluss auf andere zu haben. Auf Marie hat sie jedenfalls keinen. Marie lachte sich einen Zahnarzt als Liebhaber an. Der verschrieb ihr die Amphetamine und was sie sonst noch konsumiert. Die Beziehung zerbrach nach einem halben Jahr. Marie war schwanger, aber im dritten Monat verlor sie das Kind. Es wäre wahrscheinlich als Junkie auf die Welt gekommen.«

Katinka ließ einen Wagen überholen. Lebensgeschichten dieser Art bekam sie so oft erzählt. Hardo hatte ihr vor kurzem erst erklärt, dass bei den meisten Verbrechen Drogen eine Rolle spielten. Katinka nahm sich vor, mit Marie zu sprechen.

»Hagen war irgendwie immer in der Zwickmühle. Bernhild setzte ihn unter Druck, mehr für Marie zu tun. Er hätte Landstriche in Schutt und Asche legen können für seine Schwester – Muttern wäre es nie genug gewesen. Sie kapiert nicht, dass ein Junkie nicht zu retten ist. Dass Marie selber die Entscheidung treffen muss, ob sie leben oder krepieren will. Bernhild glaubt immer noch, dass es ausreicht, wenn jemand ihrer Tochter so richtig den Kopf wäscht. Als ob dadurch alles gut würde. Fast schob Bernhild es auf Hagen, dass Marie so durchhing.«

»Was hat Bernhild denn selbst für ihre Tochter unternommen?«, fragte Katinka.

»Bernhild hat eine Zoohandlung geführt, habe ich dir das nicht erzählt? Sie ist wirklich begütert, und sie hätte Marie all die privaten Kliniken bezahlen können. Aber sie hatte den Drang, Hagen in die Pflicht zu nehmen. Mich natürlich auch, aber ich habe in der Familie ohnehin immer gestört. Grauenvoll, all die Weihnachtsfeste, die ich ausgestanden habe. Ich saß dabei wie ein Haustier. Bernhild hat nie das Wort an mich gerichtet, nur an Hagen und Marie, und wenn ich mich erdreistete, etwas zu sagen, hörte sie demonstrativ nicht hin. Als Unternehmerin wusste Bernhild natürlich, wie hart das Geschäftsleben sein kann, dass man bis nachts arbeitet, bis zum Letzten kämpft, um einen Auftrag zu kriegen. Ich sage dir: Es ist eine Illusion zu glauben, dass Marie von den Drogen runterkommt. Marie will selbst nicht. Sie kann auch nicht. Obwohl sie bestimmt vom Gegenteil überzeugt ist.«

Sie fuhren schweigend durch die Hügel. Endlich tauchte Ebrach vor ihnen auf.

»Ein gruseliger Ort, oder?«, fragte Paula. »Mit Knast in einem Ex-Kloster.«

Katinka stimmte dem nicht zu, sagte aber nichts.

»Sag mal«, begann sie, bog schwungvoll in eine Parklücke und drehte sich zu Paula. »Wie ist das mit Bernhild? Könnte sie Hagen umgebracht haben?«

Paula machte große Augen.

»Bernhild? Warum?«

»Darauf will ich hinaus. Es gibt kein richtiges Motiv in dem ganzen Fall«, sagte Katinka.

»Die Familie Stephanus ist eine Ruine«, erklärte Paula.

»Das meine ich nicht. Brüche gibt es in jeder Familie, und da sind überall Verwandte, die du an die nächstbeste Schwefelmine verkaufen möchtest. Nein, ich meine etwas anderes: Um so einen Mord zu begehen, braucht jemand eine gehörige Portion Hass im Bauch. Auf wen trifft das zu? Auf Bernhild vielleicht?«

Katinka glaubte selbst nicht an Bernhild als Täterin. Sie hatte lediglich das Gefühl, auf der Stelle zu treten, nichts zu durchschauen, ihre Zeit zu verschwenden. Sie drückte auf eine Taste hinter der Handbremse. Langsam klappte das Verdeck vor. Im Auto wurde es dunkel.

»Quatsch. Hagen war Bernhilds Augenstern. Den würde sie niemals umbringen. Allerdings …«

»Allerdings was?«

»Vielleicht würde sie es tun, wenn sie den Mord jemand anderem in die Schuhe schieben könnte. Aber weißt du«, Paula machte eine Pause, »sie hat Hagen nicht gehasst. Sie hat ihn auf eine besitzergreifende Weise geliebt und bevormundet, sie hat versucht, ihn zu lenken und Entscheidungen für ihn zu treffen. Wenn sie jemanden hasst, dann mich.«

Paula öffnete die Tür und stieg aus. Katinka kam nach.

»Ja«, sagte Paula mit einem Blick zum stahlblauen Himmel, »mich hasst sie. Von ganzem Herzen. Wenn es nicht mit unangenehmen Folgen für sie selbst verbunden wäre, hätte sie mich längst liquidiert.«

Der Pfarrer empfing Paula mit Leichenbittermiene und sprach ihr im besten Kleriker-Sonntagstimbre sein Beileid aus. Katinka blieb vor seinem Büro auf dem Flur stehen. Sie hatte kein Interesse an dem Gespräch der beiden über die bevorstehende Beerdigung. Das Thema deprimierte sie, und sie brauchte einen klaren Kopf, um sich zu überlegen, wie sie weiter vorgehen könnten.

Sie rief Cuno an. Er ging sofort an sein Handy.

»Hast du schon was rausgefunden?«, fragte Katinka.

»Schicke Geschichte hier«, antwortete Cuno. »Das ist wirklich eine hübsch frisierte Buchhaltung.«

»Was heißt das?«

»Paula hat richtig vermutet. Die eine ist die offizielle, die andere die interne. In Gänsefüßchen.«

»Wozu wird eine interne Buchhaltung digital festgehalten?«

»Klar wäre es geschickter, ein paar Bleistiftstriche auf einem Zettel zu machen. Aber leider hat kein Mensch ein so perfektes Gedächtnis, dass er sich merken könnte, was eingeht und was ausgeht.«

»O.k.«, sagte Katinka. »Nicht am Telefon. Hast du noch Kapazitäten frei?«

»Aber sicher doch.«

»Fühl mal einer gewissen Bernhild Stephanus auf den Zahn. Sie ist Hagens Mutter. Mich hat sie leider schon kennengelernt.«

»Super. Ich liebe ältere Damen.«

»Sie hat einen Biberpelz auf den Zähnen.«

»Himmlisch.« Cuno machte ein Geräusch, als freue er sich auf Sahneschnitten. »Was soll ich herausfinden?«

»Angeblich hasst Bernhild ihre Schwiegertochter. Das wäre ein Aspekt. Dann erkundige dich nach Marie, Bernhilds Tochter. Sie ist drogensüchtig. Ich habe den Eindruck, Paula durchschaut das Gewebe dahinter nicht ganz. Ich will wissen, warum Marie Junkie wurde. Verstehst du, ich brauche Bernhilds Interpretation. Außerdem sind Hagens letzte Lebenstage von Bedeutung. Paula sagt, er hatte Sorgen, hat aber nicht mit ihr darüber gesprochen. Hatte er mit seiner Mutter oder seiner Schwester Kontakt? Das wäre wichtig.«

»Das finde ich raus.«

»Cuno, noch was: Als privaten Ermittler wird sie dich nicht lieben.«

»Keine Panik«, entgegnete Cuno cool. »Ich lasse mir was einfallen. Schauspielerei war schon immer meine Leidenschaft.«

»Mach's gut.«

Katinka beendete das Gespräch und betrachtete halbherzig ein Bücherregal mit Erbauungsliteratur. ›Die Kinderpredigt‹. ›Katholische Sexualmoral in der Jugendgruppe‹. Katinka musste lachen. Sie tippte Hardos Nummer in ihr Handy.

»Uttenreuther?«

»Palfy hier.«

Da war sie wieder, die kleine Verlegenheitspause.

»Palfy. Wie nett.«

»Tolle Begrüßung.«

Er lachte.

»Gibt's Schwierigkeiten? Wo treiben Sie sich herum?«

»In einem Pfarramt.«

»Sieh einer an. Findet das Brautexamen statt?«

»Was für ein Examen?«

Er lachte wieder.

»Sie würden es nicht bestehen.«

»Keine Panik. Ich heirate bestimmt nie kirchlich. Nein, es geht um die Beerdigung des Curare-Opfers. Sie soll am Mittwoch stattfinden.«

»Traurige Geschichte. Kann ich Ihnen bei irgendetwas helfen?«

»Im Augenblick nicht«, sagte Katinka. »Ich wollte mich nur einfach mal melden. Nicht, dass Sie behaupten, ich rufe immer nur an, wenn's brennt«, fügte sie hastig hinzu.

»Ich wollte Sie schon die ganze Zeit zu einem Bier einladen.«

Katinka gab ihm Paulas Adresse in Schweinfurt durch. Von Cuno sagte sie lieber nichts. Sie konnte sich lebhaft vorstellen, wie die beiden aufeinanderprallen würden: der vorbestrafte norddeutsche Linke mit der Indianerfeder im Ohr und der erdverbundene fränkische Polizeibeamte.

»Ich beschütze Paula«, versicherte Katinka. »Mit den Mordermittlungen habe ich gar nichts zu tun.«

»Ruth Stein hat sich mit mir in Verbindung gesetzt. Sie ist ganz angetan von Ihnen.«

Katinka wurde rot und war froh, dass Hardo es nicht sehen konnte.

»Ich habe mich von meiner besten Seite gezeigt.«

»Melden Sie sich, wenn Sie wieder in Bamberg sind. Dann trinken wir ein Bier, ja?«

Seine Stimme klang eigenartig hell. Wenn es nicht so ein miserables Grummeln in ihrem Magen erzeugen würde, hätte sich Katinka ein wenig mehr mit dieser Tatsache beschäftigt. Stattdessen war sie beinahe dankbar, dass ihr Telefon einen zweiten Anrufer meldete. Sie verabschiedete sich rasch und nahm das neue Gespräch an.

»Palfy?«

»Cuno hier. Es könnte dich interessieren, dass gerade ein Typ zu Paula wollte. Ein ziemlich havariertes Schiffchen.«

»Wer war das?«

»Ihr Liebhaber.«

»Woher weißt du das?«

»Er war nervös wie ein Bräutigam. Eigentlich ein netter Kerl.«

»Hat er seinen Namen gesagt?«, fragte Katinka.

»Henz heißt er.«

»Dann war es der Liebhaber.«

»Sag ich doch. Ich muss weiter. Bernhild wartet.«

Katinka drückte die rote Taste und stellte sich voller gehässiger Freude vor, wie Cuno die selbstsichere Frau Stephanus senior in die Zange nehmen würde. Und sie ihn.

Es war ihm immer schwergefallen, sich einen Platz zu erarbeiten.

Zu dem zu stehen, was er dachte und fühlte. Das bekam er nicht hin. Als schwanke der Boden unter ihm, während er den anderen festen Stand gewährte. Die anderen gingen aufrecht, als sei es das Natürlichste der Welt. Es war das Natürlichste der Welt. Menschen beanspruchten den aufrechten Gang für sich, waren wie Masten, Scheitel oben, Zehen unten. Nur er nicht. Er torkelte. Taumelte. Schwankte. Havarierte. Er hasste es, dabei beobachtet zu werden. Fürchtete die abschätzig herabgezogenen Mundwinkel, das Blinzeln, wenn sie sich darüber verständigten, wie dämlich er war. Dann kasperte er herum, um sich zu beweisen, dass er noch lebte, wirklich existierte und nicht nur eine Luftspiegelung war.

Sein großer Bruder zeigte ihm, wie man ein Streichholz anriss. Selbstverständlich durfte er das nicht, die Mutter hielt alles, was mit Feuer zu tun hatte, streng unter Verschluss. Kein Wunder, nach der traurigen Geschichte mit Onkel Daniel. Der war in den Flammen umgekommen, mitten in seiner schönen Fabrik. Die Mutter zuckte schon beim Anreißen eines Streichholzes zusammen. Ihr Blick flackerte auf eine ganz bestimmte Weise, wenn sie die Brüder mit Streichhölzern erwischte, und still ließen die beiden die Schachtel in Mutters Handfläche fallen.

Es gab aber neue Gelegenheiten, auf die man nur zu warten brauchte. Er hatte Geduld gehabt. Und so zeigte ihm sein Bruder am Nikolaustag, wie man ein Streichholz anriss. Er tat sich weh, verbrannte sich die Fingerkuppe, aber er weinte nicht. Er überwand die Angst, ritzte das Streichholz über die präparierte Fläche, und dann war sie da, die Flamme, schoss grell in die Höhe und fraß sich das winzige Holzstäbchen entlang. Wie ein Wurm. Wie ein Tier. Ein Tier, dass wuchs und wuchs.

11. Bilanzen

»Findest du das professionell?«, fragte Cuno süffisant.

»Was denn!«, fuhr Katinka auf.

»Er könnte sie theoretisch umbringen.«

»Vergiss es«, fauchte Katinka. Es war Sonntagabend. Vor einer halben Stunde war Gerfried Jäger bei Paula aufgetaucht. Nun hatten sich Vater und Tochter im Wohnzimmer verschanzt und redeten. Katinka war sich selbst nicht sicher, was sie tun sollte. Paula hatte sie gebeten, den Raum zu verlassen, aber sie klebte doch mit dem Ohr an der Tür.

»Nervös? Zigarette?«

Cuno lehnte an der Arbeitszimmertür und kramte eine Schachtel *Pall Mall* aus der Hemdtasche.

»Später.«

»Rauchst du nicht mehr?«

»Schon lange aufgehört.«

»Entspann dich mal.«

Katinka ging voraus in die Küche. Am liebsten hätte sie ihm ein paar Zeilen angesagt, aber sie brauchte ihn noch und schluckte ihren Ärger hinunter.

»Was hast du rausgekriegt?«

Cuno kostete Katinkas Spannung aus. Er zündete seinen Glimmstängel an.

»Eine abstruse Dame, diese Bernhild«, sagte er. »Ich habe mich als Drogenberater vorgestellt, habe behauptet, Hagen hätte mich um ein Gespräch gebeten, wegen Marie. Weil Hagen aber tot ist, hätte ich mich an sie gewendet. Ich kann wirklich gut mit älteren Damen.«

»Daran habe ich nicht gezweifelt, Cuno!«

Er sog tief den Rauch ein.

»Bernhild hält Marie für eine Versagerin, aber sie liebt das Mädchen abgöttisch. Vielleicht ist Marie das Ergebnis eines Seitensprungs. Das erklärt oft die intensive Beziehung von Müttern zu einem bestimmten Kind.«

»Hast du ihr das unter die Nase gerieben?«

Cuno blies die Backen auf und ließ Qualm ab.

»Bernhild ist gespalten. Sie sieht, wie ergebnislos Maries Therapien verlaufen, aber deshalb hört sie noch lange nicht auf, etwas für Marie zu tun. Überleg doch mal: Die Alternative wäre, dass die Familie Marie abschreibt und in der Gosse verenden lässt. Das ist einfach das Traurige an diesen Suchtsachen. Du willst helfen, aber die gute Absicht endet an deiner eigenen Machtlosigkeit.«

»Was sagt Bernhild über die Gründe, warum Marie auf den Hund gekommen ist?«, fragte Katinka.

»In der neunten Klasse war Marie Klassensprecherin und Vorsitzende in einem Schultheaterklub. Die Truppe trat in Nürnberg auf, und dort lernte Marie einen Typen kennen, in den sie sich verliebte. Die klassische Geschichte. Er der Junkie, sie die Krankenschwester. Natürlich verfiel Marie der großen Illusion, dass die Liebe alle Wunden heilt, und hängte sich an den Kerl. Ein paar Wochen später soff und kiffte sie selbst.«

»Wann hat Bernhild das gemerkt?«

»Ziemlich schnell! Maries Noten rutschten in den Keller, Bernhild wurde von den Lehrern in die Sprechstunde einbestellt.«

Katinka ahnte, wie wenig Bernhild diese Situation behagt haben konnte.

»Hier kommt Hagen ins Spiel. Immerhin bestand ein Altersunterschied von sieben Jahren zwischen den beiden. Bernhild legte Wert darauf, dass er den Babysitter spielte. Er sollte Verantwortung lernen. Aber als Marie mit sechzehn abrutschte, studierte Hagen und hatte eine Freundin.«

»Paula?«

»Nein. Die Vorgängerin, an der Bernhild übrigens auch kein gutes Haar gelassen hat.« Cuno drückte seine Zigarette aus.

Katinka ging auf den Flur und lauschte. Das Gespräch im Wohnzimmer war noch in vollem Gang. Katinka hörte Gerfried murmeln, ab und zu unterbrochen von Paulas Zwischenrufen.

»Du meinst, dass Hagen kein offenes Ohr für seine Schwester hatte? Ich nehme mir doch mal eine.« Katinka kam zurück und langte nach der Zigarettenschachtel.

»In der Zeit noch nicht. Er kam einige Male nach Schweinfurt, immer dann, wenn Marie im Rinnstein lag. Bernhild kreischte einen Hilferuf an ihren Sohn in die Leitung. Der ist brav angetrabt.«

»Was seine Freundin sicher toll fand.«

Cuno gab Katinka Feuer.

»Im Internat hatte Marie sich gefangen und schaffte ihr Abi. Aber im Studium ging das Schlamassel von vorne los. Hagen hat mal versucht, aus dem Schwesteraufpasszwang rauszukommen, indem er ein Jahr in Schwerin arbeitete, zu weit weg, um ständig anzureisen. Aber dann entschieden sich er und Paula, eine eigene Firma auf die Beine zu stellen.«

Katinka musste Paula fragen, warum sie ihr Geschäft ausgerechnet in Schweinfurt angesiedelt hatten. Sie machte ein paar Züge und fand den Geschmack widerlich.

»Was sagt Bernhild über Paula?«

»Paula ist die Buhfrau. Ganz klar. Wenn Hagen sie nicht geheiratet hätte, dann hätte er sich besser um Marie gekümmert, und Marie wäre nun ein munteres und nützliches Mitglied der Gesellschaft.« Cuno verdrehte die Augen.

»Das kann Bernhild nicht im Ernst glauben!«

»Tut sie aber. Die alte Stephanus ist besessen von dem Gedanken, dass es einen Schuldigen an Maries Misere geben muss. Wer bietet sich an?«, fragte Cuno und steckte sich eine neue Zigarette an.

»Hagen. Aber jetzt ist er nicht mehr, und da bleibt nur Paula.«

»Wusstest du, dass Paula Hörgeschichten für Kinder produziert?«

Katinka drückte die halb aufgerauchte Zigarette aus.

»Du machst Witze.«

»Doch! Sie bietet sie im Internet an. Ich hab's mir angeschaut. Kannst du dir runterladen. Vier Euro pro Hörbuch. Sie schreibt die Märchen selbst und spricht sie auch. Arbeitet Musik ein, die ihr jemand extra komponiert. Tolle Sache, was?«

Katinka saß stumm da und sah in die Dunkelheit hinaus. Warum hatte Paula ihr davon nichts erzählt? Cuno kritzelte die Webadresse auf die Zigarettenschachtel und schob sie Katinka hin.

»Schau's dir an.«

»Schon o.k.« Sie ärgerte sich, dass ausgerechnet Cuno davon erfahren hatte. »Was ist mit der anderen Sache?«

»Die Bilanzen? Ich konnte herauslesen, dass Stephanus und Wertinger einen kleinen Parallelhandel aufgemacht hatten. Was auch immer sie verschoben haben, es lief nicht offiziell, war aber schon zu ausgebufft, um ganz und gar nebenbei abgewickelt zu werden. Sie brauchten eine Buchhaltung, um die Geschäfte zu dokumentieren.«

»Was handelten sie denn?«

»Keine Ahnung.« Cuno hob die Arme und ließ sie fallen. »Das steht da nicht. Nur blöde Kürzel. Pb und Pt.« Er schnappte sich die Zigarettenschachtel wieder und schrieb die Buchstaben auf.

»Pb, Pt«, murmelte Katinka. »Was soll das heißen?«

»Das sind keine standardisierten Abkürzungen. Kann für wer weiß was stehen.«

»Wie viel Kohle haben Hagen und sein Angestellter damit umgesetzt?«

»Nochmal soviel wie mit den normalen Geschäften.«

»Wie bitte?« Katinka sah ihn an. »Das machst du mir nicht weis.«

Cuno grinste. »Stimmt nicht ganz. Aber das, was sie offiziell verdienen, reicht gerade, um sich die Gehälter auszuzahlen.«

Katinka erzählte Cuno von ihrem Gespräch mit Wertinger und der Insolvenz, die ihnen zwei Jahre zuvor gedroht hatte.

»Die Daten von 2003 sind nicht auf der CD«, erwiderte Cuno. »Aber wenn es nur ein klein wenig schlechter gelaufen ist als dieses Jahr, standen sie mit einem Fuß im Nest des Pleitegeiers.«

»Im Horst. Geier leben in Horsten.«

»Pleitegeier aber nicht, du Schlauschwätzerin!«

»Wo wurde das Geld eingezahlt?«, fragte Katinka schnell, obwohl sie Cuno am liebsten mit Juckpulver außer Gefecht gesetzt hätte.

»Das interne Konto für die Buchhaltung hat eine Nummer. Nummer 3.«

»Aber was ist das für ein Konto?«, fragte Katinka. Sie spielte mit der Schachtel herum. »Bei welcher Bank?«

»Das weiß ich nicht. Schau auf einen Atlas: Schweiz, Luxemburg, Liechtenstein ... Können auch Bareinzahlungen gewesen sein. Ein internes Konto muss kein Bankkonto sein. Es ist einfach eine Schublade, in die Geld gelegt wird.«

»Sakra.« Katinka sprang auf und lief in der Küche auf und ab.

»So was nennt man Schwarze Kassen«, sagte Cuno. »Kommt darauf an, was sich hinter Pt und so weiter verbirgt. Wahrscheinlich nichts Legales. Oder etwas Legales, bei dem Steuern oder staatliche Fixpreise umgangen werden. Manche wollen auch nur nicht autorisierte Vertriebswege gehen.« Er richtete seinen Pferdeschwanz. »Komisch, irgendwie. Im Import-Export gibt es eine Menge an Absicherungen, wie die Exporteure an ihr Geld und die Importeure an die Ware kommen. Man traut sich nicht über den Weg, arbeitet mit Dokumenteninkasso oder Akkreditiven oder was weiß ich. Aber hier ... das wirkt reichlich blauäugig.«

»Wo ist die Gegenleistung für Süßholz' Beratertätigkeit?«

»In unregelmäßigen Abständen gehen Honorare ab.«

Katinka stöhnte. Sie fühlte sich auf fremdem und ungeliebtem Terrain.

»Verstehst du«, erklärte Cuno, »das kann auch Erpressung sein. Sie verbuchen die Summen, die er ihnen abverlangt, als Honorare.«

»Ich verstehe nicht, warum sie das auf ihrem Rechner haben.«

»Ich sage es dir doch! Irgendwie mussten sie die Übersicht behalten. Die ganzen Chiffren merkt man sich doch nicht auswendig.« Cuno fummelte an seiner Indianerfeder. »In großen Unternehmen werden jede Nacht Backups gemacht, da kannst du gar nichts Schräges auf einem PC haben, ohne dass es einer merkt. Aber in einem Betrieb, der aus zwei oder drei Leuten besteht … die haben ihren Kram höchstens alle zwei Wochen gesichert. Kann sein, dass sie die kompromittierenden Daten extra speicherten und in einen Banksafe legten. Die Files, die ich gefunden habe, betreffen nur das Jahr 2005.«

»Wir haben Oktober 2005.«

»Ja, eben. Die Geschäftchen haben doch sicher früher begonnen? In den Größenordnungen steigt man nicht ein, jedenfalls nicht am 2. Januar, an dem die erste Buchung belegt ist.«

»Was machen wir jetzt?«, fragte Katinka.

Cuno stützte die Ellenbogen auf den Tisch.

»Schieb's den Bullen rüber. Manchmal zahlen sie eine Beratungsgebühr. Außerdem haben sie sicher die Daten und kommen demnächst auf das gleiche.« Er stand auf. »Ich suche mir jetzt ein nettes Restaurant. Schönen Gruß an Paula.«

»Halt, warte. Sehe ich das richtig: Die *Handelsagentur Stephanus*, also Hagen und Josef Wertinger, wickeln illegale Geschäfte ab?«

»Zumindest könnten sie einiges an der Steuer vorbei laufen lassen.«

»Vielleicht Curare?«

Cuno wiegte den Kopf.

»Ich weiß nicht, es waren ausdrücklich Stückzahlen angegeben.«

»Stückzahlen?«

»Stell dich doch nicht so blöd, Mensch. Stückzahlen halt!«

Katinka riss das Fenster auf, um den Rauch abziehen zu lassen.

»Zeig mir die Unterlagen!«

Cuno zwitscherte mürrisch ab und druckte die Sachen in Paulas Arbeitszimmer aus.

»Schau«, begann er betont geduldig, als er zurückkam. »Hier. 2. Januar, 27 Stück angekauft«, sein Finger fuhr über eine Liste. »Diese Tabelle kriegst du über einen Link aus dem Buchhaltungsprogramm. 23 Stück Pb, 4 Stück Pt. Das sind keine Kilogramm oder Liter oder so was.«

»Verflucht, was ist das nur?« Katinka nahm einen Kuli und kringelte die Zahlen ein.

»In der Chemie steht Pb für Blei. Plumbum.«

»Klugscheißer«, regte Katinka sich auf und knallte das Fenster zu. »Und wofür steht Pt?«

»Vielleicht Platin?« Cuno sah nicht überzeugt aus. »Überleg doch mal. Das kann es nicht sein. 23 Stück Blei und 4 Stück Platin? Stück? Wie geht das zusammen?« Er schüttelte den Kopf.

»Ich krieg's raus. Ich frage Wertinger.«

»Du spinnst ja. Wenn du ihn jetzt drauf ansprichst, weiß er, was wir wissen. Die Bullen werden's dir danken, wenn du ihm die Gelegenheit gibst, alles rechtzeitig zu vernichten. Wenn Wertinger überhaupt etwas weiß!«

»Meinst du, Hagen hat die Geschäfte allein durchgezogen?«

Cuno deutete entsetzt mit dem Finger auf sich selbst.

»Ob *ich* das meine? Hör mal, ich stecke seit zwölf Stunden in dem Fall. Ich habe keine Ahnung!«

»Nimm deinen Arsch mit. Wir fahren zur Firma.«

»Du musst auf Paula aufpassen!«

Katinka klopfte an die Wohnzimmertür und stieß sie auf.

»Entschuldigen Sie, Herr Jäger«, sagte sie an Paulas Vater gewandt. »Paula? Kann ich dich einen Moment sprechen?«

»Was ist denn!« Genervt kam Paula in den Flur. Eine Wolke aus Zigarettenqualm umgab sie.

»Cuno hat eine heiße Spur entdeckt. Wir müssen zu Wertinger.«

»Echt? Was für eine Spur?«

»Wertinger und Hagen haben irgendwas ... Schräges laufen.«

»Stop, das erklärst du mir erst mal. Hagen? Wieso Hagen?«

Katinka fluchte innerlich.

»Paula, das ist eine Sache, bei der wir dich nicht brauchen können. Kommst du ein oder zwei Stunden alleine klar? Vielleicht bleibt dein Vater so lange bei dir.«

Paulas Gesicht färbte sich rot.

»*Ich* habe euch engagiert. Ich will wissen, was ihr rausgefunden habt.«

Cuno kicherte affektiert. Katinka kam sich vor wie ein Dienstmädchen.

»Dann schick deinen Papa die Sterne angucken! Wir haben nicht ewig Zeit! Wenn wir Wertinger heute noch erwischen wollen ...«

»Josef hockt immer bis zehn in der Firma. Mindestens. Auch sonntags. Also keine Panik!«, sagte Paula scharf.

Sie marschierte ins Wohnzimmer, wo sie ihrem Vater erklärte, er solle sich unverzüglich zum Teufel scheren. Nach einem kurzen Schlagabtausch, währenddessen Gerfrieds Stimme immer leiser, Paulas Stimme immer höher wurde, tauchte er im Flur auf und blickte erst Cuno, dann Katinka mit verbittertem Gesichtsausdruck an.

»Auf Wiedersehen, meine Dame, mein Herr.«

Er sah nicht nur frustriert aus, fand Katinka, sondern ängstlich.

Gespräch 3

Er:	*Ja. Es ist noch so ein Kalfaktor aufgetaucht.*
Der andere:	*Man munkelt, er kennt sich aus.*
Er:	*Das nehme ich an. Er hat mal gesessen, weil er sich zu gut auskennt.*
Der andere:	*Eigentlich ein Mann, wie wir ihn brauchen könnten.*
Er:	*Du hast doch beide unter Beobachtung?*
Der andere:	*Im Zweifelsfall räumen wir die beiden aus dem Weg.*
Er:	*Ich kriege ein Gespräch auf der anderen Leitung rein.*
Der andere:	*Das sagen sie alle.*

12. Ein zweites Büro

»Also, was läuft?«, fragte Paula rundheraus, kaum dass ihr Vater die Wohnungstür hinter sich zugezogen hatte.

Cuno erklärte in groben Zügen, was er in den Unterlagen entdeckt hatte. Paula zündete sich eine Zigarette an und blies den Rauch an die Decke.

»Cool«, sagte sie bloß.

»Cool?«, fragte Katinka. »Hast du auch nur den Hauch einer Vorstellung, was das bedeutet?«

»Du brauchst mich nicht so anzuschreien«, gab Paula zurück, und nun erinnerte sie sehr an die würdige Haltung ihres Vaters.

»Paula«, sagte Cuno und schob ihr den Aschenbecher zu, »hast du je etwas bemerkt, das zu einer, sagen wir mal, Nebentätigkeit von Hagen und seinem Angestellten passen würde? Hat Hagen irgendwas erwähnt?«

Paula blickte in die Nacht hinaus.

»Einmal hat Josef hier angerufen. Um Ostern herum. Sehr spät. Ich ging ans Telefon, er wollte Hagen sprechen. War total neben der Spur. Hagen stand unter der Dusche. Ich fragte, ob ich was ausrichten soll.« Sie drückte die Kippe aus. »Nein, ausrichten ginge nicht, er müsse Hagen persönlich sprechen. Ich sagte ihm, wenn's ums Geschäft geht, kann er mir das doch sagen. Aber er wollte nicht. Also trabte ich mit dem Mobilteil ins Bad und holte Hagen aus der Dusche.«

»Und dann?«, fragte Katinka. »Hast du mitgekriegt, worüber sie sprachen?«

»Klar!« Paula grinste schief und tastete nach der Zigarettenschachtel. Cuno war schneller und hielt sie ihr hin. »Ich lausche einfach gern. Außerdem war ich neugierig, weil Josef wirklich verstört klang.« Sie lächelte Cuno an, während er ihr Feuer gab. »Hagen sagte eine Weile gar nichts. Er war genervt. Ist halt so, wenn du nackt telefonierst. Er fragte: ›Verendet?‹ Klang völlig perplex. Wiederholte das Wort einige Male. Dann erklärte er hektisch, Josef solle warten, er würde in die Firma kommen, und ihm würde schon was einfallen.« Paula zuckte die Achseln. »Hagen zischte ab und kam erst spät zurück. Ich wachte auf, als er zu mir ins Bett kroch. Es war nach drei.«

Katinka brach das folgende Schweigen als erste.

»Verenden können nur Lebewesen.«

»Wisst ihr«, sagte Paula, »ich dachte, sie hätten vielleicht mit ein paar Tieren gehandelt. Das haben sie schon mal gemacht. Eine seltene Katzenart. Bernhild hat den Kontakt zu dem Züchter hergestellt. Sie hatte doch eine Zoohandlung. Tja, Hagen hatte nichts anderes zu tun, als Kohle für die Vermittlung zu kassieren. Das lief nicht schwarz, falls ihr das jetzt denkt.«

»Katzen«, murmelte Cuno. »Könnten Katzen mit Pt oder Pb abgekürzt werden?«

»Wieso abgekürzt?«, fragte Paula mit runden Augen.

»In den Papieren. Wie werden Katzen vermerkt?«

»Woher soll ich das wissen? Vermutlich steht einfach ›Katze‹ da.«

Cuno sah zweifelnd drein.

»Als Hagen damals zurückkam, hast du ihn da gefragt, was los war?«

»Sicher. Er wollte aber nicht raus mit der Sprache. Er murmelte, dass es Ärger gegeben hätte mit einer Lieferung. Ich bohrte ein bisschen, aber er wurde ungehalten und wollte schlafen. Am nächsten Tag hatte Wertinger einen Unfall auf dem Weg in die Firma. Ihm ist nichts passiert, aber sein Auto war Schrott. Jemand hat ihm die Vorfahrt genommen.«

Katinka stand auf und füllte ein Glas mit Leitungswasser.

»Lasst uns zu Wertinger fahren und ihm auf den Zahn fühlen. Schließlich ist er derjenige, der dich unter Druck setzt, Paula.«

Sie nickte düster.

»Er hat heute schon dreimal angerufen. Immer nur wegen dem beknackten Vertrag.«

»Gut, dass ich das auch mal erfahre«, sagte Katinka und musste husten. Der Rauch im Zimmer reizte sie. Sie fühlte sich immer mehr wie ein Gehilfe, der Paula die Einkaufstüten tragen durfte.

»Jetzt nörgle doch nicht«, regte Paula sich auf. »Ich habe dir den Auftrag erteilt, mich zu beschützen, und ich kann den Auftrag erweitern, indem ich dich bitte, Hagens Mörder zu finden. Wäre das was?«

Katinka atmete tief durch, was ihre Lungen nur noch mit mehr Qualm verpestete. Ihr wurde schwindelig und sie riss das Fenster auf, um frische Luft reinzulassen. Natürlich entging Cuno nicht, wie aufgewühlt sie war. Seine Mundwinkel zuckten, und sie hätte ihm für seine Süffisanz gerne eine reingehauen.

»Die Bullen sitzen bei Wertinger auf dem Schoß, sobald sie die Unterlagen durchgesehen haben«, sagte er.

»Stimmt«, ergänzte Katinka. »Wenn sie nicht inzwischen schon bei ihm waren. Sollten wir schneller sein, haben wir das nur den Brandstiftungen zu verdanken.«

Cuno zog fragend die Augenbrauen hoch.

»Im Landkreis treibt ein Pyromane sein Unwesen. Scheunen und alte Dachstühle verzehrt er besonders gern«, erklärte Katinka.

Paula wollte unbedingt mit, und so quetschten sie sich in Cunos Campingbus. Cuno hantierte mit dem Zündschlüssel.

»Fahr!«, fuhr Katinka ihn an.

»Reg dich mal ein paar Grade ab.«

Sie fuhren zum Hafen. In der Dunkelheit der Herbstnacht glitzerten die Sterne weiß wie Eisklümpchen. Katinka trommelte mit den Fingern auf ihre Knie und starrte in den Nachthimmel. Als sie an der Spedition vorbeifuhren, raste ein Wagen vom Parkplatz der *Handelsagentur Stephanus.*

»Er haut ab!«, schrie Katinka.

»Das kann nicht sein«, sagte Paula. »Er fährt einfach nach Hause.«

»In dem Affenzahn bestimmt nicht«, erklärte Cuno und trat aufs Gas.

»Gib Gummi, Kollege!« Katinka beugte sich vor.

»Selbstredend.« Selbstgefällig lenkte Cuno seinen Bus mit dem Zeigefinger. Sie folgten Wertinger in einigem Abstand auf die Autobahn Richtung Bamberg. Nach wenigen Kilometern nahm er die Ausfahrt Schonungen. Auf der B 303 beschleunigte er und jagte ihnen davon.

»Den kriegen wir nicht«, schimpfte Cuno. »Der fährt mindestens hundertsechzig. So viel gibt meine Kiste nicht her.«

»Verfluchte Scheiße!« Katinka lehnte sich zurück. »Paula, hast du eine Ahnung, wo er hin will?«

»Jedenfalls nicht nach Hause. Er wohnt mehr oder weniger mitten in Schweinfurt.«

Sie passierten eine Hügelkuppe. Die Straße wurde schnurgerade. Weit weg sahen sie Wertingers Rücklichter aufleuchten.

»Viel los ist nicht gerade«, sagte Cuno. »Vielleicht können wir ihm doch auf den Fersen bleiben.«

Katinka kniff die Augen zusammen und starrte in die Nacht. Sie bekam Probleme mit dem Nachtsehen. Lichtquellen verwischten im Dunkeln wie explodierende Weihnachtsbäume. Wahrscheinlich brauchte sie stärkere Kontaktlinsen.

»Da hat was geblitzt«, sagte sie und war sich im selben Moment nicht mehr sicher.

»Geblitzt?«, stöhnte Cuno. »Bitte nicht mich. Ich bin nur noch am Zahlen.«

Katinka lachte schadenfroh.

»Doch. Schaut mal! Wertinger wird langsamer.«

Der Campingbus fuhr akkurate hundert Stundenkilometer. Sie passierten das Radargerät. Cuno kurbelte das Seitenfenster herunter.

»Schönen Abend noch!«, schrie er fröhlich und winkte.

»Spinner!« Katinka boxte ihm die Schulter. »Aber Wertinger haben wir eingeholt. Da vorne steht er. Pinkelt sich wahrscheinlich den Frust raus.«

Cuno ließ seinen Bus ausrollen. Sie warteten. Wertinger tauchte nach wenigen Minuten aus der Dunkelheit und stieg in sein Auto. Sie folgten ihm. Ein gutes Stück hinter Hofheim bog er von der Bundesstraße ab.

»Wo sind wir hier denn?«, fluchte Cuno und lenkte seinen Bus schleudernd um die scharfen Kurven. »Nichts als Käffer mit komischen Namen.«

»Und ziemlich bergig«, beschwerte Paula sich. »Mir ist echt schon schlecht.«

Katinka rollte mit den Augen.

»Wir können jetzt nicht anhalten, um zu kotzen.«

»Wo will er nur hin«, stöhnte Paula. »Hier sagen sich Fuchs und Hase gute Nacht.«

»Hier?«, fragte Cuno. »Hier machen Fuchs und Hase einen drauf, das kann ich dir versichern. Hoffentlich steppt nicht gleich eine Wildsau auf der Straße.«

»Komm Wertinger nicht zu nahe«, ging Katinka dazwischen.

Cuno schlug mir der flachen Hand aufs Lenkrad.

»Willst du vielleicht fahren?«

»Liebend gern«, gab Katinka zurück. »Er biegt ab!«

Cuno schaltete die Lichter aus und rollte ein Stück.

»Bramberg«, buchstabierte er das Ortsschild. »Ich dachte, das heißt Bamberg.«

»Ignorant!«, sagte Katinka. »Bamberg ist weit weg und wir sind auf dem platten Land. Die Ortschaft heißt so.«

»Platt? Ich komme aus Bremen, ich weiß, was platt ist.«

Katinka ließ das Fenster herunter und atmete tief die feuchte, würzige Nachtluft ein. Die meisten Häuser lagen in völliger Dunkelheit, die Straßenbeleuchtung war abgeschaltet. Wertinger schien sich verfahren zu haben. Er bog in eine Hofeinfahrt und wendete.

»Potzdonner«, sagte Cuno und stieß zurück. Der Bus bumste auf einen Misthaufen.

Sie folgten Wertinger aus dem Dorf und bogen kurz darauf links ab. Cuno fuhr mit Standlicht. Niemand kam ihnen entgegen. Der Wald rechts und links der Straße stand dicht wie ein Zobelpelz. Mit dem Wildschwein könnte Cuno recht haben, dachte Katinka. Vielleicht gibt's hier sogar Wölfe.

Wertinger wurde langsamer, als müsse er sich orientieren. Cuno hielt den Bus an. Wertinger bog links in einen schmalen Weg ein. Katinka spähte ins Dunkel. An einem Baumstamm sah sie einen Wanderwegweiser.

»Leute«, sagte sie. »Der fährt zur Burg Bramberg.«

»Burg?«, fragte Cuno. »Hier?«

»Mehr Ruine als Burg«, sagte Katinka. »Kennst du die Bramberg, Paula?«

»Nein.«

»Ich war hier mal mit Tom wandern. Hat Spaß gemacht.« Sie legte Cuno die Hand auf den Arm. »Dort oben geht's nicht weiter. Lass uns einen Augenblick warten, ob er zurückkommt.«

»Schlechter Vorschlag. Er steigt aus und trabt zu Fuß weiter. Dann ist er weg.«

»Na gut. Fahr rein.« Katinka war nicht wohl bei der Sache. Sie wusste, dass das Sträßchen an einer Schranke endete. Dort konnte man parken, aber sie würden Wertinger auffallen, und wenden könnten sie auch nur mit Mühe. Dennoch wollte sie es nicht riskieren, ihn aus den Augen zu verlieren.

»Hast du deine Waffe dabei?«, fragte sie Cuno.

»Klar. Ruger Blackhawk, Kaliber .45.«

»Sechs Schuss. Super. Richtig großzügig.«

»Sag mal, bist du noch auf Sendung? Willst du ein Wettschießen veranstalten?«, fragte Cuno und wies mit dramatischer Geste in den Wald.

»Nein. Paula, du bleibst im Auto. Schließ dich ein. Tu einfach so, als wärst du nicht da.«

»Aber …«

Katinka wollte losschreien, beherrschte sich aber im letzten Moment.

»Kein Aber. Wir wissen nicht, was Wertinger vorhat, und es ist schon schwierig genug, wenn wir auf uns selbst aufpassen müssen.«

Cuno hielt den Bus an.

»Steig aus und schau, was er macht. Ich wende, damit unser Fluchtweg funktioniert. Dann komme ich nach.«

Katinka sprang aus dem Bus. Sie schlich sich bis zu Wertingers Wagen vor. Er war leer. Sie sah sich um. Langsam gewöhnten sich die Augen an das Dunkel. Die Sterne funkelten so fröhlich vom Himmel, als lüden sie Katinka zu einer Sommerparty ein. Doch dafür war es eindeutig zu kühl. Jetzt roch man den Herbst endlich, die milden Nächte waren Vergangenheit. Feiner Dunst stand zwischen den Bäumen, als Katinka den Berg hinaufstapfte. Die Blätter raschelten unter ihren Füßen. Es duftete nach Pilzen. Sie blieb stehen und horchte. Unsichtbare Tiere bewegten sich im Wald. Ganz vorsichtig pirschte sie den Weg hinauf. Der Pfad wand sich nach links. Katinka blieb im Schatten der Bäume. Rechts lag der Zugang zu einem stillgelegten Steinbruch. Wie ein gigantisches Hufeisen bildete er eine große, runde Nische, deren Felswände senkrecht in die Höhe ragten. Hoch oben erkannte Katinka vor dem sternklaren Himmel einen Zaun. Dahinter musste die Ruine liegen. Katinka stolperte und zog scharf die Luft ein. Steinbrocken lagen im Weg. Sie rutschte auf dem feuchten Moos aus. Murmelte eine Verwünschung.

Weit hinten, nah an der Felswand, stand ein Bauwagen. Einer von der Art, wie sie oft lange Zeit an Baustellen herumstanden, orange gestrichen und mit blinden Fenstern. Den Lichtkegel, der in dem Wagen hin- und herhuschte, konnte Katinka dennoch deutlich sehen.

»Na?«, raunte eine Stimme in ihr Ohr.

»Cuno!« Sie keuchte vor Schreck. »Bist du irre? Soll ich deinetwegen einen Herzinfarkt kriegen?«

»Gib zu, dass ich schleiche wie ein Apache.«

»Besser als Winnetou«, schnaubte Katinka. »Wertinger kriecht in dem Bauwagen rum.«

Ein helleres Licht flammte hinter der Scheibe auf. Cuno pfiff leise durch die Zähne.

»Eine kleine Außenstelle, wie mir scheint.«

»Ein zweites Büro? In einem Bauwagen?«

»Die Dinger stehen überall herum und tun unschuldig. Weißt du, was drin ist?«

Katinka zuckte die Achseln.

»Warten wir, bis er rauskommt?«

»Nee, wir klopfen und laden ihn auf einen Kaffee ein«, grinste Cuno.

»Schnösel, norddeutscher.«

»Döspaddel!«

Sie zogen sich über den Weg zurück und verbargen sich gegenüber dem Durchgang zum Steinbruch hinter den Bäumen. Katinka wurde kalt. Der feine Nebel machte ihre Kleider feucht, und die Jeansjacke eignete sich kaum noch für späte Herbstnächte. Auch Cuno bibberte, sie hörte, wie er mehrmals die Luft scharf einzog.

»Verdammte Kälte«, murmelte er. »Paula kann uns einen Klimazuschlag zahlen.«

»Du bist das nicht mehr gewöhnt. Hockst in vermieften Zimmern und qualmst dir die Birne weich.«

»Du bist ein ganz schön harter Brocken geworden«, sagte Cuno.

Katinka antwortete nicht darauf, weil sie nicht wusste, was sie sagen sollte. Cuno wollte sowieso nur auf ein Mann-Frau-Spielchen hinaus, in dem die Frau nicht hart, sondern liebevoll und ausgleichend sein sollte. Nach Harmonie und verblödeten Rollenspielen stand ihr im Augenblick nicht der Sinn. Sie beobachtete mit zusammengekniffenen Lidern Wertingers Schatten.

»Was machen wir, wenn er rauskommt?«, fragte Cuno.

»Ihn stellen. Einer hält ihn in Schach, der andere checkt den Wagen.«

»Und wer ist wer, werte Kollegin?«

Katinka kam nicht dazu, zu antworten, denn die Tür des Bauwagens öffnete sich leise knirschend.

»Endlich«, flüsterte Cuno. »Ich spüre meine Füße schon nicht mehr.«

Sie hasteten auf den Pfad. Wertinger kam eilig auf den Durchgang zu.

»Bleiben Sie stehen, Wertinger«, tönte Cuno.

Der Mann sah auf, mehr verdutzt als erschrocken.

»Ich würde mich gerne einen Augenblick mit Ihnen unterhalten«, fuhr Cuno fort.

Katinka wich zur Seite aus. Wertinger konnte nicht abhauen. Den Steinbruch hinaufzuklettern war ausgeschlossen, und Cuno versperrte ihm den Weg zurück zum Auto.

»Was wollen Sie denn von mir«, fragte Wertinger. Seine Stimme bebte.

»Ach, nur ein paar Fragen beantwortet haben«, sagte Cuno und schob die Hände in die Taschen. Katinka kroch hinter Wertingers Rücken in den Schatten der Felsen. Behutsam schlich sie auf den Bauwagen zu.

»Was bewahren Sie denn dort drinnen auf?«, hörte sie Cuno fragen. Mehr nicht. Dann schrie Cuno auf und Füße rannten durch das Laub.

»Cuno?« Katinka lief zu ihm zurück. »Was ist?«

»Er hat mich geblendet, das Arschloch.« Cuno rappelte sich auf und flitzte Wertinger nach.

Mit klopfendem Herzen tastete Katinka sich in völliger Dunkelheit zu dem Bauwagen. Cuno war ein Knallkopf. Stellte sich hin wie ein Anfänger und gab jede schnelle Verteidigung drein, indem er die Fäuste in die Jackentaschen bohrte. Soviel zum Thema Coolsein, dachte sie zähneknirschend. Das Schloss war leicht zu knacken. Vorsichtig trat sie ein. Cuno hatte richtig getippt: Dies hier war ein kleines, feines Büro, mit Laptop, einem Drucker, einem winzigen Schreibtisch. Sie schlüpfte in ein Paar Latexhandschuhe und untersuchte mit fliegenden Fingern die Schubladen. CDs. Ein paar Notizzettel mit dem Aufdruck *Mesoltech*. Die kenne ich doch, dachte Katinka. Sie steckte die CDs ein.

Draußen knirschten Schritte. Sie riss die Pistole aus dem Holster.

»Katinka?«, hörte sie Cunos Stimme.

»Was ist?«

Er kam hereingeklettert.

»Sag mir nicht, du hast ihn entwischen lassen?«, flüsterte sie.

»Leider doch. Er hat einen Köpfer in sein Auto gemacht und ab die Post.«

»Verflucht, Cuno.« Er war so ein Dilettant. »Was ist mit Paula?«

»Alles im grünen Bereich. Meinen Bus hat der Knabe keines Blickes gewürdigt.«

Katinka wünschte Cuno weit weg. Aber zu streiten brachte nichts. »Das ist ein Undercover-Büro«, sagte sie nur. »Die Daten müssen wir uns ansehen.«

»Gibt's hier kein Licht?« Cuno tastete nach einem Schalter. Eine Bauleuchte flammte auf.

Katinka hätte gerne gewusst, wo der Strom herkam, aber sie wollte Cuno keine Chance geben, eine gönnerhafte Antwort abzusondern.

»Siehst du das hier?« Er deutete an die Decke. Eine rote Lampe flackerte und strahlte ein warmes Licht aus. »Das ist eine Wärmelampe, wie man sie in Schweineställen benutzt, um es den Ferkeln gemütlich zu machen.«

Katinka kramte weiter im Schreibtisch.

»Tiere«, murmelte sie und zog einen Fotoband hervor, von dessen Umschlag ihr ein mintfarbener Frosch entgegenhopste. »Guck mal. Die haben ein Buch über Frösche.«

»Eine Gasheizung haben sie auch. Perfekt. Ich friere wie ein Schneider.« Cuno machte sich an einem Gerät neben der Tür zu schaffen und betätigte ein paar Schalter.

»Du, Cuno«, sagte Katinka. »Ich glaube, ich weiß, womit Hagen und sein Kollege handeln.« Sie sah auf. »Mit Pfeilgiftfröschen.«

»Wie bitte?« Cuno trat neben sie und blätterte durch den Band. »Herrlich. Tolle Farben. Sieh mal, der da sieht aus, als hätte er Jeans an. Der Oberkörper ist knallrot. So einen habe ich mal in freier Wildbahn gesehen.«

»Ach nein«, sagte Katinka und tippte sich an die Stirn. »Die sonnen sich am Weserufer, was?«

»In Ecuador«, entgegnete Cuno geduldig. »Auf einem Trip durch den Dschungel. Die Viecher sind dermaßen giftig, dass allein die Berührung mit ihrer Haut tödlich ist. Die Indianer streichen mit Pfeilspitzen über den Frosch. Das reicht aus, um die Beute zu töten.«

»Der mintfarbene heißt Phyllobates bicolor«, buchstabierte Katinka. »Der sieht auch echt giftig aus.«

»Die Frösche können sich die auffallenden Farben leisten. Fressfeinde werden sich hüten, mit der Gifthaut in Berührung zu kommen.«

Katinka hob den Kopf. Ihre Alarmglocken schrillten. Sie wusste nicht, warum. Bis auch Cuno aufsah. Er schnupperte wie ein Kaninchen.

»Gas!«, schrie er. »Raus.«

Er machte einen Hechtsprung durch die Tür. Ein gleißendes Licht blendete Katinka. Die Druckwelle riss sie zu Boden. Knapp neben ihrem Kopf raste etwas vorbei. Das dunkle Viereck der Tür verschwand hinter Flammen.

»Cuno?«, schrie Katinka. Sie war wie gelähmt, spürte nicht einmal Angst.

»Raus! Komm da raus!«, hörte sie Cunos Stimme hinter der Feuerwand. Sie konnte kaum atmen. Die Hitze schien ihr die Gesichtshaut wegzubrennen. Sie hechtete zum Fenster. Die Scheibe war zersplittert. Katinka nahm das dicke Froschbuch, brach die letzten Scherben heraus, und stürzte sich hinaus.

»Verflucht«, hörte sie Cuno. Er warf etwas Schweres über sie.

»Was machst du denn«, flüsterte Katinka. Vor ihren Augen tanzten bunte Punkte.

»Deine Jacke hat gebrannt. Steh auf! Die Bude fliegt jeden Moment in die Luft!«

Katinka krabbelte ein Stück auf allen Vieren, kämpfte sich hoch und rannte hinter Cuno her.

»Nun mach!« Er packte sie am Arm und riss sie weiter, aus dem Hufeisen heraus, hinter die Felsen.

Die Explosion zerriss ihnen beinahe das Trommelfell.

»Schiet!«, schrie Cuno, als würde ihm erst in diesem Moment klar, was geschehen war.

Katinka sank auf den feuchten Waldboden und suchte nach ihrem Handy. Ihr Herz raste. Das Buch legte sie weg. Es war mit Blut bespritzt, der Mintfrosch hatte nun rote Sprenkel auf seiner giftigen Haut.

»Deine Jacke!«, sagte Cuno.

Katinka sah erstaunt auf ihre Ärmel. Der linke fehlte. Auch der Pulli war angekokelt. Ihre Hand leuchtete feuerrot.

»Das ist eine ganz schöne Verbrennung!« Cuno tanzte um sie herum wie ein Waldgeist. »Tut es weh?«

»Lieber nicht dran denken«, murmelte Katinka. Sie wusste, dass sie unter Schock stand und ihr Körper sie schützte. Bis die Schmerzen kamen, musste sie handeln. Mit der unverletzten Hand tippte sie Ruth Steins Nummer in ihr Handy.

»Was machst du da? Rufst du die Bullen?«

»Was sonst?« Katinka klemmte das Telefon zwischen Ohr und Kinn.

»Teufel auch, hauen wir lieber ab.« Cuno richtete seinen Pferdeschwanz um sich zu vergewissern, dass sein Haar noch da war.

»Frau Stein? Gut, dass ich Sie noch erreiche«, sagte Katinka. Sie bemühte sich, ruhig zu sprechen, aber die Hysterie hatte sich schon an ihre Stimme geklammert und machte sie schrill. Ihr wurde schwindelig. Der Schweiß brach ihr aus.

»Was ist?« Die Hauptkommissarin klang sofort alarmiert.

»Ich bin mit einem Kollegen bei der Burg Bramberg. Da ist ein Bauwagen in die Luft geflogen. Wir glauben, dass er als Zweitbüro für die *Handelsagentur Stephanus* diente.« Sie brach ab. Plötzlich war sie erschöpft, zu erschöpft um zu sprechen.

»Sind Sie o.k.? Ist jemand verletzt?«, fragte Ruth Stein.

Katinka hielt Cuno das Handy hin.

»Hier spricht Cuno Fischer, Privatdetektiv«, sagte er. »Frau Palfy hat Verbrennungen zweiten Grades. Nein, nur die Hand. Sonst ist niemand …«

Katinka hörte ihn nicht mehr. Sie rutschte auf den Waldboden und staunte, wie weich Herbstlaub sein konnte.

Der Herbst war seine liebste Jahreszeit

Er genoss die langen, dunklen Abende, wenn die Menschen in die Ruhe zurückkehrten, die ihnen der hektische Sommer genommen hatte. Er mochte es, wenn die Sonne keine Wunden mehr aufriss, wenn das Licht subtiler wurde und aufhörte, in aller Aufdringlichkeit das Leben auszuleuchten. Die meisten Menschen in seinem Umkreis kümmerten sich nicht um Jahreszeiten. Sie bemerkten den Wechsel nur, wenn sie sich Werkstatttermine eintrugen, um Winterreifen aufziehen zu lassen.

Er liebte den Herbst. Er bot Schutz. Vor allem bot er Zeit zu lesen. Er arbeitete sich durch das Alte Testament. In seinem Unterschlupf wurde es schon empfindlich kühl, deshalb hatte er sich Geld geliehen, einen guten Schlafsack gekauft und warme Outdoor-Kleidung. ›Seht her, der Herr kommt aus der Ferne. Sein Zorn ist entflammt, gewaltig drohend zieht er heran. Seine Lippen sind voll grollendem Zorn, seine Zunge ist wie ein verzehrendes Feuer.‹ Konnte es seine Schuld sein, dass jemand ihm nachspioniert hatte? Einer, der ohnehin nichts verstehen würde?

Er konnte froh sein, sich wenigstens auf einen verlassen zu können. Seine Familie war nichts Besonderes, aber auf einen war Verlass.

13. Prügel

Als Katinka zu sich kam, hockte Cuno neben ihr.

»Mensch, endlich! Ich dachte schon, du bist erledigt.«

Er schlotterte in seinem Hemd.

»Hast du keine Jacke?«, fragte Katinka matt.

»Da liegst du drunter. Pass auf mit deiner Hand.«

Katinka betrachtete unbeteiligt die rotbraunen Blasen, dankbar, dass sie keinen Schmerz verspürte. Die Finger versuchte sie lieber nicht zu bewegen.

»Die Bullen sind gleich da. Diese Ruth Stein ist ziemlich forsch, und der Name Palfy hat Türen geöffnet.«

Katinka winkte ab und richtete sich auf.

»Brennt der Wagen noch?«

»Viel ist nicht mehr übrig. Hast du die CDs?«

»Klar. In meiner Jacke.«

»Hoffentlich sind sie nicht geschmolzen!«

Mit Todesverachtung kroch Katinka unter Cunos Jacke hervor und tastete nach den Scheiben.

»Alles o.k.«

»Die Fetzen kannst du vergessen«, sagte Cuno und deutete auf den Jeansstoff, der einmal Katinkas Jacke gewesen war. »Du bist ziemlich blass. Bleib lieber liegen.«

Katinka wollte nicht die viktorianische Lady abgeben, die in brenzligen Situationen in Ohnmacht fiel. Sie schob die CDs in die Innentasche von Cunos Lederjacke.

»Schon gut.« Sie fror. »War das die Gasheizung, die uns um die Ohren geflogen ist?«

Cuno zuckte die Achseln. Er sah ziemlich fahl aus, wenn man von den kohlschwarzen Schlieren absah, die ihm mehr denn je das Aussehen eines Hollywood-Indianers verliehen.

»Geräte, die in Ordnung sind, fliegen nicht in die Luft«, sagte er. »Da sind x Sicherheiten drin.«

Katinka umklammerte die Knie.

»Was meinst du, schaffst du es bis zu meinem Bus?«, fragte Cuno. »Da können wir wenigstens die Heizung anmachen, und im Erste-Hilfe-Kasten findet sich bestimmt ein steriles Tuch für deine Hand. Außerdem ist Paula allein.«

»Probieren wir's.«

Cuno war irgendwie rührend, wie er Katinka auf die Füße half und sie um die Schulter fasste, um sie zu stützen.

Beim Laufen wurde ihnen ein wenig warm. Sie erreichten die Schranke und liefen das schmale Sträßchen hinunter.

»Sag mal«, begann Katinka. »Wo ist denn dein Bus?«

»Mir geht der Arsch auf die Nessel«, sagte Cuno. »Der ist weg!«

Sie sahen einander an.

»Das ist jetzt nicht wahr«, winselte Cuno. »Verdammte Scheiße, ich friere wie ein Hering im Packeis. Ich will in meinen Bus.«

Katinka drückte Cuno ihr Handy in die Hand.

»Ruf mal bei Paula an. Die Nummer ist gespeichert.«

Cuno wählte.

»Nichts«, sagte er und drückte die Aus-Taste. »Der Teilnehmer ist im Augenblick nicht zu erreichen.«

»Sie ist ihm nachgefahren«, sagte Katinka fassungslos.

»Sie wird schon vorsichtig sein!« In einer hilflosen Geste drückte Cuno Katinka den Arm.

»Au!«

»Was ist denn?«

Katinka untersuchte ihren Ellenbogen. Sie hatte sich beim Sprung aus dem Fenster die Haut am Unterarm ein gutes Stück aufgeritzt. Die Wunde sah nicht tief aus, aber sie hatte stark geblutet.

»Den Pulli kann ich auch noch wegschmeißen«, murmelte sie. Ihre Hand begann zu schmerzen. Urplötzlich. Wie rasend. Sie spürte jeden Pulsschlag. »Komm, setzen wir uns dort oben auf die Rastbank.«

Sie warteten schweigend. Es war sehr kalt, und Katinka zitterte trotz Cunos Lederjacke. Sie versuchte, die Brandschmerzen zu ignorieren. Natürlich funktionierte das nicht, und ab und zu kroch ihr ein Stöhnen über die Lippen. Sie krümmte sich. Cuno rauchte seine letzte Zigarette.

»Tut verdammt weh, hm?«, sagte er mitleidig.

Die Polizei kam ohne Martinshorn. Nur das Blaulicht zuckte durch den Wald. Die Feuerwehr fuhr voraus. Sie hoben die Schranke aus den Angeln und rasten mit dröhnenden Motoren den Waldweg hinauf. Zuletzt kam der Ambulanzwagen. Aus einem Zivilauto stieg Ruth Stein.

»Alles in Ordnung?« Sie kam mit kurzen, energischen Schritten auf Katinka und Cuno zu. In ihrem Kielwasser kreuzte ein zweiter Polizist. Katinka fiel die Kinnlade herunter.

»Was machen Sie denn hier?«, fragte sie schwach und drückte die schmerzende Hand an ihre Brust.

Cuno warf ihr einen misstrauischen Blick zu.

»Kennst du den Glatzkopf?«, flüsterte er.

Ruth Stein lachte.

»Wir bilden eine hübsche kleine Kombi-Ermittlungsgruppe, seitdem der Feuerteufel nun auch im Bamberger Landkreis sein Unwesen treibt«, erklärte sie. »Sie haben uns mitten aus einer Lagebesprechung rausgeholt.«

»Aber hier war der Pyromane bestimmt nicht«, sagte Katinka und wies dorthin, wo die Reste des Bauwagens vor sich hinrauchten. »Das war eine Gasheizung.«

Hauptkommissar Harduin Uttenreuther schob Ruth Stein zur Seite, packte Katinka an den Schultern und schüttelte sie.

»Ich drehe Ihnen den Hals um«, sagte er. »Jetzt, wo ich mich im letzten halben Jahr der Illusion hingegeben habe, Sie würden mal ein bisschen vorsichtiger sein.«

»Hej«, ging Cuno dazwischen. »Was soll das denn!«

Katinka sah Hardo an, sein zorniges Gesicht, die grauen, gleißenden Augen. Sie lehnte sich an ihn.

»Tut mir leid, Hardo«, murmelte sie. »Es war einfach ein Unfall. Die Gasheizung ist explodiert. Das kann schon mal passieren.«

Hardo lachte auf. Er roch vertraut. Seine Arme waren warm. Zu warm, um den Gedanken auszuhalten, sie könnten sie wieder loslassen.

»Klar, alle naselang fliegen in der Prärie Bauwagen in die Luft. Sie sind so verrückt. So dermaßen verrückt.«

»Paula ist weg«, sagte Katinka. »Cuno, könntest du den Herrschaften bitte erklären, was passiert ist?« Ihr wurde wieder schwindelig.

Hardo musterte Cuno von oben bis unten.

»Cuno Fischer, ein – Kollege«, stellte Katinka vor. »Cuno, das ist Harduin Uttenreuther, Kriminalhauptkommissar aus Bamberg und Leiter des Kommissariats eins.«

»Aha. Kollege also«, sagte Hardo. »Ist Ihnen kalt? Setzen Sie sich ins Auto.«

Das ließ Cuno sich nicht zweimal sagen. Weichei, dachte Katinka. Ruth Stein folgte ihm.

»Katinka, Katinka«, sagte Hardo.

Sie sah zu ihm hoch.

»Wirklich, Hardo. Es tut mir leid. Wir haben Wertinger … aber Sie wissen ja gar nichts von dem Fall.«

»Sie werden es mir gleich erzählen«, sagte er. »Ihr – Kollege – meinte am Telefon, Sie seien verletzt.«

Katinka zeigte ihm die Hand.

»Nichts so schlimm«, erklärte sie, obwohl die Schmerzen wüteten.

»Sie sind blass wie ein Käse!« Er strich ihr über den Scheitel.

»Brauchen Sie mich jetzt?«, fragte der Notarzt.

»Ja, bitte«, sagte Hardo und ließ Katinka los.

»Ich fahre auf keinen Fall mit in die Klinik«, sagte Katinka sofort.

Hardo warf dem Arzt einen Blick zu, der allerlei bedeuten konnte.

»Das ist üblich bei ihr.«

»Verbinden darf ich die Hand aber, oder?«, fragte der Arzt.

Hardo stieg mit Katinka in den Ambulanzwagen. Während der Arzt ihr ein Schmerzmittel spritzte und die Hand verband, berichtete sie Hardo von ihrer Verfolgungsfahrt, der Entdeckung in dem Bauwagen, der Explosion und Cunos verschwundenem Bus.

»Aha«, murmelte Hardo. »Halten Sie mal einen Moment ohne mich aus. Ich spreche mit Ruth.«

Er kam bald zurück. Katinka hockte unter einer Wärmefolie auf der Matratze, während der Notarzt die Wunde am Arm desinfizierte.

»Nach Wertinger und nach Paula wird gefahndet. Wir haben weit nach Mitternacht. Soll ich Sie nach Hause fahren?« Er nahm ihr Kinn in seine Hand und sah ihr in die Augen.

»Ich muss Paula finden.«

»Das erledigen die Kollegen.«

»Trotzdem. Ich kann mich nicht ins Bett legen und auf krank machen, während Paula allein durch die Weltgeschichte gondelt.«

Hardo fluchte.

»Warten Sie!«

Er zog ab und redete mit den Kollegen. Schließlich kam er wieder und erklärte:

»Sie geben ja doch keine Ruhe. Wir fahren in meinem Wagen mit. Wahrscheinlich haben wir sie schnell aufgegabelt.«

Dass Cuno hinten in den Golf stieg, quittierte Hardo mit einem genervten Blick. Sie fuhren über eine Stunde alle Nebenstraßen rund um Bramberg ab. Ohne Erfolg. Hardo hatte sich ein Funkgerät zwischen Hals und Kinn geklemmt. Katinka war so müde, dass sie die Unterhaltung nur in Bruchstücken mitbekam. Es wurde neblig. An manchen Stellen mussten sie im Schritttempo fahren. Dann wieder riss der Nebel unerwartet auf und gab den Blick auf einen schwarzen Himmel voller funkelnder Sterne frei.

»Nichts«, sagte Hardo schließlich. »Die Kollegen dehnen die Suche auf den ganzen Landkreis aus. Sie holen gerade den Hubschrauberpiloten aus dem Bett.«

Katinka zupfte an ihrem Verband herum.

»Ich kann Paula doch nicht allein in der Nacht spazieren fahren lassen«, murmelte sie.

»Hör mal«, meldete sich Cuno zu Wort. »Sie ist selbst schuld. Schmeißt sich in meinen Bus und rast Wertinger nach. Dafür bist du wirklich nicht verantwortlich.«

»Wo er recht hat, hat er recht«, pflichtete Hardo ihm bei. »Ich fahre Sie jetzt nach Hause. Wo möchte der Herr Kollege aussteigen?«

»Bei mir«, sagte Katinka erschöpft. »Das Gästesofa steht zur Verfügung. Die Nacht ist ohnehin nicht mehr lang.«

»Also Giftfrösche«, sagte Tom ein paar Stunden später. Er brachte Katinka den Kaffee ans Bett und setzte sich neben sie.

»Es könnte sein«, gab Katinka zu. »Aber wir wissen es nicht. Ich habe nur dieses Buch als Anhaltspunkt. Außerdem Paulas Geschichte von einem Abend, als Wertinger aufgeregt anrief, weil irgendetwas verendet war. Es muss was Lebendes gewesen sein, ein Frosch vielleicht. Im Bauwagen hing eine Wärmelampe. Vielleicht haben sie dort die Tiere zwischengelagert. Ich muss mir dringend die Daten anschauen. Was treibt Cuno?«

»Er liegt wie ein Toter auf dem Sofa und sägt die Wände durch. Komische Type. Mit dem kommst du klar?«

Katinka lachte.

»Ich brauche ihn als Experten.«

»Und wie geht es deiner Hand?«, fragte Tom. »Hardo hat mir alles erzählt. Du warst nicht ansprechbar.«

»Tut ein bisschen weh. Der Arzt sagt, die Verbrennung wird heilen. Glück gehabt.«

»Allerdings.«

Katinka legte den Kopf auf seinen Schoß. Sie hätte ihm so gerne gesagt: ›Ich liebe dich. Ich will bei dir bleiben.‹ Aber dann würde er fragen, wie es mit der Hochzeit stünde. Ich kann ihn nicht heiraten, dachte sie müde. Ich will es, aber ich kann es nicht.

»Ich muss mich unbedingt mit Hardo in Verbindung setzen. Es kann doch nicht sein, dass Paula unauffindbar ist. Hast du mein Handy gesehen?«

Tom griff zum Nachttisch.

»Es lag die ganze Zeit hier. Kam aber kein Anruf.«

Katinka tippte Hardos Nummer ein.

»Ach, Palfy. Wieder unter den Lebenden?«

»Haben Sie was von Paula gehört?«

»Ja. Sie ist bei Ruth Stein in Haßfurt.«

»Gott sei Dank.« Katinka hielt die Hand vor den Hörer und wisperte »Sie haben Paula«.

»Aber die Geschichte ist nicht erfreulich. Setzen Sie sich mit Ruth in Verbindung«, sagte Hardo.

»Was heißt das denn«, rief Katinka aufgeregt. »Ist Paula was passiert?«

»Wertinger hat sie zusammengeschlagen. Nicht krankenhausreif, aber so, dass sie völlig verstört ist und kaum ein Wort über die Lippen bringt. Sie will mit Ihnen sprechen. Alle anderen Angebote lehnt sie ab.«

»Ich fahre sofort hin«, sagte Katinka.

»Stopp«, erwiderte Hardo. »Ich brauche auch noch einen Termin mit Ihnen.«

»Dann erledigen wir das am besten gleich.«

In der Bamberger Polizeidirektion herrschte das flinke Treiben eines gewöhnlichen Montagmorgens. Die Sonne strahlte in die Büros, und jedes vorhandene Telefon schien zu klingeln, als Katinka zu Hardos Zimmer gebracht wurde. Er empfing sie mit einem ruppigen: »Morgen.«

»Morgen, Hardo.«

»Wie geht's Ihrer Hand?«

»Tut noch leicht weh. Sie wollten mich sprechen?«

Er wies auf den Stuhl vor seinem Schreibtisch.

»Setzen Sie sich. Cuno Fischer – wie kommt der ins Spiel?«

»Ich habe ihn hergebeten«, sagte Katinka. »Er kennt sich aus in Buchhaltung, und Paula braucht nach Hagens Tod ein bisschen Nachhilfe.«

Hardo hielt mit den Fingerspitzen ein Papier hoch, als sei es ein vollgerotztes Taschentuch.

»Cuno Fischer, geboren am 21. Januar 1961 in Oldenburg, verurteilt wegen Betrugs.« Hardo sah Katinka tief in die Augen.

»Ich weiß. Seine Strafe hat er abgesessen, aber danach nie wieder eine Stelle als Buchhalter gefunden, deswegen wurde er Privatdetektiv.«

»Ich finde das nicht komisch«, sagte Hardo. »Weiß Paula, dass ihr Berater in Geldfragen zehn Monate gesessen hat, weil er seinen Ex-Arbeitgeber um ein paar Hunderttausend geprellt hat?«

»Sie weiß es nicht. Ich brauche Cuno auch wegen etwas ganz anderem. Paula hatte mit der Buchhaltung ihrer Firma nie was zu tun. Sie blickt überhaupt nicht durch, und wir haben auf dem Firmenrechner ein zweimal installiertes Buchhaltungsprogramm gefunden. Wertinger scheint zwei Buchhaltungen geführt zu haben. Eine für das offizielle Geschäft, das gerade genug eingebracht hat, um die Gehälter auszuzahlen, das andere für die Aktivitäten, mit denen er und Hagen ein bisschen mehr kassiert haben.«

Hardo lehnte sich zurück.

»Das fällt nicht in mein Ressort«, sagte er. »Haben Sie Ruth davon erzählt?«

»Bislang noch nicht. Wir wissen nicht, worum genau es sich handelt.« Katinka dachte an das Froschbuch und hielt den Mund.

»Dieser Fischer hat noch mehr Dreck am Stecken«, machte Hardo weiter. »Zweimal haben ihn Frauen wegen sexueller Belästigung angezeigt. Das war seine Kollegin in der Firma, wo er später abkassierte, und ein zweites Mal eine Mitarbeiterin in einem Café, in dem er übergangsweise jobbte.«

»Ich habe in der Detektei von Julius Liebitz mit Cuno zusammengearbeitet«, sagte Katinka. »Damals, als ich noch Praktikantin spielen durfte. Er führte sich oft wie ein Scheißkerl auf. Liebitz warf ihn schließlich raus und er machte sich selbstständig.«

Hardo trommelte mit dem Bleistift auf die Akten vor ihm.

»Ich weiß ihn schon zu nehmen«, sagte Katinka genervt. »Wirklich, Hardo.« Sie beschloss, das Thema zu wechseln. »Wie steht es um die Brandstiftungen?« Nervös beobachtete sie Hardos mahlende Kiefer. Schließlich entschloss er sich zu antworten.

»Eine verdammt blöde Geschichte. Irgendwann im Juni fing das an. Einsam liegende Scheunen gingen in Flammen auf. Bisher war ausschließlich der Landkreis Haßfurt betroffen. Gestern morgen wurde ein Brand in der Nähe von Zückshut gemeldet. Kennen Sie den Ort?«

»Irgend ein winziger Flecken Erde.«

»Genau. In unserem Landkreis. Die Vorgehensweise ist überall dieselbe. Gar kein Zweifel, dass es sich um Brandstiftung handelt. Immer sind mehrere Brandherde zu finden, und jemand hat viele Liter Benzin investiert. Nur total abgelegene Gebäude werden abgefackelt. Der Brand wird erst bemerkt, wenn alles in Schutt und Asche liegt.« Er richtete seine Scheinwerferaugen auf Katinka. »Ruth wird Sie noch darauf ansprechen«, sagte er. »Aber ich frage mich schon, weshalb die Gasheizung gestern in die Luft geflogen ist.«

»Vielleicht war sie einfach marode. Cuno fror und schaltete sie ein.«

Hardo knallte seinen Bleistift auf die Tischplatte und stand auf. Katinka ahnte, was er dachte.

»Jammerlappen!«, presste er hervor.

Katinka konnte seinen unterdrückten Zorn brodeln hören.

»Warum haben Sie die Verbrennung und nicht er?«

»Cuno stand näher an der Tür, er sprang einfach raus. Aber ich konnte nicht mehr, weil schon überall Feuer war. Deswegen bin ich durchs Fenster raus. Dabei habe ich mir den Arm aufgeschlitzt.«

Hardo kam um seinen Schreibtisch herum und stützte seine Hände auf die Lehnen ihres Stuhls. Sie wusste ohnehin, was er sagen würde. Dass er an Cunos Stelle Katinka eigenhändig aus dem Wagen getragen hätte, dass Cuno ein Schwächling sei, unzuverlässig und verantwortungslos, ein abgehalfterter Typ, der seine Fähigkeiten erst noch unter Beweis zu stellen hätte. Dass Cuno sie in Gefahr gebracht hatte und Privatdetektiv könne jeder Hornochse werden, sofern er sich nicht allzu dumm anstellte.

Der Kommissar spulte all das in etwas drastischerer Wortwahl ab. Katinka unterdrückte ein Lächeln, um ihn nicht noch mehr in Rage zu bringen.

»Sie haben ja recht«, sagte sie leise, um ihn zu besänftigen. Manchmal musste man ihn beruhigen wie eine nervöse Milchkuh. »Aber trotzdem hat die Explosion in dem Bauwagen hundertprozentig nichts zu tun mit Ihren und Ruth Steins Brandstiftungen. Das war keine Brandstiftung. Das war ein Unfall. Ein defektes Gerät, was auch immer. So was kommt öfter vor. Man liest es doch ständig in der Zeitung. Ganze Wohnhäuser fliegen in die Luft.«

»Sie wissen selbst, dass Gasgeräte normalerweise nicht einfach defekt sind«, regte Hardo sich auf. »Technisch ist alles möglich. Man muss nur das richtige Gas-Luft-Gemisch erzeugen, dann reicht ein Funken!«

»Es muss nicht unbedingt jemand manipuliert haben, Hardo«, entgegnete Katinka. »Es kann auch einfach Fahrlässigkeit sein.«

»Einfach Fahrlässigkeit. Die Formulierung muss man sich auf der Zunge zergehen lassen! Aber das kriegen die Techniker raus, das verspreche ich Ihnen.«

Hardo richtete sich auf und vergrub die Hände in seinen Jeanstaschen. Er trug ein Hemd mit schreiend bunten Karos, und Katinka kannte es gut. Sie hatte es gemeinsam mit Tom für Hardo gekauft, als der Kommissar im vergangenen Winter im Coburger Klinikum lag. Katinka schauderte bei dem Gedanken an den Querschläger, der Hardos rechten Lungenflügel verletzt hatte. Um ein Haar hätte Hardo nicht überlebt.

»Ist was?«, fragte Hardo.

»Nein. Schon o.k. Ich musste an etwas Dramatisches denken.« Sie stand auf. »Ich fahre jetzt nach Haßfurt zu Paula.«

Er nickte nur.

»Tschüss!«, sagte Katinka und ging zur Tür.

»Palfy?«

Sie drehte sich um.

»Ja?«

Er nahm die Hände aus den Taschen. Einen Augenblick schwebten sie neben ihm wie gestutzte Flügel. Er erschrak und verschränkte sie hinter dem Rücken.

»Ich komme mir dämlich vor«, sagte er, »wenn mir wieder nichts anderes einfällt, als Sie zu bitten, vorsichtig zu sein.«

»Keine Panik. Sie kommen mir doch ohnehin immer in die Quere, wenn was schiefgeht.«

Er lachte und breitete die Arme aus. Katinka ging zu ihm und drückte ihm einen Kuss auf die Wange.

»Ich melde mich«, versprach sie und ging.

Sie traf Cuno am Bahnhof, wo sie den nächstbesten Zug nach Haßfurt nahmen. Cuno winselte während der ganzen Fahrt über den Verbleib seines Campingbusses. Katinka hatte nicht nachgefragt, ob Paula mit oder ohne Bus aufgelesen worden war, und Ruth Stein war im Augenblick nicht zu erreichen. Vom Haßfurter Bahnhof zur Polizeiinspektion war es nicht weit. Sie gingen zu Fuß, obwohl Cuno ohne Unterlass meckerte.

»Ich habe schlecht geschlafen«, murrte er. »Teufel auch, ich habe immerzu den Wagen in Flammen stehen sehen und dich mittendrin.«

Katinka beschloss, Hardo bei nächster Gelegenheit von Cunos Zerknirschung zu berichten.

»Was ist denn das überhaupt für eine Jacke?«, fragte er weiter.

»Eine von Tom«, sagte Katinka und strich über den blauen Cordstoff. »Die Reste von meiner sind in der Mülltonne gelandet.«

Ruth Stein empfing sie am Eingang.

»Paula sitzt in meinem Büro«, sagte sie statt einer Begrüßung. »Sie können sich dort mit ihr unterhalten. Bringen Sie sie dazu, Anzeige gegen Wertinger zu erstatten. Er hat seinen Wagen mitten auf der Straße gestoppt. Zog Paula aus dem Bus und verpasste ihr eine Tracht Prügel. Außerdem muss sie sich von einer Ärztin untersuchen lassen, bitte sagen Sie ihr das«, erklärte Ruth Stein eindringlich.

»Und mein Bus?«, fragte Cuno.

Die Kommissarin musterte ihn von oben bis unten. Den Pferdeschwanz, die Indianerfeder, die Lederjacke, die gammeligen Jeans, die Cowboystiefel.

»Ihr Bus, Herr Fischer«, sie spuckte seinen Namen beinahe aus, »ist vollkommen unversehrt.«

Katinka nickte den beiden zu und ließ sich von einem Beamten zu Ruth Steins Büro bringen. Paula hockte auf einem Stuhl und sah so aus, als würde sie jeden Moment vor Müdigkeit zur Seite kippen und auf den Boden fallen. Ein

Veilchen zierte ihr linkes Auge, das Kinn war geschwollen. Sie wirkte schmaler denn je, und die Locken hingen strähnig um ihr Gesicht. Auf Katinkas Eintreten reagierte sie mit einem erschöpften »endlich.«

»Hallo, Paula!« Katinka berührte sanft Paulas Schultern.

»Du solltest mich doch beschützen«, murmelte Paula.

»Dazu passt nicht, dass du allein die Verfolgung deines Angestellten aufnimmst.«

Paula zuckte nur die Achseln.

»Erzähl mir, was gestern Nacht passiert ist.«

»Josef kam auf einmal aus der Dunkelheit gerannt. Ich habe mich tierisch erschrocken. Verdammt noch mal, ihr wart beide weg, ich saß in dem stinkenden Bus!« Sie strich mit den Händen über ihre Jeans. »Ich fuhr ihm nach. Er bemerkte mich ziemlich bald, bog in einen Feldweg und stellte sich mitten im Wald quer. Ich musste anhalten. Wenden konnte ich nicht. Darf man hier rauchen?«

»Nein«, sagte Katinka. »Was war weiter?«

»Josef kam auf mich zu, riss die Fahrertür auf und zog mich raus. Ich hätte mich fast am Gurt stranguliert. Er brüllte mich an, ich sei von Sinnen, und ob ich alles zunichte machen wollte, was er und Hagen aufgebaut hätten.« Paula zitterte. Katinka legte ihr die Hand auf den Arm. »Er kreischte herum wie ein Irrer, und ich gab ihm raus, und dann hatte ich plötzlich seine Faust im Gesicht.« Sie fasste sich ans Kinn. »Ich kippte rücklings auf die Straße. Mein Steißbein tut verdammt weh. Er fiel über mich her und trommelte auf mich ein. Irgendwann traf er mein Auge. Ich schrie los vor Schmerz. Ich glaube, in dem Augenblick wurde ihm erst klar, was er tat.«

»Und dann?«

Paula betastete ihr Kinn.

»Er sprang in sein Auto, drehte und düste davon. Ich bin erst mal in den Bus geklettert und habe mich zusammengerollt und gar nichts gemacht. Vielleicht bin ich auch einfach eingeschlafen. Als ich wieder aufwachte, habe ich die Polizei angerufen.«

»Paula«, sagte Katinka leise, »du wirst Anzeige gegen Wertinger erstatten.«

»Ach, er war doch völlig neben sich.«

Katinka glaubte, nicht richtig gehört zu haben.

»Mit Prügeln darf man nicht durchkommen«, sagte sie. »Da gibt es keine Entschuldigung.«

Paula zuckte nur die Schultern.

»Ich habe CDs aus dem Bauwagen mitgenommen«, sagte Katinka. »Cuno und ich werden sie uns ansehen. Ich nehme an, dass Hagen und Wertinger mit Giftfröschen gehandelt haben. Kann das sein?«

»Ich weiß es nicht.«

»Hast du Hagen mal etwas in der Richtung erwähnen hören? Könnten die Frösche verendet sein, damals, als er mitten in der Nacht wegmusste?«

Paula hob die Hände und ließ sie fallen. Katinka seufzte.

»Bist du bereit, dich von einer Ärztin untersuchen zu lassen? Wertinger verdient es nicht anders, Paula. Außerdem soll man mit den Augen nicht spaßen!«

Katinka brauchte nur ein paar Minuten, um Paula zu überzeugen. Sie gab Ruth Stein Bescheid. Die Kommissarin fegte in ihr Büro und nahm die Dinge in die Hand.

14. Suizid

»Das sind die Buchhaltungen für 2003 und 2004«, sagte Cuno. Sie saßen in Paulas Arbeitszimmer und starrten auf den Bildschirm. »Dasselbe Prinzip. Zwei Programme. Ein offizielles, ein zweites.«

»Um wie viel geht es, Cuno?«, fragte Katinka.

Er klickte herum.

»Sie scheinen 2003 mit dem ganzen Mist angefangen zu haben. Wieder schräge Abkürzungen. Dieser Nebenhandel hat ihnen die Firma erhalten.« Er klickte auf ›drucken‹. »Schau dir das an: Sie wären in Insolvenz gegangen. Über Wochen mehr Ausgaben als Einnahmen. Girokonto im Minus. Dann folgen mehrere Privateinlagen, die sie bar eingezahlt haben.« Er fuhr mit dem Zeigefinger über die Blätter. »Wo sie die Kohle herhaben, möchte man wissen.«

»Ich frage Paula, sobald sie aufwacht.« Katinka war erleichtert, dass Paula nach Wertingers Attacke glimpflich davongekommen war, mit ihrem blauen Auge und der Prellung am Kinn. Jetzt schlief sie den Schlaf der Erschöpften. »Könnte nicht ihr Vater oder Hagens Mutter etwas zugeschossen haben?«

Cuno wiegte den Kopf.

»Möglich, aber ich halte es für wahrscheinlicher, dass Hagen und Wertinger ihren Nebenhandel mit dem Zweck betrieben, das offizielle Unternehmen am Leben zu erhalten. Kleine Geschäfte an der Steuer vorbei. Bluttransfusionen für Patient Firma. Sie hatten unglaubliche Außenstände. Allein im März 2003 über fünfzigtausend.«

»Euro?«

»Ja, was denn sonst. Forint vielleicht?«

»Jaja, schon gut.« Katinka vertiefte sich in die Tabellen. Allmählich erschloss sich ihr der Sinn der Zahlenkolonnen. Eigentlich gar nicht so schwierig, dachte sie. Nichts anderes, als was ich mache, wenn ich abrechne. Nur ein bisschen überkandidelt formuliert. »Wertinger hat vermutlich die alten Buchhaltungsfiles auf dem Rechner in der Firma gelöscht und die CDs mit den Kopien im Bauwagen versteckt.«

»Ein Untergrundbüro. Allerliebst«, murmelte Cuno.

»Wir brauchen Hagens Kontoauszüge. Hilf mir suchen.«

Sie stellten das Arbeitszimmer auf den Kopf und fanden mehrere Mappen mit ordentlich abgehefteten Auszügen.

»Super, alles beschriftet«, murmelte Cuno und blätterte. »Privatkonto Hagen Stephanus. Privatkonto Paula Stephanus. Geschäftskonto.«

Sie vertieften sich.

»Die Privateinlagen ziehen sich durch das ganze Jahr 2003«, sagte Cuno schließlich. Er kritzelte Notizen auf einen Block. »Immer Bareinzahlungen auf das Geschäftskonto mit dem Vermerk ›Privateinlage‹.«

»Das sieht ziemlich böse aus, oder?«, fragte Katinka.

»Nicht unbedingt. Es ist nicht verboten, dein Privatvermögen ins Geschäft zu pumpen.«

»Aber von den Privatkonten gingen keine entsprechenden Beträge ab.«

»Nein, er hat alles bar eingezahlt.«

»Er?«

»Hagen. Oder sein Angestellter. Das wissen wir eben nicht, und die Bank verrät es uns nicht.« Cuno kratzte sich die Bartstoppeln. »Mag sein, dass seine solvente Mutter ihm die Kohle geliehen oder geschenkt hat.«

»Ich kann mir nicht vorstellen, dass Bernhild Stephanus ihrem Sohn einen Umschlag mit mehreren tausend Euro überbringt«, sagte Katinka.

Cuno tippte mit dem Finger auf die Auszüge. »Die Fußangel ist doch die: Sobald eine Bareinzahlung auftaucht, deren Quelle nicht bestimmt werden kann, kommt der Verdacht auf, dass es Schwarzgeld ist. Wenn es also kein Schwarzgeld war, dann hätte jeder Geschäftsmann dafür gesorgt, dass der Weg des Geldes nachvollziehbar ist.«

»Das Geld könnte von Wertinger stammen«, schlug Katinka vor. »Vielleicht hat er die Kohle eingezahlt. Paula sagte, für das Finanzielle sei Wertinger zuständig gewesen.«

»Aber an Wertingers Konten kommen wir nicht ran«, entgegnete Cuno erregt.

»Er ist bei den Bullen. Fahren wir in seine Wohnung.«

»Spinnst du? Ich habe mal im Bau gesessen. Ich habe kein Interesse daran, wieder dort zu landen.«

»Dann bleibst du hier und passt auf Paula auf. Wenn sie aufwacht, frag sie nach den Kontobewegungen.« Katinka hatte schon das Telefonbuch in der Hand und suchte nach Wertingers Adresse.

»Übrigens«, sagte Cuno. »Die Stein sagte, an der Gasheizung könnte einer was gedreht haben.«

Katinka nickte abwesend.

Sie brauchte eine knappe Dreiviertelstunde, um zu Wertingers Haus zu finden. Der dichte Verkehr am Montagmittag hielt sie auf, und schließlich verfranste sie sich mehrfach in den unbekannten Straßen, bis sie sich an dem großen Leopoldina-Krankenhaus orientierte. Die Sonne löste den Morgendunst auf und brannte heiß vom Himmel. Das ist nicht normal, dachte Katinka, wahrscheinlich wachsen hier demnächst Palmen. Sie parkte auf dem Klinikparkplatz, löste ein Parkticket und ging zu Fuß zu Wertingers Haus. Katinka musterte die akkurat gestutzte Hecke und den ebenso militärisch kurzen Rasen. Sie probierte ihren Dietrich nicht an der Eingangstür, wo sie für sämtliche Nachbarn ein geeignetes Beobachtungsobjekt abgegeben hätte, sondern entschied sich für die Kellertür. Das Schloss wehrte sich hartnäckiger, als sie gedacht hatte, aber schließlich war sie im Haus. Sie schlich die Treppen hinauf und stand in einer geräumigen Diele. An der Garderobe hing kein einziges Kleidungsstück. Katinka tappte durch das Erdgeschoss. Wohnzimmer, Küche, alles picobello. Das Haus schien völlig leblos, als seien seine Bewohner seit Monaten verreist.

Im ersten Stock standen zwei Räume leer. Auch hier kein Stäubchen. Im Schlafzimmer befanden sich außer einem Kleiderschrank ein Schreibtisch mit einem altertümlichen Rechner, ein Kopierer und ein kleiner Aktenschrank. Oben drauf standen mehrere Stehsammler aus Pappe. Katinka suchte gezielt nach Kontoauszügen. Sie entdeckte sie in einem Pappordner. Rasch blätterte sie die kleinen Hefter durch. Ihre Finger schwitzten in den Gummihandschuhen. Ihr Blick fiel auf das perfekt gemachte Bett. Entweder hatte Wertinger seinen Schliff bei der Bundeswehr bekommen, oder er schuf die vortreffliche Ordnung, um seinem chaotischen Leben einen Halt abzutrotzen.

Weder für die beiden letzten noch das laufende Jahr fand Katinka interessante Buchungen. Wertinger hatte mehrere Reisen nach Südamerika gemacht und seine Kreditkarte genutzt, um Hotels, Restaurants, Flugtickets und Mietwagen zu bezahlen. Sie fotografierte die entsprechenden Seiten.

Seltsam, dachte sie. Er reist für die Firma, zahlt alles von seinem Privatkonto, aber es kommen nie Buchungen, dass er die Spesen ersetzt bekommen hätte.

Eine Schmeißfliege brummte gegen die Fensterscheibe. Katinka legte die Kontoauszüge sorgfältig in den Ordner zurück und betrachtete Wertingers Kleiderschrank. Ein Teil direkt aus dem Möbelhaus, dachte sie. Alles passt zusammen und sieht lebloser aus als Sperrmüll. Neugierig öffnete sie ein paar Schubladen. Socken, Unterwäsche, Kondome. Katinka nahm die Packung heraus. Sie war nicht angebrochen.

Ihr Handy klingelte in der Jackentasche. Sie erschrak bis ins Mark. Paulas Privatnummer.

»Paula, was ist los?«, flüsterte sie ins Telefon.

»Hier spricht Cuno.« Katinka hörte seinen schnellen Atem. »Es ist was passiert. Ich habe eben in Paulas Zimmer geschaut. Sie ist nicht ansprechbar. Auf ihrem Nachttisch liegt eine leere Packung Schlaftabletten.«

»Das ist nicht wahr!«, rief Katinka. Sie sah auf die Straße hinaus. Ein Audi fuhr am Gartenzaun vorbei und bog in die Auffahrt. »Scheiße.«

»Ja. Schöne Scheiße«, kam es von Cuno.

»Ruf den Notarzt, verflucht!«

»Habe ich schon!«

»Ich melde mich«, zischte Katinka und legte auf. Sie schaltete das Handy aus und rannte in den Keller. Dort lauschte sie angespannt. Er geht zur Haustür rein, machte sie sich Mut. Er hat gar keinen Grund, durch den Keller zu kommen.

Oben hörte sie Schritte. Ein Schlüsselbund fiel zu Boden. Jemand fluchte. Katinka öffnete die Kellertür. Sie quietschte ganz leise. In Katinkas Ohren klang es wie das Kreischen einer Säge. Es würde darauf ankommen, durch den Garten zu rennen, bevor Wertinger Zeit hatte, aus dem Fenster zu schauen. Sie huschte hinaus, zog die Tür zu, jagte über den

Rasen, zwängte sich durch die Hecke und rannte die Straße hinunter in Richtung Klinik.

Als sie in der Neutorstraße ankam, war der Ambulanzwagen schon weg. Cuno stand mit hängenden Schultern in der Haustür. Sie lief auf ihn zu und packte ihn am Jackenkragen.

»Was ist da los?«

»Lass mich!«, wehrte er sich wütend. »Ich habe ihr die Pillen nicht eingeflößt.«

»Was haben sie gesagt? Kommt sie durch?«

»Sie wissen es nicht.«

Er zündete sich eine Zigarette an und hielt Katinka die Schachtel hin. Ohne nachzudenken zog sie sich eine heraus. Er gab ihr Feuer.

»Ihr Vater rief an. Er wolle Paula unbedingt sprechen. Ich sagte ihm, dass sie schläft, aber er bat mich, sie zu wecken. Ich klopfte vorsichtig an die Schlafzimmertür, und als sich nichts rührte, schaute ich hinein. Das kannst du mir schon glauben!« Er inhalierte tief. Eine Rauchsäule stieg steil in den blauen Oktoberhimmel. »Zuerst fiel mir die Pillenschachtel gar nicht auf, aber dann kriegte ich echt eine Panikattacke.«

Katinka rauchte schweigend. Panikattacke, ausgerechnet Cuno.

»Ich habe sofort 110 gewählt. Und dann dich angerufen. Paula lag völlig leblos da. Ich bin mir nicht einmal sicher, ob sie noch atmete.«

Katinka warf die Zigarette weg. Sie würde nie klüger. Die Kippe versprach Entspannung und schmeckte doch nur ekelhaft.

»Ich habe Mist gebaut«, sagte sie.

Cuno guckte sie verwundert an.

»Wieso du? Was hast du damit zu tun, wenn sie sich umbringen will?«

Katinka winkte ab und ging hinauf in die Wohnung. Sie stand neben Paulas zerwühltem Bett. Ich sollte sie beschützen, dachte sie. Aber alles, worum ich mich gekümmert habe, war Hagens Firma. Cuno kam ihr nach.

»Mach dir doch keine Vorwürfe«, sagte er und legte den Arm um ihre Schultern.

Sie schüttelte ihn ärgerlich ab.

»Kapierst du das nicht?«, schnauzte sie ihn an. »Ich hätte sie nach Bamberg holen sollen. Raus aus dem ganzen Schwachsinn hier. Hätte die Polizei Hagens Geschäft hopsnehmen lassen sollen. Und die Sache gestern Nacht. Es war so eine beschissene Idee, Wertinger nachzufahren.«

»Wenn wir es nicht gemacht hätten, wüssten wir kaum von den Buchhaltungen in den vergangenen zwei Jahren.«

»Vergiss es, Cuno.«

»Ist aber wahr.« Er steckte sich schon wieder eine Zigarette an. »Trink einen Kaffee, Palfy, dann geht's dir besser.«

»Wir hätten Paula nicht allein im Auto sitzen lassen sollen. Wieso hast du auch deinen Schlüssel stecken lassen?« Katinka spielte mit einem Blisterstreifen. Diazepam, entzifferte sie die zerfetzten Buchstaben. Die Schachtel hatten die Sanitäter mitgenommen, aber es lagen fünf Blisterstreifen da. Fünfzig Tabletten, dachte sie. O Gott.

»Bleib auf dem Boden«, sagte Cuno und kippte das Fenster. »Du weißt, dass niemand daran Schuld trägt. Die Dinge haben sich einfach ergeben. Wie hast du dir das denn vorgestellt, wolltest du tagelang hier mit Paula sitzen und ihr das Händchen halten? Außerdem hat sie selber den Auftrag abgewandelt. Du solltest Hagens Mörder suchen. Ich bin Zeuge.«

»Sie wusste ja nicht, was sie da sagte.«

Cuno streifte die Asche durch das gekippte Fenster hindurch ab.

»Nee. Wusste sie nicht. Das ist es nämlich. Ist dir noch nicht aufgefallen, dass Paula extrem unstet ist? Sie sagt jetzt hü, und nachher hott. Kommt vielleicht von dem Schock, was weiß ich. Oder sie ist einfach manisch oder paranoid oder so.«

Das Gespräch führte zu nichts. Katinka ging ins Gästezimmer hinüber und pfefferte ihre Sachen in die Reisetasche.

»Was hast du vor?«

»Das bringt doch alles nichts. Wertingers Kontobewegungen sind auch nicht gerade erhellend. Keine Abbuchungen, die als private Einlagen auf das Firmenkonto infrage kämen. Sonderbar finde ich bloß, dass er seine Geschäftsreisen offenbar aus seinem eigenen Geldbeutel zahlte.« Katinka drückte ihm ihre Digitalkamera in die Hand. »Zieh dir das runter und schau die Auszüge durch.«

»Also gibst du noch nicht auf?«

Katinka schleuderte ihren Schlafanzug in die Tasche und barg ihr Gesicht in beiden Händen.

»Ich muss hier raus«, sagte sie. »Sei so nett und informiere Paulas Vater, ja?«

»Sag mal, tickst du noch im Rhythmus?«, fragte Cuno. »Fährst du in Urlaub, und ich darf hier Aushilfsermittler spielen?«

»Von mir aus mach's nicht. Pflanz deinen Hintern in deinen Bus und fahr nach Hause. Ist mir auch egal.«

Sie schnappte sich ihre Tasche und ging.

15. Phyllobates terribilis

In Schonungen stoppte Katinka an der Tankstelle. Während sie den Zahlen auf der Zapfsäule beim Vorbeirattern zusah, hielt ein silberner Sportwagen auf der anderen Straßenseite. Katinka sah einen Mann mit Strubbelhaar und Brille. Das ist doch Norbert, dachte sie, der Kiebitz vom Bogenschießkurs. Aber der Wagen fuhr an und war verschwunden. Nachdenklich bezahlte sie und machte sich wieder auf den Weg.

Sie achtete kaum auf die Hügel, die vor einem dramatischen Himmel in Rotorange immer dunkler wurden, als gösse jemand Tinte über sie aus. Ziellos wählte sie schmale, abgelegene Landstraßen. Ab und zu kreuzte sie den Main. Sie suchte einen befahrbaren Feldweg und rollte bis zum Ufer. Stieg aus. Im Westen spiegelte der Fluss den Sonnenuntergang. In den sanften Wellen kräuselten sich die Farben. Feuer und Wasser, dachte Katinka. Es wäre die Stimmung für romantische Gespräche. Sie wählte Toms Nummer. Sein Handy war ausgeschaltet. Zu Hause ging er nicht dran.

Woher Paula nur die Schlaftabletten hat, fragte sich Katinka. Sie nahm ihr Handy und ließ sich über den Operator die Nummer von Michael Henz in Schweinfurt geben. Er antwortete sofort.

»Henz?«

»Katinka Palfy, Privatdetektivin. Es geht um Paula.«

Sie ärgerte sich, das Gespräch so spontan angefangen zu haben. Sollte sie ihm von Paulas Suizidversuch berichten? Dann wäre er zu keiner vernünftigen Information mehr zu gebrauchen. Es war nicht fair, aber besser, sie ließ ihn im Unklaren.

»Ach, *Sie* sind das«, sagte er nur. Katinka konnte hören, dass er sich eine Zigarette anzündete. »Ich habe Hagen nicht umgebracht. Dass das mal klar ist. Obwohl mir hier ständig die Polizei auf die Pelle rückt.«

»Das weiß ich schon. Ich würde mich lieber mit Ihnen über Paulas und Hagens Ehe unterhalten.«

»Ausgerechnet mit mir?«

»Paula wollte sich doch scheiden lassen«, sagte Katinka. »War das Ihretwegen?«

Henz blies den Rauch so laut ins Telefon, dass Katinka ihn zu riechen meinte.

»Es war ganz bestimmt nicht meinetwegen.« Er machte eine Pause, bevor er fortfuhr. »Sie hat es mit Hagen nicht mehr ausgehalten. Sie fühlte sich bei ihm nicht aufgehoben. Er liebte sie nicht genug.«

Katinka seufzte. Wie viel lieben ist genug lieben, dachte sie.

»Hatte Hagen eine Geliebte?«

»Wieso fragen Sie mich das?«

»Wir unterhalten uns eben gerade so traut«, entgegnete Katinka. Ihre Geduld lief auf der Auslaufrille. Sie war genervt, wenngleich ihr bewusst war, dass Henz jederzeit die Lust verlieren konnte, mit ihr zu plauschen.

»Soweit ich weiß, hatte er keine. Er war nett zu Paula.«

Nett, dachte Katinka. Wie nett!

»Verstehen Sie mich nicht falsch«, fuhr Henz fort. »Er hat sie nicht geschlagen, er war immer korrekt, und ich kann mir nicht vorstellen, dass er fremdgegangen wäre. Hagen war ein hochanständiger Mensch.«

Das war also die Mindestanforderung an die Ehe. Dass frau nicht geschlagen und korrekt behandelt wurde.

»Wie kommen Sie dann ins Spiel?«

»Paula macht doch diese Märchenbücher«, sagte Henz. »Sie schreibt die Geschichten, liest sie selbst vor und stellt die Podcasts ins Internet. Bislang verdient sie damit kaum Geld, aber sie hatte vor, einige Geschichten als gedruckte Bücher herauszugeben, und dazu brauchte sie Illustrationen. Deswegen hat sie mich angesprochen.«

Katinka hörte, wie ein Feuerzeug klickte.

»Ich bin Kunsterzieher in einem Gymnasium. Ich mag meinen Job, aber ein wenig Abwechslung und anspruchsvollere Aufgaben wären von Zeit zu Zeit auch nicht schlecht. Die Schüler sehen Kunst als eine Art Pause von den ›richtigen‹ Fächern wie Mathe oder Deutsch. Für die ist das nicht einmal ein Fach.« Er schnaubte.

»Woher kennen Sie Paula denn?«

Er lachte laut. Katinka hielt das Telefon ein Stück von ihrem Ohr weg.

»Wir haben zusammen Abi gemacht. Kennen uns schon ewig, seit der fünften Klasse Gymnasium.«

Bums, dachte Katinka. Darauf wäre ich nicht gekommen.

»Ich mochte Paula immer gern, und wir sind in der Oberstufe eine Weile miteinander gegangen. Aber wenn sie etwas besitzt, dann bedeutet es ihr nichts mehr. Das hingegen, was sie nicht hat, das ersehnt sie mit aller Kraft. In der zwölften Klasse stand ich zunächst nicht so auf Paula. Sie war recht schüchtern und zurückhaltend, fast unscheinbar. Hübsch war sie schon immer, aber sie machte damals nichts aus ihrem Äußeren. Ich interessierte mich mehr für die Mädchen, die richtig aufkrachten, mit knallengen Jeans und Tünche im Gesicht. Jungs sind vermutlich so. Aber Paula war scharf auf mich und setzte alles daran, dass wir zusammenkamen. Als wir beide dann ein Paar waren, wurde ich plötzlich uninteressant.«

Katinka blickte in den Himmel. Der Sonnenuntergang hinterließ violette Streifen.

»Nach dem Abi verloren wir uns aus den Augen. Ich machte Zivildienst in einem Altersheim und bekam zum ersten Mal mit, wie grausam das Leben sein kann. Dann hatte ich eine andere Freundin, ging zum Studium nach München. Bekam eine Stelle in Schweinfurt. Kein sehr aufregendes Leben!«

»Haben Sie mal mitbekommen, dass Paula Tranquilizer verschrieben bekam?«

»Paula?« Henz überlegte. »Sie hat nie etwas gesagt, und ehrlich gesagt, wenn, dann hätte Hagen ein Beruhigungsmittel gebraucht. Er war den ganzen Sommer über aufgedreht und durch den Wind.«

»Wie das?«

»Ich habe ihn nur selten gesehen. Wenn Paula und ich uns trafen, dann bei mir oder an einem neutralen Ort. Aber Paula erzählte oft, dass Hagen nicht schlafen könnte, und dass ein befreundeter Arzt ihm ein Mittel verschrieben hätte.«

Katinka holte tief Luft. Der letzte Tuschestrich Farbe am Himmel verblasste.

»Herr Henz, Paula hat heute welche von diesen Tabletten geschluckt. Sie ist ins Krankenhaus gebracht worden.«

Michael Henz war eine ganze Weile still. Dann brach es aus ihm heraus:

»Sie miese, miese … Haben Sie mir dieses ganze Gespräch aufgehängt, um … warum haben Sie mir das nicht sofort gesagt?«

Er legte auf.

Puuh, dachte Katinka und steckte das Handy weg. Es war dunkel. Sie verspürte die Melancholie der Herbstabende, die vom nahenden Winter erzählten. Das würde nun ein halbes Jahr so bleiben. Mehr Schwärze als Licht. Wer jetzt kein Haus hat, baut sich keines mehr, dachte sie. Rilke hat recht.

Tom war nicht zu Hause. Die Wohnung war dunkel, einen Zettel hatte er nicht hinterlassen, und sein Handy war nach wie vor ausgeschaltet. Nachdenklich stand Katinka ein paar Minuten im Flur und lauschte in die Stille. In der Küche trank sie ein Glas Wasser. Vishnu hockte auf dem Küchenschrank, wohin er sich seit neuestem am liebsten zurückzog.

»Na, hast du Tom gesehen, Vishnu?«, raunte sie ihm zu. Seine grünen Augen glommen. »Also nicht«, gab sie sich enttäuscht selbst die Antwort. Sie ging ins Arbeitszimmer, um in ihrem Lyrikband nach dem Rilke-Gedicht zu suchen, aber sie fand es nicht gleich und verlor die Geduld. Sie setzte sich im Dunkeln ins Wohnzimmer. Nur der Schein der Straßenlaternen huschte ins Zimmer. Tom hatte Cunos Übernachtungsspuren weggeräumt. Ich habe ein Haus, dachte Katinka. Wenigstens eine Wohnung. Ich sollte in Schweinfurt anrufen und mich nach Paula erkundigen. Aber ich kann nicht. Wenn sie gestorben ist … das halte ich nicht aus.

Sie hatte genug von ihrem Job und dem Tod. Zerfahren rupfte sie den Verband von ihrer Hand. Hautfetzen lösten sich von den Brandwunden. Sie ging ins Bad und wusch die Hand mit lauwarmem Wasser. Es tat nicht einmal weh. Plötzlich wollte sie sich Schmerz zufügen, aus einem rasenden, zornigen Drängen in sich, das nach Gewalt schrie. Sie trommelte mit den Fäusten auf den Wannenrand, sank dann auf die Klobrille und blieb eine Weile still sitzen. Vishnu schlich herbei, schnupperte an ihren Hosenbeinen und verzog sich.

»Bleib gefälligst hier!«, schrie Katinka ihm nach, aber der Kater wandte nicht einmal den Kopf.

Sie sprang auf, riss sich ihre Sachen herunter. Stellte sich unter die Dusche und ließ erst heißes und dann kaltes Wasser über ihren Körper laufen. Trocknete sich ab, zog sich an und verließ das Haus. Sie ging in die Sandstraße. Sie würde in jeder einzelnen Kneipe ein Glas trinken, egal von welchem Getränk, Hauptsache, es enthielt Alkohol. Sie begann im Live-Club mit einem Bier. Trank es zur Hälfte aus, zahlte und trat auf die Straße. Wenn sie Britta anriefe ... einfach nur, um mit jemandem zu reden? Doch irgendetwas ließ sie zögern. Ist es mir peinlich, dass ich verlassen worden bin?, überlegte Katinka. Gerade vor Britta brauchte sie keine verklemmten Gedanken zu hegen, denn ihre Freundin war in Sachen Partnerschaft mehr als entspannt. Eine Abteilung in Katinkas Kopf diktierte Brittas Handynummer. Aber Katinka wollte nicht mit ihr sprechen. Nicht jetzt. Nicht sofort. Sie fürchtete harsche Nachfragen ebenso wie Mitleid. Gedemütigte brauchten oft lange, bis sie sich Hilfe suchten, das hatte sie in ihren Jahren als Ermittlerin immer wieder festgestellt. Wurden dann bei der Polizei und vor Gericht dafür getadelt. Katinka verstand dieses Zögern jetzt. Allerdings musste sie Cuno anrufen. Rein geschäftlich natürlich.

Er ging sofort an sein Handy.

»Was Neues?«, fragte Katinka.

»Ich stehe hier in der Klinik neben unseren Freunden Gerfried Jäger und Michael Henz«, meldete Cuno. »Du hast was verpasst. Ein experimenteller Regisseur könnte es nicht besser inszenieren.«

»Wie geht's Paula?«

»Es steht noch auf der Kippe. Sie hängt an zwanzig Schläuchen und muss beatmet werden.«

Katinka legte auf. An Montagabenden schien die Sandstraße merkwürdig still, nach all dem Rambazamba des Wochenendes, wo jugendliche Cliquen irgendwo zwischen Heiterkeit und Alkoholkoma durch die enge Straße trieben. Eine Kneipe lag neben der anderen. Sie könnte sich durchtrinken. Hatte sie noch nie gemacht. Aber sie könnte es tun.

Sie probierte Toms Handynummer. *Der gewünschte Teilnehmer ist zur Zeit nicht erreichbar.* Sie wählte die Festnetznummer. Natürlich ging niemand an den Apparat. Natürlich war das alles umsonst, sie wusste es, und sie konnte es dennoch nicht lassen.

Sie lief zum Leinritt hinunter und starrte über das dunkle Wasser zu den bunten Fischerhäusern von Klein-Venedig. Lehnte sich mit dem Rücken an die Knastwand. Das beschaulichste Kittchen der Welt, dachte sie. Jedenfalls sehen die Spaziergänger das so. Katinka spähte in die beleuchteten Wohnzimmer hinüber. Der Fluss vor ihr rauschte. Er hat doch eine andere, dachte sie. Sie hatte Tom im Winter in Verdacht gehabt. Aber er hatte es abgestritten, und sie hatte ihm geglaubt. Über den Sommer war ihr nichts aufgefallen. Zwar war sie oft unterwegs, aber sie hätte bemerkt, wenn er eine Affäre gehabt hätte. Hätte ich?, fragte sie sich stumm. Hätte ich das bemerkt? Hatte Hagen bemerkt, dass Paula ein Auge auf Michael Henz geworfen hatte? Paula, die nur liebte, was sie nicht hatte, und das Interesse an dem verlor, was sie besaß?

Vielleicht bin ich genauso, dachte Katinka. Sie kletterte die Böschung zum Flussufer hinunter und stakte durch den morastigen Boden. Es wäre schön, jetzt in einem Boot den Fluss hinunterzutreiben, einfach so, ohne Ziel. Sie hockte sich auf ein Stück Treibholz. Schnell wurde ihr kalt. Sie hatte sich immer noch keine wärmere Jacke aus dem Schrank geholt. Immerhin roch die Cordjacke, die sie trug, nach Tom, aber mit einem Mal war ihr das unangenehm. Irgendwo schlug eine Kirchturmuhr. Selbst nach so vielen Jahren in der Stadt konnte Katinka den Klang der Glocken nicht unterscheiden. Tom gelang das mühelos. Verflucht. Tom.

Jemand kam hinter ihr den Leinritt entlang. Sie drehte sich um. Ein Typ rutschte die Böschung hinunter und ging auf sie zu.

»Schöner Abend, was?«, sagte der Mann. Er trug Turnschuhe und enge Hosen aus Leder.

»Finde ich nicht«, sagte Katinka, stand auf und ging.

Cuno rief kurz vor elf Uhr an. Katinka saß auf einer Bank auf den Michaelsberger Terrassen. Es war sehr dunkel und sehr still hier oben. Der Blick über die bunten Lichter der Stadt und die Hügel jenseits des Lichtermeeres im Osten wirkte beruhigend auf ihre aufgewühlten Gedanken.

»Bist du schon zu besoffen, um dir Neuigkeiten anzuhören?«, wollte Cuno wissen.

»Ich bin leer wir Altglas.«

»Paulas Zustand hat sich leicht gebessert. Noch ist aber nichts sicher. Die Ärzte wollen die Nacht abwarten.«

»Wo bist du jetzt?«

»Wollte ich gerade erzählen: Ich habe mich mit Wertinger getroffen.«

»Schieß los.«

»Gut, dass es den alten Cuno gibt, den norddeutschen Schnösel, wie?«, sagte er. »Wertinger hatte plötzlich das Bedürfnis, reinen Tisch zu machen. Dem kocht die Schwarte, und die Stein ist ihm auch ziemlich auf den Pelz gerückt. Hör zu: Wertinger hat schon mal im Bau gesessen.«

»Wie schön, ihr konntet euch von gleich zu gleich unterhalten.«

»Spottdrossel. Er hatte eine Import-Export-Firma in Landshut und ging pleite. Wegen Insolvenzverschleppung und einiger anderer Kleinigkeiten hat er drei Jahre abgesessen, stell dir das vor!«

»Kleinigkeiten? Körperverletzung vielleicht?«

Cuno kicherte.

»Hast halt doch hellseherische Fähigkeiten, kleine Palfy. Er hat einen Gläubiger zusammengeschlagen, der ihm auf die Füße gestiegen ist.«

»Hübsches Register«, sagte Katinka. »Ruth Stein wird sich freuen.«

»Aber als Hagens Mörder kommt er nicht in Frage.«

»Wieso nicht? Er hat kein Alibi. Vorstrafen sind immer einen Gedanken wert. Manchmal auch mehrere Gedanken.«

»Wertinger hat bei den Bullen heute Vormittag richtig ausgepackt. Ich habe ihn außerdem nach seinen Reisen für die Handelsagentur gefragt. Ich sage dir: Der Mann schuftet wie ein Blöder, um nur nicht wieder in die Pleite zu geraten.«

»Diesmal wäre es nicht sein eigenes Geschäft.«

»Er identifiziert sich aber mit der Handelsagentur«, unterbrach Cuno. »Überleg mal, er ist bereit, Geschäftsreisen privat zu bezahlen, nur damit er einen Job hat. Als er im Knast saß, trennte sich seine Frau von ihm. Das brach dem Mann das Genick.«

Katinka sagte nichts.

»Als er rauskam, suchte er sich einen neuen Job. Er wollte weg aus seiner ehemaligen Gegend, wo jeder über ihn schnackte. Hagen gab ihm eine Chance.«

»Wusste Hagen denn von der Insolvenzgeschichte?«

»Allerdings. Wertinger hat ihm reinen Wein eingeschenkt. Dir ist das vielleicht nicht aufgefallen, aber Wertingers Gehalt ist nicht gerade der Inbegriff meiner Träume. Da verdiene ich in ein paar Tagen mehr als Wertinger im ganzen Monat.«

Katinka verdrehte die Augen.

»Wertinger hätte jeden Job angenommen. In seiner Situation! Er mietete das Haus in Schweinfurt, nahm Kontakt zu seiner Ex auf und versuchte, sie zu überreden, zu ihm zurückzukehren.«

»Sie hatte aber schon einen anderen.«

»Woher weißt du das denn?«, fragte Cuno.

»Es ist einfach nur logisch. Schließlich hat er sie verprügelt.«

»So seid ihr Frauen. Lasst eure Kerle im Stich.«

»Wertinger hat das Haus natürlich gemietet, bevor er auf die Idee kam, bei seiner Frau mal höflich nachzufragen, ob sie noch interessiert ist«, sagte Katinka, nachdem sie tief durchgeatmet hatte.

»Ach, sei doch nicht so!« Cuno hustete. »Er will nichts anderes, als ein stinknormales Leben haben, will einen Job und eine Frau. Was ist daran so schwer zu begreifen?«

Nichts, dachte Katinka, und fragte stattdessen:

»Was hat er über Curare gesagt?«

»Er schwört, dass er niemals Curare oder ein Curarederivat gehandelt hat. Und Hagen auch nicht, das wüsste er. Katinka, ohne die Schwarzeinnahmen hätte Hagen dichtgemacht.«

»Wie lösen sich die Abkürzungen auf?«

»Du lagst nicht ganz falsch, Palfy«, bemerkte Cuno spitz. »Frösche. Pfeilgiftfrösche aus dem tropischen Südamerika. Pt und Pb stehen für Phyllobates terribilis und Phyllobates bicolor, zwei der häufigeren Arten. Ein hübscher kleiner Nebenverdienst, an der Steuer vorbei.«

Katinka pfiff durch die Zähne.

»Hat er das der Polizei auch erzählt?«

»Hat er nicht. Und du hältst die Klappe, ist das klar!« Cuno ließ die letzten drei Wörter fallen wie eine Handgranate. »Froschfreaks kaufen sich die Tiere meistens bei Züchtern, aber über diverse Verbindungen kriegten Hagen und Wertinger die Hüpferchen günstiger.«

»Das sind tatsächlich giftige Frösche?«

Er räusperte sich wichtigtuerisch.

»Die Frösche sind nur in freier Wildbahn giftig, das liegt an der Ernährung. Sie müssen irgendwelche giftigen Ameisen oder so fressen. Werden sie in Gefangenschaft gehalten, verliert sich der Gifteffekt. Mit Curare haben sie aber nichts zu tun.«

»Du kannst mir viel erzählen«, sagte Katinka. »Curare stammt auch aus dem tropischen Südamerika. Wer giftige Reptilien einführt, schafft es vielleicht auch mit einer Giftpflanze.«

»Könnte schon möglich sein. Sicher willst du Wertinger selber noch einmal auf den Zahn fühlen?«

»Er wird Schweinfurt ohnehin nicht verlassen dürfen, bis die Ermittlungen abgeschlossen sind. Ich schaue mich um.«

Katinka legte auf. Sie fror in ihrer dünnen Jacke. Das Gras, die Bank, alles um sie war feucht. Der Brunnen sprudelte schon seit Wochen nicht mehr.

Sie lief den Berg hinauf auf das Kloster zu und wich aus, als sie mehrere Jugendliche mit Coladosen und diversen Flaschen die Treppen hinunterrennen sah. Im Schatten der Sträucher wartete sie, bis die Typen weg waren. Hier hatte sie einst einen Mörder gestellt, in einem Fall, in dem sie mehr Fehler gemacht hatte, als ihr bekommen waren. Richtig dazugelernt habe ich nicht, dachte sie. Obwohl ich hart daran arbeite. Paula kam ihr in den Sinn. Sie war nahe daran, ein absurdes Gelübde abzulegen: Lieber Gott, mach, dass Paula gesund wird, dann werde ich auch nie mehr … Ihre Gedanken rotierten. Nie mehr was? War es nicht immer so bei diesen kindlichen Gebetsversprechen, dass man im Austausch für Gottes Gunst etwas anbot, was Gott egal sein konnte? Keine Schokolade mehr essen, das war so etwas. Interessierte sich Gott dafür, ob Katinka Palfy Schokolade aß? Oder ob Paula Stephanus lebte oder starb?

Katinka lief am Brauereimuseum vorbei und verließ die Klosteranlage. Sie ging in die Stadt hinunter. Ihre Füße wirbelten das Herbstlaub auf. Jetzt war ihr so kalt, dass ihre Zähne klapperten. Sie sehnte sich nach jemandem, der sie in die Arme nahm und tröstete. Sie versuchte es mit Toms Handy. Aber er nahm nicht ab. Hatte er sie jemals verstanden? Oder hatte er nur Geduld mit ihr gehabt, immer wieder Geduld, weil er nicht ohne eine Frau sein wollte, die sein Zuhause angenehm machte? Alle Männer wollen nur einen Job und eine Frau. Katinka lief vor Cunos Worten davon, die Aufseßstraße hinunter. Wind kam auf und fegte zwischen den hohen Mauern hindurch. Sie drückte in kurzen Abständen die Kurzwahl für Toms Handy. Wenigstens würden die vielen Meldungen über nicht angenommene Anrufe ihm den Spaß nachträglich vergällen. Was für eine Frau war das, in deren Armen er gerade lag? Eine von den

Schicksen mit der Figur eines Telegrafenmastes? Und wo hatte er sie kennengelernt? War sie eine Kundin? Stammte sie aus Toms Leben vor Katinka?

Die Tränen liefen ihr über die Wangen. Ich hab's versaut, dachte sie, während sie die Untere Brücke überquerte. Ich bin selbst schuld. Ich hätte nicht zögern dürfen. Wer weiß, wie lange das schon geht, nur habe ich es nie gemerkt.

Sie rief Hardo an. Auch er ging nicht an sein Handy, und in seiner Wohnung meldete sich der Anrufbeantworter. Sie legte auf. Vielleicht verbrachte er die Nacht bei Elvira. Noch mehr Tränen kamen geflossen. Er hatte zwar gesagt, er würde Elvira nicht häufig sehen. Aber was hieß das schon. Die Leute sagten ständig alles Mögliche. Aber für all die Wörter gab es keinen Gegenwert.

Zu Hause lief Katinka einmal durch alle Zimmer, um sich zu vergewissern, dass Tom nicht mit verschmitztem Gesicht unter dem Sofa oder dem Bett hervorgekrochen kam. Dann stand sie schon wieder auf der Straße. Sie ging Richtung Wunderburg. Um Punkt Mitternacht bog sie zum Ulanenplatz ein und zählte die Schläge der Kirchturmuhr. Sie klingelte an Hardos Wohnung. Keine Reaktion. Katinka hockte sich auf die Stufen, lehnte den Kopf an das Geländer und wartete. Sie döste ein, obwohl ihr kalt war im Wind. Als eine Autotür mit Nachdruck zugeworfen wurde, schreckte sie hoch. Jemand kam in ihre Richtung. Nicht jemand. Hardo.

»Katinka? Was machen Sie denn hier, um Himmels willen. Ist was passiert?«

»Ja!«, sagte sie tonlos. »Tom geht fremd. Das ist passiert.«

»Sakradi.« Er setzte sich neben sie. Nach einer Weile legte er den Arm um sie. »Sie frieren ja.«

Katinka lehnte den Kopf an seine Schulter.

»Nana«, sagte Hardo. »Warum sind Sie sich denn so sicher?«

»Er geht nicht ans Handy. Ist nicht zu Hause. Hat keinen Zettel hinterlassen. Gar nichts.« Sie seufzte. »Da war schon mal was. Letzten Winter. Als Sie ... auf der Intensivstation lagen. In derselben Nacht habe ich mit Tom telefoniert, und im Hintergrund war jemand. Jemand schloss eine Tür. Sehr behutsam, aber doch hörbar. Ich habe ihn damals gefragt, aber er meinte, es sei nichts.«

Hardo sah sie eine Weile durchdringend an.

»Ach, Mädchen!«, sagte er. »Kommen Sie mit rauf. Na los.«

»Ich wollte Sie nicht stören«, sagte Katinka. Es klang selten dämlich, schließlich saß sie schon hier auf Hardos Treppe.

»Sie stören nicht«, sagte er, packte sie an den Händen und zog sie hoch. Entgeistert sah er auf die Brandwunden. »Habe ich Ihnen wehgetan?«

Sie schüttelte den Kopf. Er schloss die Haustür auf. Im Fahrstuhl fanden sie beide großen Gefallen an ihren Schuhspitzen.

»Kommen Sie rein«, sagte er, als sie aus dem Lift traten und vor seiner Wohnung standen. »Kaffee?«

»Gern.«

Er machte sich in der winzigen Küche zu schaffen. Katinka wusste nicht, was sie sagen sollte. Sie lehnte sich an den Heizkörper.

»Nachts drehen sie die Heizung runter, das kann ich nicht beeinflussen«, sagte er entschuldigend. Er streifte seinen Troyer über den Kopf. »Wäre das ein Ersatz?«

Katinka nickte und schlüpfte dankbar in den Pulli.

»Gibt's was Neues wegen der Brandstiftungen?«

»Wir arbeiten wie die Irren. Deswegen komme ich auch so spät nach Hause. Jetzt haben wir einen Zeugen. Ein Mann will einen Wagen gesehen haben, der sich zur passenden Zeit in der fraglichen Gegend aufgehalten hat. Allerdings haben wir kein Kennzeichen und keine vernünftige Beschreibung. Der Zeuge ist zweiundneunzig und war mit seinem Fahrrad unterwegs.«

»Mit zweiundneunzig?«

»Sein Gleichgewichtssinn ist perfekt, und auch geistig ist er voll dabei, aber die Augen machen nicht mehr mit. Er hat ein Auto gesehen. Eher groß als klein. Entweder grau oder blau. Könnte aber auch grün gewesen sein.«

Katinka lachte. Hardo sah sie nachdenklich an.

»Schön, wenn Sie lachen.« Als sie in Tränen ausbrach, nahm er sie in die Arme: »Das war jetzt genau der falsche Satz, hm?«

Katinka wollte sich losmachen, aber ein Teil von ihr wollte es nicht. Der Kaffee duftete, Hardos Pullover roch gut, und seine Arme waren warm und gaben ihr den Trost, den sie suchte. Sie wusste, dass es nur eine vorübergehende Erleichterung war. Jeder Mensch musste aus der Höhle gekrochen kommen, irgendwann. Es gab keine ewige Geborgenheit.

Gespräch 4

Er:	*Paula hat versucht sich umzubringen.*
Der andere:	*Verflucht. Jetzt entscheide dich endlich! Beseitigen wir die beiden? Wann kommt überhaupt das Zeug?*
Er:	*Du musst mit den Tschechen reden.*
Der andere:	*Die kommen auf die Idee und verlangen Rabatt.*

Er:	*Es ist eine besondere Situation. Sag ihnen das.*
Der andere:	*Ich tue, was ich kann. Die Detektivin kriegt auch die Muffe.*
Er:	*Eine ziemliche Versagerin.*
Der andere:	*Sei dir nicht zu sicher. Ich sage ja, räumen wir sie lieber aus dem Weg, bevor sie rauskriegt, worum es geht.*

16. Der Buchhalter

»Jetzt ist unser Kaffee kalt geworden«, sagte Hardo. »Und du zitterst ja schon wieder.«

»Ich friere immer nach der Liebe«, sagte Katinka.

»Warum das denn?«

»Männer sind meine Heizung.«

Er lachte, drückte sie an sich und stopfte die Decke um sie beide fest.

»Besser?«

»Hm. Hardo?«

»Ja?«

»Es gibt da dieses Gedicht von Rilke. Wer jetzt kein Haus hat, baut sich keines mehr. Haben Sie … hast du das in einem von deinen vielen Büchern?«

»Ich schleppe es in meinem Kopf mit mir herum.«

Sie schmiegte sich in seinen Arm, während er rezitierte:

»›Herr, es ist Zeit. Der Sommer war sehr groß. Leg deinen Schatten auf die Sonnenuhren und auf den Fluren lass die Winde los.‹«

Katinka schloss die Augen.

»›… Wer jetzt kein Haus hat, baut sich keines mehr. Wer jetzt allein ist, wird es lange bleiben, wird wachen, lesen, lange Briefe schreiben und wird in den Alleen hin und her unruhig wandern, wenn die Blätter treiben‹«, endete Hardo*. »Schläfst du?«

Das Telefon weckte sie auf. Es war noch dunkel. Hardo tastete nach dem Apparat.

»Uttenreuther?« Er schaltete seine Nachttischlampe an und brummte ein paar Mal ins Telefon. »O.k.«, sagte er schließlich.

»Was ist?«, murmelte Katinka. Ihr war kalt.

»Komm her, Frostbeule.« Er zog sie zu sich. »Das war die Kollegin Stein.«

Katinka schoss in die Höhe wie eine Rakete.

»Ist was mit Paula?«

»Es ging nicht um Paula. Wertinger hat sich umgebracht.«

»Oh verdammt, verdammt«, murmelte Katinka. »Wann denn?«

»Vor ein paar Stunden. Er hat sich in sein Auto gesetzt, es in die Garage gefahren, die Tür zugemacht und die Gase in den Wagen geleitet.«

»Das ist nicht wahr. Wieso bringt er sich um? Hat er Hagen ermordet?«

»Ruth Stein vermutet es. Es gibt einen Abschiedsbrief. Genaueres weiß ich nicht. Ein Nachbar kam von

---

*Rainer Maria Rilke, Herbsttag. Aus: Das Buch der Bilder. Volltext siehe Seite 278.

der Spätschicht nach Hause und bemerkte den laufenden Motor. Er roch die Abgase und zählte eins und eins zusammen.«

Katinka ließ sich in die Kissen sinken. Das durfte nicht wahr sein. Ausgerechnet Wertinger, der Letzte, den sie fragen konnten zu Privateinlagen aufs Firmenkonto, zur Buchhaltung, zu den Giftfröschen. Zu allem einfach. Ein Dutzend Fragen schossen ihr durch den Kopf, zerliefen wie Tinte, formten sich neu, zersplitterten.

»Wie spät ist es?«, fragte sie.

»Fast sechs Uhr. Ich muss gleich aufstehen.« Er wandte sich ihr zu. »Ich wollte dir was sagen.«

»Nämlich?«

»Ich habe …« Er sah weg. »Ich habe vergessen, wie man über Gefühle spricht, und wahrscheinlich habe ich es nie besonders gut gekonnt.«

»Das macht nichts. Solange du Deutsch redest!«

»Sehr charmant, Palfy.« Er lächelte. »Als ich dich getroffen habe, zum ersten Mal, vor fast drei Jahren im *Spezi*, war ich einfach nur erstaunt, dass ich überhaupt etwas für eine Frau fühlte. Nur wusste ich ja, du lebst in einer festen Beziehung.« Er küsste sie auf die Stirn. »Wahrscheinlich habe ich jetzt einiges zerschlagen. Es ist so im Leben. Man läuft herum und zertrümmert Seelen.«

Katinka schwieg. Sie genoss seinen Geruch und seine warmen Hände. Wenn sie über seinen Bauch strich, staunte sie, wie fest er sich anfühlte. Er war so viel älter als sie. Da waren die drei Jahre, die sie mit Tom verbracht hatte. Erinnerungen und all die Päckchen aus Gefühlen und geteilten Augenblicken. Ich will keinem von beiden weh tun, dachte sie. Am ehrlichsten wäre es, ich würde keinen nehmen. Abhauen und noch einmal anfangen, ganz woanders.

»Ich kann ihn nicht heiraten«, sagte sie. »Ich habe gedacht, ich liebe ihn. Aber was ist schon Liebe, wenn ich ihm nicht vertrauen kann.« Selbst habe ich sein Vertrauen jetzt auch verspielt, dachte sie. Es wäre wirklich besser, einen sauberen Schnitt zu machen. Raus aus allem. Schluss mit Bamberg. Schluss mit den Männern, zwischen denen ich mich nicht entscheiden kann. Aber sie wusste zu gut, dass sie die Geborgenheit in Hardos Armen nie vergessen und immer vermissen würde. Es gäbe keinen zweiten, der sie so beschützen konnte.

»Man muss nicht heiraten, um zusammenzubleiben«, sagte Hardo. »Wenn du mir jetzt sagst, dass du es noch einmal mit ihm probierst, dann werde ich immer an diese Nacht denken und mich an ihr wärmen.«

Katinka stöhnte. Sie geriet ständig in Positionen, in denen sie über das Glück anderer bestimmte, wie eine kühne Göttin aus einer längst vergangenen Zeit. Sie wollte wieder mit Hardo schlafen, viele Male. Sie wollte seinen warmen Atem auf ihrem Haar spüren, wenn sie einschlief, und sie wollte, dass es da jemanden gab, zu dem sie heimkommen konnte. Nicht nur manchmal. Immer.

»Ich kann nur eins sagen«, flüsterte Katinka. »Ich weiß nicht, ob ich Tom nicht doch noch liebe.«

Hardo nickte. Sie spürte seine Anspannung.

»Gut«, sagte er.

Sie sahen einander in die Augen.

»Ich muss das herausfinden, bevor ich mich festlege.« Sie hielt kurz inne, fragte: »Und was machen wir jetzt?«

Er grinste schief und kroch aus dem Bett.

»Jetzt gehen wir zur Arbeit.«

Um kurz vor acht am Dienstagmorgen war Katinka in Schweinfurt. Sie trommelte mit den Fäusten an Cunos Campingbus.

»Cuno? Raus aus den Federn!«

Es dauerte, bis er die Seitentür aufschob. Sein Haar stand wüst um seinen Kopf, er trug Shorts und ein T-Shirt.

»Verflucht, Palfy, hast du sie noch alle?« Er schüttelte sich. »Es ist arschkalt.«

Katinka stieg zu ihm in den Bus.

»Hier stinkt es wie bei den Skunks in der guten Stube«, bemerkte sie. »Cuno, weißt du von Wertinger?«

»Was soll ich denn wissen.« Er schloss die Tür und zog sich einen Pulli über. »Setz dich.«

Katinka räumte zwei übergroße Kopfkissen beiseite und hockte sich auf die Liege.

»Wertinger hat sich heute Nacht umgebracht.«

Cuno rieb sich die Wangen und gähnte.

»Ja, klar, Märchenstunde.«

»Es stimmt. Ruth Stein hat Hardo angerufen«, sagte Katinka widerwillig. Man musste sie ihr ansehen, die Nacht mit Hardo.

»Verdammte Kleisterei«, knurrte Cuno und kratzte sich am Kopf. »Er hat Hagen umgebracht. Das ist das Erste, worauf die Bullen kommen. Damit erklären sie den Fall für abgeschlossen. Akte zu, alles erledigt.«

»Nur, wenn sich die Verdachtsmomente gegen Wertinger erhärtet haben.«

Cuno zuckte die Schultern. »Willst du Kaffee?« Er stand auf und hantierte mit seinem Wasserkocher. »Ich bin autark«, sagte er, als er ihren irritierten Blick sah.

»Ja, gern«, sagte Katinka. Sie sah Hardo, wie er ihr den Kaffee ans Bett gebracht hatte, ein Handtuch um die Hüften. Service bieten sie alle am Anfang, dachte sie sich. Nur nicht davon einwickeln lassen. Aber es ging nicht um den Kaffee, es ging um das riesige, urzeitliche Tier in ihrem Bauch. Könnte Liebe sein, dachte sie und konzentrierte sich auf Cuno. Er füllte Nescafé in zwei Tassen und sah dem Wasser beim Heißwerden zu.

»Wertinger war fertig mit sich und der Welt«, sagte er. »Gestern hat er reinen Tisch gemacht. In seinem Privatleben war es zappenduster, und beruflich steckte er genauso im Modder fest.« Cuno goss das brodelnde Wasser in die Tassen. »Ich habe darüber nachgedacht, als ich nicht einschlafen konnte. Es ist nicht gerade gemütlich, allein in einem kalten Campingbus, ohne eine anschmiegsame Frau.«

Katinka warf ihm einen Blick zu, den er mit einem Grinsen quittierte.

»War es wirklich Selbstmord? Oder Mord? Das frage ich mich«, sagte Katinka und nippte an dem Kaffee. Er schmeckte nach Gras.

»Frag die Bullen, du hast doch beste Verbindungen.« Er blickte sie mit unschuldigen Rehaugen an. Er merkt was, dachte Katinka. Das hat mir gerade noch gefehlt.

»In Schweinfurt kenne ich keinen Menschen. Ich muss Ruth Stein anrufen. Aber zuerst will ich zu Paula in die Klinik. Kommst du mit?«

»Da wirst du keinen Erfolg haben. Ihr Vater, ihr Bruder und ihr Liebhaber halten abwechselnd Wache.«

Gerfried Jäger saß zusammengesunken in der Sofaecke vor der Intensivstation.

»Guten Morgen, Herr Jäger«, sagte Katinka und setzte sich neben ihn.

Er sah sie mit verschleiertem Blick an.

»Ach, Sie sind das«, sagte er gleichgültig.

»Wie geht es Paula?«

»Sie ist noch nicht bei sich«, murmelte Paulas Vater. Seine Stimme war grau vor Verzweiflung. Katinka schämte sich beinahe ihrer unbändigen Freude, die bei jedem winzigen Gedanken an die vergangene Nacht überschäumte.

»Was meinen Sie? Bei sich?«

»Es wird noch dauern, bis die Ärzte definitiv sagen können, ob sie überhaupt wieder aufwacht. Ich wusste, dass Hagen Tranquilizer verschrieben bekam, aber er sagte einmal zu mir, die Nebenwirkungen hätten ihn so fertig gemacht, dass er schließlich ganz auf die Tabletten verzichtete.«

»Er hat also ein paar Schachteln gesammelt, oder?«

Jäger nickte. Er war bleich. Dunkle Schatten lagen unter seinen Augen. Er wirkte sehr alt.

»Waren Sie die ganze Nacht hier?«

»Nein, ich bin um kurz vor sechs gekommen. Vorher war Henz bei ihr.« Er schüttelte den Kopf. »Ich hatte keine Ahnung, dass sie einen Liebhaber hat. Aber wie kann ein Vater so etwas wissen? Paula hat sich mir nie anvertraut. Sie hat immer alles mit sich selbst ausgemacht. Ich hatte nie Probleme mit ihr. Als Teenager flippte sie manchmal aus, aber das ist doch normal. Nicht wahr?«

Katinka nickte.

»Ihr fehlte die Mutter. Eine weibliche Bezugsperson, das hätte sie gebraucht, aber ich habe nie wieder jemand kennengelernt, nachdem meine Frau gestorben war. Sie hatte Krebs, hat Paula Ihnen das erzählt? Sie hat sich so vor dem Tod gefürchtet, und dann lag sie eines Tages tot im Bett, einfach so. Sie war ausgezehrt von der Chemotherapie und hätte nicht mehr lange gelebt, aber ich habe im Mülleimer eine Schachtel Tabletten gefunden. Sie hat sie genommen, ich bin mir ganz sicher, sie wollte lieber selber Schluss machen, als an den Schmerzen kaputtgehen. Einer Obduktion habe ich mich verweigert. Sie brauchte so dringend ihren Frieden.« Jäger lehnte sich zurück und schloss die Augen. »Paula hat immer viel mehr mit Männern zu tun gehabt als mit Frauen. Sie hatte keine beste Freundin, wie die meisten Frauen.« Er blinzelte und sah Katinka entschuldigend an. »Ist doch so, oder? Frauen haben beste Freundinnen.«

Katinka lächelte unbestimmt.

»Es tut mir in der Seele weh, dass Paula ausgerechnet Bernhild als Schwiegermutter bekam. Verstehen Sie mich nicht falsch, natürlich kann man den Ehemann nicht nach der Schwiegermutter aussuchen.«

Sollte man nicht, dachte Katinka.

»Aber alle in der Familie Stephanus begegnen Paula mit Kälte. Außer Hagen, natürlich. Wobei ich mir nicht mehr so sicher bin, wie Paulas Verhältnis zu ihrem Mann war.« Er seufzte. »Ich habe gedacht, wenn sie schon keine Mutter hatte, dann sollte sie wenigstens eine Schwiegermutter bekommen. Ich stellte mir einen mütterlichen Typ vor, eine Frau, die aus Speck und Herz besteht. Dann sah ich Bernhild. Mir rutschte das Herz in die Hosentasche.«

»Paula leidet sehr an der Lieblosigkeit in ihrer Umgebung, wollen Sie das sagen?«, fragte Katinka.

Jäger schob die Unterlippe vor und nickte.

»Wertinger hat sie Sonntagnacht verprügelt«, sagte Katinka. »Wussten Sie das?«

»Man hat es mir gesagt. Als Vater habe ich nie viel getaugt. Den Kriminellen gegenüber machte ich meinem Namen alle Ehre«, er lächelte melancholisch, »aber für Paula und Godhard war ich eine Belastung. Ich habe versagt. Ich muss es so hart sagen. Versagt.«

»Was wissen Sie denn von Paulas Beziehung zur Firma und zu Wertinger?«

»Sehen Sie, alle Beziehungen enden an dem Punkt, an dem die Frau dem Mann vorwirft, nur für den Beruf zu leben.« Er schloss wieder die Augen. Katinka dachte, er würde einschlafen, aber er sprach weiter. »Bei mir war es so. Monika, meine Frau, litt darunter, dass ich viel unterwegs war, am Wochenende im Einsatz war, dass ich mein Aktenstudium sehr genau nahm. Ich war nicht greifbar für sie und die Kinder, und ich habe erst nach ihrem Tod gemerkt, dass es ein Fehler war.«

Sonderbar, dachte Katinka. Allmählich müsste bekannt sein, dass Beziehungen Zeit brauchen und man an ihnen arbeiten muss. Sie dachte an sich selbst und Tom. Die Röte schoss ihr ins Gesicht.

»Bei Paula und Hagen war es ähnlich. Ich war nicht begeistert, dass Paula Wirtschaft studiert hat. Vermutlich hat sie Ihnen davon erzählt. Aber nicht, weil ich gewollt hätte, dass sie Jura studiert. Keinesfalls, ich fand damals schon, dass etwas Künstlerisches besser zu ihr gepasst hätte. Haben Sie sich ihre Märchenbücher mal angesehen?«

Katinka schüttelte den Kopf.

»Sie ist ein Kind geblieben, die Paula«, sagte er liebevoll. »Im positiven Sinn. Wie wir uns alle das wünschen. Sie hat nicht vergessen, wie sich das Leben anfühlte, als sie zehn war. Das ist ihre Kraftquelle. Die Hilflosigkeit, das Ausgeliefertsein, all die Gefühle, die ein Kind niederstrecken, und die tiefe Sehnsucht, stark zu sein. Ich bin schon alt. Zu alt, um noch lange für Paula dazusein. Ich wollte, dass sie einen Mann findet, auf den sie sich verlassen kann. Jetzt ist sie allein.«

Katinka wartete eine Weile, aber Gerfried sagte nichts mehr.

»Herr Jäger, rufen Sie mich an, wenn sich etwas tut?«, fragte sie und hielt ihm ihre Karte hin.

Er nahm die Karte. Katinka stand auf und ging. Als sie sich bei den Aufzügen umdrehte, war er eingeschlafen.

17. Mesoltech

»Gerfried leidet an Zukunftsangst«, sagte Katinka, als sie Cuno auf dem Parkplatz vor der Klinik traf. »Aber dabei geht es um Paulas Zukunft, nicht um seine. Der arme Kerl, das Leben hat ihn ganz schön niedergeknüppelt.«

Cuno sah missmutig drein.

»Ich habe mit deiner Freundin telefoniert«, sagte er.

»Mit wem?«

»Ruth Stein. Wertingers Abschiedsschreiben war an Paula gerichtet. Ein Blatt auf dem Beifahrersitz. Darauf stand: *Sagt Paula, dass es mir leid tut.*«

»Herrgott! Das klingt wirklich wie ein Geständnis.«

»Was hältst du davon, wenn wir irgendwo frühstücken?«, fragte Cuno »Ich muss mir was zwischen die Kiemen schieben. Du weißt ja, Männer sind nicht so zäh wie Frauen.«

Sie saßen im *Café Schreier* vor ihren dampfenden Tassen. Cuno verspeiste voller Appetit sein Schlemmerfrühstück. Katinka sah ihm grinsend dabei zu.

»Ich glaube nicht, dass dieser Zettel aus Wertingers Wagen ein Geständnis ist«, sagte Cuno. »Zumindest nicht notwendigerweise ein Geständnis des Mordes an Hagen.«

»Warum nicht?« Katinka biss von ihrem Croissant ab.

»Weil es einfach auch etwas anderes heißen könnte: Es tut ihm leid, dass er sich umbringt, weil sie nun in der Firma alleine dasteht.«

»Meinst du, dass Paula das so sieht?«

»Paula vielleicht nicht, aber Wertinger!« Cuno tupfte sich die fettigen Lippen ab. »Er hatte nichts anderes mehr, wo er großartig sein konnte.«

Katinka antwortete nicht. Eine dumpfe Müdigkeit blähte ihren Körper auf und machte ihn schwer. Unschlüssig drehte sie ihre Tasse. Tom. Sie wollte ihn nicht mehr anrufen. Sie hatte es oft genug probiert.

»Mir ist das ein bisschen zu viel Suizid«, erklärte Cuno. »Naja, du wirst den Fall bestimmt lösen.«

»Welchen Fall?«, kaute Katinka. »Spinnst du jetzt?«

»Meine Heuer endet heute«, sagte er. »Was kann ich schon noch tun? Mein Bus sehnt sich nach der Autobahn.«

»Das machst du nicht!«, sagte Katinka. »Heute ist erst der dritte Tag. Du bleibst und tust was für dein Geld.«

Er grinste breit und bestellte noch ein Spiegelei.

»Na gut, überzeugt. Übrigens hat mir Wertinger gestern etwas in die Hand gedrückt.« Er verrenkte sich den Arm, während er in seinen Jackentaschen wühlte. »Hier, der Vertrag.«

Katinka streckte die Hand aus. Das Konvolut bestand aus drei Seiten. Sie faltete die Blätter auseinander.

»Das ist *der* Vertrag?«

»Genau. Ich habe ihn gelesen.« Cuno rührte in seinem Kaffee. »Das ist nichts Besonderes, Katinka. Wir können das Geschreibsel zu einem Anwalt tragen, aber meinem laienhaften Urteil nach handelt es sich um eine ehrliche, normale Abmachung. Die *Handelsagentur Stephanus* liefert der Firma *Mesoltech* Solarflüssigkeit.« Er tippte auf die Papiere. »Der Preis ist klasse für den Abnehmer, Hagen Stephanus hätte nicht sehr viel daran verdient. Wahrscheinlich hat er nicht sofort unterschrieben, weil er sich überlegte, ob er sich auf Dumpingpreise einlassen soll. Aber besser ein mikroskopischer Umsatz als gar keiner.«

Katinka überflog den Vertrag, durchschaute die juristischen Floskeln nicht und vermutete hinter jeder Zeile bewaffnete Dunkelmänner.

»Es wäre Quatsch, Hagen deswegen zu ermorden«, sagte Cuno. »Ich meine, wegen dieses Vertrages hier riskiert keiner, in den Bau einzurücken, das sage ich dir.«

Katinka sah aus dem Fenster. Der Morgendunst löste sich allmählich auf, und wieder kam ein unwirklich blauer Himmel zum Vorschein. Sie musterte desinteressiert die grauen Gebäude am oberen Ende des Marktplatzes. Auf der Terrasse des Brauhauskellers standen immer noch die Sonnenschirme.

»Cuno«, sagte sie langsam. »Alle Spuren, die wir abgegrast haben, wenn auch nur in Gedanken, haben eines gemeinsam.«

Sein Spiegelei kam.

»Sie geben nichts her«, bestätigte er.

Sie sahen einander an. Katinka musste ihn plötzlich gern haben, diesen ungehobelten Klotz mit Pferdeschwanz und Indianerfeder im Ohr.

»Wenn du mich fragst«, sagte er weiter, »und ich habe den Eindruck, du fragst mich, dann leidet Paula an Hirngespinsten. Wertinger hat sie ein paar Mal schräg angeredet, weil er dieses Papier unterzeichnet haben wollte, und schon schob sie Panik.«

»Nun ja«, sagte Katinka und die Sympathie für Cuno verflog, »dass er sie verprügelt hat, war kein Hirngespinst.«

»Ihr Weiber könnt einen aber auch manchmal zur Weißglut bringen mit eurer Verweigerungshaltung.«

Katinka nahm ihr Glas und goss den Rest des Latte Macchiato auf Cunos Spiegelei. Er starrte auf seinen Teller.

»Hast du sie noch alle?«, schrie er. Ein paar Gäste drehten sich zu ihnen um.

»Ich bin im Vollbesitz meiner geistigen Kräfte. Wenn das bei dir auch so wäre, würdest du dich entschuldigen.«

Cuno stieß den Teller von sich.

»Ich glaub's nicht.«

»Cuno, ich arbeite nicht mit einem Chauvinisten zusammen. Steig in deinen Bus und such dir jemanden, der dir die Stiefel leckt. Am besten fährst du im Tierheim vorbei und holst dir einen Hund.«

Cuno bekam einen Lachanfall. Er hustete, keuchte und röchelte. Schließlich tastete er nach einer Zigarette, nahm einen gierigen Zug und sagte:

»Irre. Einfach irre, die Frau.« Er lehnte sich zurück. »Gut. Wenn also all unsere bisherigen Gedankengänge im Nirwana geendet sind, dann waren sie einfach nicht die richtigen.«

Katinka lächelte.

»Du bist echt eine kooperative Type, Cuno.«

Er zeigte ihr einen Vogel.

»Schnapp bloß nicht über, Palfy. Sollen wir uns *Mesoltech* mal genauer ansehen?«

»Ich wusste, du würdest von selber darauf kommen. Warte einen Augenblick.«

Katinka bat die Bedienung, das Fax benutzen zu dürfen, und wurde ins Büro geführt. Sie rief Britta in Bamberg an.

»Brittachen? Hör mal, du kennst doch Hinz und Kunz.«

»Was brauchst du diesmal? Wir haben gleich Redaktionskonferenz.«

»Bring zwei Minuten dein Journalistenherz zum Schweigen und hör mir zu. Ich faxe dir einen Vertrag durch. Wenn du so nett wärest und ihn an einen Juristen weiterleitest, hochvertraulich natürlich. Ich muss wissen, ob irgendwelche versteckten Falltüren drin sind.«

»Willst du ein Haus kaufen?«

»Nein. Ich müsste möglichst in den nächsten zwei Stunden Bescheid wissen.«

Britta lachte.

»Sonst noch was? Soll ich dir eine Audienz bei Ratzinger besorgen?«

»Ein andermal«, sagte Katinka. »Ich lege die Dokumente jetzt aufs Fax. Sieh zu, dass du sie sofort einkassierst.«

»Wie Madame wünschen«, antwortete Britta. »Du weißt ja, egal was es ist, ich habe die Exklusivrechte. Wie geht's Tom?«

Falsche Frage, dachte Katinka.

»Falsche Frage?«, erkundigte sich Britta.

»Ich … kann dazu jetzt nichts sagen. Gib mir die Faxnummer.«

»O-o«, machte Britta und diktierte die Nummer. Katinka legte die Blätter ein und wählte. »Danke, Britta. Ciao!«

Katinka wartete, bis das Gerät die letzte Seite gefressen hatte, sammelte die Papiere ein, bezahlte ihre und Cunos Rechnung und legte ein sattes Trinkgeld drauf.

Eine Minute von der Autobahnausfahrt entfernt ragte ein mehrstöckiger Glaswürfel auf: *Mesoltech*. Cuno hielt den Bus vor der Einfahrt an.

»Park lieber eine Straße weiter«, schlug Katinka vor. Ihr Handy klingelte.

»Palfy?«

»Uttenreuther.«

»Hardo!« Katinka wurde knallrot. Cuno wandte sich ihr zu und grinste hinterfotzig. »Gibt's was Neues von dem Zweiundneunzigjährigen?«

Hardo lachte.

»Leider nein. Wir sollten ihn mal zum Augenarzt schicken. Sonst alles in Ordnung?«

»Ja, schon.«

»Also nicht?«

»Äh, doch.« Sie sah hastig zu Cuno hinüber. »Ich melde mich wieder.«

»Das wäre schön.«

Sie legten auf.

»Sag mal, hast du was mit dem Glatzkopf laufen?«, fragte Cuno und setzte den Bus geschickt zwischen zwei Lieferwagen. Er drehte den Zündschlüssel. Es wurde still.

»Komm!«, sagte Katinka nur und sprang aus dem Bus.

In der Eingangshalle empfingen sie Schautafeln mit sonnenbeschienenen Häusern, deren Solarkollektoren für sauberen Strom sorgten. Lachende Familien saßen an adrett gedeckten Kaffeetischen und blickten zu den Dächern empor.

»Verrate mir eins«, sagte Cuno und tippte mit dem Zeigefinger auf ein Poster. »Warum kann niemand mehr lächeln? Alle reißen den Rachen auf wie Raubkatzen.«

Eine junge Frau in dezentem Kostüm kam auf sie zu.

»Die *kann* lächeln«, raunte Katinka.

»Grüß Gott«, sagte die Dame. »Kann ich etwas für Sie tun?«

»Wir würden gerne Herrn Süßholz sprechen.«

»Haben Sie einen Termin?«

»Diesmal nicht«, sagte Cuno.

»Schauen wir mal«, sagte die Empfangsdame. »Wenn Herr Süßholz es möglich machen kann, empfängt er Sie. Wen darf ich melden?« Sie zückte ein Handy.

»Palfy und Fischer«, sagte Katinka.

Die Dame verschwand hinter einer Schautafel. Cuno und Katinka sahen sich an. Als sie zurückkam, lächelte sie noch breiter.

»Er erwartet Sie.« Sie führte die beiden zu einem Lift und steckte eine Chipkarte in ein Lesegerät. Es piepte, und sie drückte die Taste 3. »Einen schönen Tag.«

»Sie schickt uns direkt ins Fegefeuer«, brummte Cuno, während sich der Fahrstuhl leise sirrend in Bewegung setzte. Katinka musterte ihr Gesicht im Spiegel. Sie fand, dass sie ganz anders aussah als gestern. Sex macht jung, dachte sie und unterdrückte ein Lächeln. Guter Sex zumindest.

»Was schmunzelst du denn so?«, fragte Cuno misstrauisch.

»Schon in Ordnung. Komm.«

Die Türen öffneten sich. Sie traten in ein geräumiges Büro mit Panoramafensterfront. Im Hintergrund erkannte man die Kühltürme des Kernkraftwerkes, und direkt davor, wie einen Schattenriss, zwei winzige Kirchtürme. Ein Mann in grauem Anzug und sonnengelber Krawatte schritt auf sie zu und streckte die Hand aus. Katinka stockte der Atem. Er war es. Der Mann, der in seinem Handschuhfach eine Pistole spazieren fuhr.

»Karl Süßholz.« Sie erkannte seine warme Stimme wieder. »Und Sie sind Frau Palfy?« Er hielt Katinkas Hand eine Spur zu lange fest. Sie unterdrückte den Impuls, den

Arm zurückzuziehen. War ihm klar, dass er sie vergangene Woche auf einer dunklen Straße im Hafen angesprochen hatte?

»Genau. Das ist mein Kollege, Cuno Fischer.«

»Sie müssen wissen, dass ich in der Zeitung schon oft von Ihnen gelesen habe, Frau Palfy. Ich abonniere den *Fränkischen Tag*. Als alter Bamberger, verstehen Sie.« Er lächelte. Auch sein Lächeln war schön. In diesem Unternehmen wurde anscheinend viel gelächelt. »Tja, ich habe von Josef Wertinger gehört, dass Sie sich um Paula Stephanus kümmern. Dramatisch, diese ganze Geschichte. Bitte.« Er wies auf eine Sitzecke mit zwei giftgrünen Sofas. »Darf ich Ihnen etwas anbieten? Kaffee?«

»Ein Mineralwasser wäre recht«, sagte Cuno.

»Und Sie, Frau Palfy?«

»Ich schließe mich an.«

Sie setzten sich, während Süßholz eine Flasche *Perrier* aus dem Kühlschrank holte. Katinkas Handy piepte. Sie überflog Brittas SMS. *Der Vertrag ist normal und clean.* Na gut, dachte Katinka. Sie hielt Cuno das Handy vor die Nase. Er nickte kaum merklich.

»Was kann ich für Sie tun?«, fragte Süßholz, während er drei Gläser auf den Tisch stellte.

»Könnten Sie uns über die *Handelsagentur Stephanus* aufklären?«, fragte Katinka. Stelle knappe Fragen. Fragen, dic die Zeugen interpretieren können. Sie werden eine Richtung einschlagen, die ihnen selbst genehm ist, das hatte Hardo gesagt, in einem Zeitalter, als sie sich noch siezten.

Süßholz überlegte eine Weile.

»Wir machen seit Bestehen der Agentur Geschäfte«, sagte er schließlich. »Ich vertraute Hagen Stephanus. Er war zuverlässig, hielt sich an Abmachungen. Was er sagte, galt.«

»Das ist nicht immer so«, bestätigte Cuno und nahm einen Schluck Wasser. Die Kohlensäure stieg ihm in die Nase. Er musste niesen. Süßholz lächelte. Katinka fragte sich, ob er von Wertingers Selbstmord wusste.

»Wir nehmen nicht an, dass Hagens Tod mit der Firma zu tun hatte«, sagte Katinka, »und genaugenommen geht uns das auch nichts an, denn daran arbeitet die Polizei. Aber vielleicht ist Ihnen als langjährigem Begleiter Hagens etwas aufgefallen.«

»Aufgefallen?«

Rückfragen als Zeichen von Unsicherheit.

»Könnte jemand aus dem beruflichen Umfeld von Hagen Stephanus der Mörder sein?«

»Das hat mich die Polizei auch schon gefragt. Ich weiß dazu nichts zu sagen.«

»Sie haben einen Vertrag ausgearbeitet«, mischte sich Cuno ein, »der Sie und die *Handelsagentur Stephanus* aneinander bindet.«

»Hagen wollte das so. Er brauchte planbaren Umsatz. Ich arbeitete gern mit ihm zusammen und hoffe, dass sein Nachfolger, wer immer das sein mag, es genauso hält wie Hagen.«

»Ich finde, das sind ziemliche Dumpingpreise, die Sie in dem Vertrag festsetzen«, sagte Cuno. Katinka erhaschte seinen Seitenblick. Er mimte den Bad Cop. Das passte ihr ausgezeichnet in den Kram.

Süßholz verzog keine Miene.

»Sicher. Das ist unser Problem. Wir sind alle gezwungen, so billig wie möglich zu produzieren. Leider. Es ist mir schon bewusst, dass wir als Unternehmer damit ein System unterstützen, dem wir eines Tages selbst zum Opfer fallen könnten.« Er trank Mineralwasser. »Dennoch ist es nicht anders zu machen, wenn das Produkt für die Kunden bezahlbar bleiben soll. Wir arbeiten für sauberen Strom, und das ist letztlich ein Anliegen der ganzen Gesellschaft.«

Klar, dachte Katinka, dieses Argument ist politisch natürlich höchst korrekt.

»Sie würden mit Paula genauso zusammenarbeiten wie mit Hagen?«, fragte sie.

»Aber warum denn nicht?« Süßholz stellte sein Glas ab. »Ich bin außerordentlich daran interessiert. Ich habe doch schon gesagt, mit dem Namen Stephanus gibt es keine schlechten Erfahrungen.«

»Und mit Wertinger?«, schaltete sich Cuno dazwischen.

Süßholz runzelte die Stirn.

»Dem Angestellten? Wissen Sie, mit ihm hatte ich nie zu tun. Ich habe alles mit Hagen besprochen. Ausschließlich mit Hagen.«

»Sie wissen, dass Josef Wertinger heute Nacht Selbstmord begangen hat?«

Süßholz schnellte vom Sofa.

»Was sagen Sie da?«

»Leider ist es wahr«, erwiderte Katinka. »Josef Wertinger hat sich in sein Auto gesetzt und seinem Leben mit Kohlenmonoxid ein Ende bereitet.«

»Um Gottes willen!« Süßholz ging zum Fenster. »Wie entsetzlich!« Er starrte in die Ferne, dorthin, wo das Kernkraftwerk seine Dampfschwaden in den Himmel blies. »Die arme Paula. Jetzt steht sie mit dem Geschäft allein da.«

»Deswegen sind wir ja da«, erklärte Cuno selbstgefällig. »Bestimmt wird auch Paulas Familie ihr unter die Arme greifen.«

Süßholz drehte sich um.

»Ihre Familie? Mit Verlaub, darauf wird sie sich nicht verlassen können.«

»Warum?«, fragte Katinka.

»Kommen Sie, das haben Sie bestimmt längst bemerkt.« Süßholz setzte sich wieder. Eine leichte Röte überzog sein Gesicht. »Am schlimmsten ist es mit Marie. Bernhild Stephanus meinte doch tatsächlich, dass Hagen seine Schwester anstellen würde. Erstens hätte sich das niemals gerechnet, und zweitens ist Marie ...«, er zögert, »nicht einmal als Putzfrau zu gebrauchen.«

Cuno grinste Katinka lässig an.

»Hat Marie ihr Drogenproblem nicht im Griff?«, fragte Katinka.

»Ich muss mich wundern, Frau Palfy«, sagte Süßholz. »Viel haben Sie von dieser Familie noch nicht mitgekriegt.«

»Bernhild legt Hände und Füße für ihre Tochter ins Feuer«, sagte Katinka.

»Was zu üblen Verbrennungen führt.« Süßholz Blick fiel auf Katinkas Hand. Immer mehr Hautfetzen lösten sich. Die Wunden sahen aus wie eine Schicht Rost. »Hagen litt sehr darunter, dass seine Mutter eine völlig unrealistische Einschätzung hatte. Ich wiederhole mich: Marie ist nicht zu gebrauchen. Klingt hart. Aber es ist so.«

»Kennen Sie Marie denn?«, fragte Cuno.

»Ich? Nein.« Die Antwort kam recht schnell. »Ich habe mit der Familie nichts zu tun.«

»Aber Sie wissen über die Zustände doch recht gut Bescheid«, schmeichelte Katinka.

»Ja, nun, aber selbstverständlich durch Hagen. Mein Gott, die Sache mit Wertinger lässt mich nicht los.«

Katinka und Cuno sahen einander an.

»Wissen Sie etwas über die Frösche?«, fragte Cuno.

»Frösche?« Entweder war er ein begnadeter Schauspieler, oder er hatte wirklich keinen Schimmer. »Was für Frösche?«

»Ach, nichts«, sagte Katinka.

»Schön«, erklärte Cuno. »Wir wollen Sie nicht länger aufhalten.«

Süßholz begleitete sie zum Lift.

»Rufen Sie mich gerne an, wenn ich Ihnen noch behilflich sein kann. Wobei«, er schob seine Chipkarte in das Lesegerät und drückte die E-Taste, »wie sieht es mit Hagens Beerdigung aus? Sie findet doch morgen statt?«

»Das ist noch nicht raus«, sagte Cuno. »Paula liegt noch auf Leben und Tod in der Klinik.«

Gespräch 5

Er:	*Sie waren eben hier.*
Der andere:	*Was wollten sie?*
Er:	*Kannst du dir das nicht denken?*
Der andere:	*Was soll ich den Tschechen jetzt sagen?*
Er:	*Dass wir es durchziehen.*

18. Lüge und Wahrheit

»Was denkst du?«, fragte Katinka.

Sie standen neben Cunos Bus in der Sonne. Cuno rauchte.

»Eine Mixtur aus Lüge und Wahrheit«, sagte Cuno bedächtig. »Von Wertingers Selbstmord kann er nicht gewusst haben. Aber er reagierte recht emotional auf Maries Drogengeschichte. Fast, als sei er persönlich davon betroffen.«

Katinka war dasselbe aufgefallen, aber sie wusste nicht, was es bedeutete. »Mag sein, dass in seiner Familie auch ein paar Junkies kreuchen und fleuchen«, sagte sie.

»So wie der?« Cuno wies mit der Fluppe auf einen Mann im Zweireiher, der sich der Eingangshalle näherte. Er war sehr hager und bewegte sich merkwürdig starr. Katinka folgte ihm mit ihrem Blick, bis die Glastüren von *Mesoltech* sich hinter ihm schlossen.

»Von Paulas Selbstmordversuch hat Süßholz wohl auch keine Ahnung gehabt. Er machte ein Gesicht, als hätte er einen Stromstoß gekriegt«, sagte sie

Cuno warf die Kippe weg.

»Entweder hatte er wirklich nur mit Hagen zu tun und ist erschüttert, wie man eben erschüttert ist, wenn man von Suiziden hört. Der Gutmensch muss Betroffenheit zeigen. Oder er hat alles nur vorgespielt. Das ist meine Meinung.«

»Schwer zu sagen«, erwiderte Katinka. »Aber ich möchte Marie treffen. Von ihr haben wir noch nichts zu Gesicht bekommen.«

Cuno kletterte hinter das Lenkrad. »Let's roll«, sagte er. »Ich lasse meinen Charme bei der süßen Bernhild spielen. Vielleicht verrät sie uns, also mir«, er grinste, »wo sich ihr Augenstern aufhält.«

Katinka hörte nicht hin, während er telefonierte. Ihre Gedanken verloren sich in warmen, schüchternen Träumen.

Das Navi lotste sie zu einem schmutzigbraunen Haus in der Luitpoldstraße. Es wurde windig, Wolken jagten vor dem stählernen Blau dahin. Über den Weg torkelte Herbstlaub. Das Haus sah unbewohnt aus, auch der Laden im Erdgeschoss war leer. Im ersten Stock schlug ein Fenster.Sie stiegen aus und gingen auf die Haustür zu. Sie stand offen. Das Treppenhaus roch feucht. An den Türen gab es keine Namensschilder.

»Meinst du, hier wohnt jemand?«, fragte Katinka, während sie unschlüssig die Wohnungstüren musterte.

Cuno hob die Hand.

»Hör mal. Musik.«

Die Bässe wummerten in einer Wohnung im zweiten Stock. Katinka drückte auf den Klingelknopf.

»Das hören die nie!«, sagte Cuno und bullerte mit den Fäusten gegen die Tür. Sie gab nach und Cuno taumelte laut fluchend in die Wohnung.

»Gehen wir rein«, brüllte Katinka, ohne ihre eigenen Worte zu hören, und fuchtelte mit den Händen vor Cunos Nase herum.

Die Wohnung sah heruntergekommen aus. Über Putz verlegte Leitungen, angerissene Tapetenreste. Der Teppichboden war völlig verkommen und an einigen Stellen durchgewetzt. In der Diele hing einsam ein halb zerfetztes Poster von einer Ausstellung im Museum Georg Schäfer.

Die Musik kreischte aus einem großen Zimmer mit improvisierter Sitzecke. Sessel und Sitzkissen waren mit Essensresten übersät. Die Boxen hockten auf dem verwahrlosten Teppich wie Gesteinsbrocken aus dem Pleistozän. Katinka tastete sich zur Stereoanlage vor und drückte auf *Stop*. Die plötzliche Stille brandete über sie hinweg und nahm ihr beinahe den Atem.

»He, was soll'n das!« Eine junge Frau tauchte in der Tür auf. Sie trug ein T-Shirt zum Slip und schwankte leicht.

»Sind Sie Marie Stephanus?«, fragte Katinka. Aus den Augenwinkeln sah sie, wie Cuno die junge Frau musterte. Sein Blick ruhte selbstgefällig auf ihren Brustwarzen, die sich unter dem engen Shirt abzeichneten.

Die Frau schüttelte den Kopf. Sie war höchstens Anfang zwanzig, aber ihr Gesicht sah so aufgedunsen aus, als schleppe es die Ablagerungen vieler Jahrzehnte mit sich herum.

»Ich bin Miriam. Maries Freundin. Was wollen Sie denn?« Ihre Augen glänzten.

»Wir möchten zu Marie.«

Das Mädchen drehte sich um und ging in das nächste Zimmer. Katinka folgte ihr. Auf dem Boden lag ein Matratzenlager, umstellt von angebrochenen und leeren Flaschen. In ein fleckiges Federbett ohne Bezug gekuschelt schlief eine Frau.

»Holla, die Mädchen haben aber die richtig harte Tour gefahren«, bemerkte Cuno und griff nach einer Flasche.

»Lass den Quatsch«, fuhr Katinka ihn an und ging um die Matratzenhaufen herum. Es stank nach Alkohol, ungelüftet und nach kaltem Zigarettenrauch, und es war kühl im Raum. Wahrscheinlich funktionierte die Heizung nicht.

»He, Marie!«, rief Katinka und zog das Federbett ein Stück weg. Eine nackte Schulter kam zum Vorschein.

»Geh mal raus!«, sagte Katinka zu Cuno.

»Spinnst du? Wir arbeiten zusammen!«

»Hau ab und rauch eine. Sie ist nackt. Mein Traum ist es jedenfalls nicht, aufzuwachen und deine Lustmolchaugen auf mich gerichtet zu sehen.«

Cuno schob verärgert die Hände in die Taschen und ging.

»Marie«, rief Katinka und rüttelte die junge Frau. Sie gab einen erstickten Ton von sich und öffnete nach vielen Versuchen endlich die Augen.

»Was ist denn?«

»Ich heiße Katinka Palfy. Ich muss unbedingt mit Ihnen sprechen.«

»Was?« Sie drehte sich um und presste die Decke an sich. »Was wollen Sie von mir?« Sie hob den Kopf ein paar Zentimeter an. Das kurze, dunkle Haar saß wie eine Pudelmütze auf ihrem Kopf. Wahrscheinlich hatte sie es selbst geschnitten.

Katinka sehnte sich danach, das Fenster aufzureißen, um den widerwärtigen Gestank abziehen zu lassen. Doch sie wollte nicht, dass Marie fror und noch feindseliger wurde.

»Es geht um Ihren Bruder Hagen.«

»Seid ihr von den Bullen, oder was?«, fuhr die Jüngere dazwischen.

»Nein. Wir sind Privatdetektive. Es ist wirklich wichtig, Marie.«

Marie runzelte die Stirn.

»Zisch ab!«, sagte sie. Katinka hob an, zu widersprechen, als sie merkte, dass Marie ihre Freundin meinte. »Na los, verpiss dich!«

Miriam drehte sich wortlos um und verließ das Zimmer.

»Ziehen Sie sich was an«, bat Katinka und ging zum Fenster.

»Ob ich was anhabe, das ist meine Sorge«, lallte Marie. Katinka bemerkte Maries geweitete Pupillen. Sie hat eine Fahne wie ein Rathaus, dachte Katinka.

»O.k. Marie, haben Sie irgendeinen Verdacht, wer Hagen umgebracht haben könnte?«

Marie hob nur die Schultern, was Katinka unter dem dicken Federbett kaum erkennen konnte.

»Wissen Sie, dass Paula versucht hat, Selbstmord zu begehen?«

»Die Paula? Die hat aber plötzlich Mumm in den Knochen.«

In Katinka stieg heftiger Widerwille hoch. Sie riss das Fenster sperrangelweit auf. Der Wind fegte hinein. Gierig atmete sie durch.

»Was heißt das?«

»Jetzt, wo Hagen tot ist, will sie also nicht mehr ohne ihn.« Marie kämpfte eine Weile um Konzentration. »Aber vorher wollte sie ihn verlassen. Hat doch jeder gemerkt, dass die beiden nicht mehr miteinander konnten. Aber sie haben es immer abgestritten.« Marie sank auf ihre Matratze und schloss die Augen.

»Seit wann wussten Sie, dass Paula und Hagen Probleme in ihrer Ehe haben?«

»Mein Bruder, mein blöder Bruder, der hat eine wie die Paula gar nicht verdient.« Marie setzte sich mühsam auf. Das Federbett verrutschte. Kleine, feste Brüste kamen zum Vorschein. Der Anblick brachte Katinka aus dem Konzept.

»Was ist, haste noch nie eine nackte Frau gesehen außer dir selbst?« Marie lachte. Es klang jämmerlich, eher wie Weinen.

»Warum hat Hagen Paula nicht verdient?«, fragte Katinka schnell.

»Weil er nie kapiert hat, was sie eigentlich kann. Die Paula ist eine Künstlerin!« Marie griff nach einer Flasche, setzte sie an die Lippen und nahm einen großen Schluck. »Die schreibt nämlich Bücher, die Paula. Kinderbücher. Das ist eine Meisterschaft, Kinderbücher zu schreiben. Weil nämlich die Kinder nicht mehr weiterlesen, wenn es ihnen zu langweilig ist.« Marie lächelte. Ihr Blick verschwamm dabei.

»Wusste Hagen von den Märchenbüchern?«

»Ja. Nee. Weiß nicht. Ich glaube, er wusste es, aber er hielt es für ein Hobby. Aber Paula, die will damit Geld verdienen. Die Firma und so, das kotzte die Paula nur an.«

»Haben Sie eines von Paulas Märchenbüchern gelesen?«

»Neee!« Marie wedelte entrüstet mit der Hand. »Die kann man nur hören, muss man sich aus dem Internet runterladen. Kostet was. Ich bezahl doch nicht dafür. Hätte sie mir ruhig mal gratis geben können! Mein Bruder, für den waren das Kindereien.« Marie kicherte. »Der hat sowieso nichts kapiert. Kohle ohne Ende, aber nichts kapiert.«

»Was hat er nicht kapiert?«

»Na, wie das Leben so läuft.«

»Meinen Sie die Affäre zwischen Michael und Paula?«

Marie wollte sich kaputtlachen.

»Affäre? Quatsch. Der Michael wollte gern glauben, dass die Paula ihn heiratet. Sich von Hagen scheiden lässt und sofort die nächste Zwangsjacke anzieht.« Marie krümmte sich zusammen. Ihr Gesicht wurde blass.

»Wollte Paula sich denn nicht wegen Michael scheiden lassen?«

»Nee, natürlich nicht. Die hatte von Hagen genug und von meiner Mutter und von mir. Ich bin nicht so salonfähig für die besseren Kreise!« Marie krümmte sich wieder. »Weißt du, der Michael, der hat sich erhofft, dass die Paula in seine Arme gelaufen kommt. Aber das war ein Wunschtraum. Die Paula mag ihn gern, aber ob sie ihn gleich geheiratet hätte?« Marie sah ihre Hände an, als sollten sie ihr die

Frage beantworten. »Ich glaub nich. Nee. Die Paula wollte nur raus aus allem.«

»Haben Sie Geld von Hagen bekommen?«

Marie starrte Katinka an. Ihr Gesicht schien ganz klein zu werden.

»Wieso?«

»Ich frage nur.«

»Kannste nich mal das Fenster zumachen? Es ist arschkalt hier drin.«

Katinka sah, dass sie zitterte.

»Nicht!«, rief sie, als Marie erneut nach der Flasche griff. Aber Marie trank in langen Zügen. »Lass das!«, schrie Katinka sie an. Die Flasche war schon leer. Sie kullerte aus Maries Hand.

»Die haben Kohle ohne Ende«, würgte Marie hervor. »Kohle, haufenweise Kohle, Hagen und seine Freunde. Die bringen die Knete alle in den Osten.«

»In den Osten?«

»Sag ich dir doch.« Sie kippte zur Seite.

»Marie!« Katinka rüttelte sie, aber sie blieb mit ausdruckslosem Gesicht liegen.

Katinka zog das Federbett über sie und wählte den Notruf.

»Cuno«, schrie sie, als sie der Rettungsleitstelle die Situation erklärt hatte, und stürmte ins Nebenzimmer. Dort hockte Cuno neben Miriam auf einem Sitzkissen und feixte. Katinka funkelte ihn an.

»Professionell ist was anderes«, sagte sie nur.

Sie wartete neben Maries Matratze hockend auf den Notarzt.

»Das Mädchen kenne ich«, sagte der Mann seufzend. »Das Haus auch.«

»Wohnen hier noch andere?«

»Der Eigentümer will das Haus abreißen. Heizung gibt es nicht, fließend Wasser auch nicht. Wo sie den Strom herhaben, ist mir ein Rätsel.« Er legte einen Zugang an Maries Arm. Marie wimmerte. Katinka strich ihr über das kurze Haar und murmelte einsilbige, tröstende Worte. Miriam kam ins Zimmer geschlichen und sah ihnen nägelkauend zu.

»Holen Sie bitte ein paar Anziehsachen für Marie«, sagte Katinka zu ihr. Miriam verschwand.

»Ich bin hier schon mindestens zum dritten Einsatz«, fuhr der Notarzt fort. Er war klein und korpulent, aber seine Hände waren schlank und ließen auf einen sensiblen Charakter schließen. »Keiner weiß, was sie eingeworfen hat. Alkohol allein wird es nicht sein. Wenn sie in die Klinik kommt, wird ein Screening gemacht, und dann werden wir sehen.«

Marie zitterte am ganzen Körper.

»Ihr Schweine«, presste sie hervor. »Mir ist kalt. Mir ist so kalt.«

Cuno steuerte seinen Bus schweigend durch den Stadtverkehr. Energisch drückte er den Zigarettenanzünder.

»Was machen wir jetzt?«, fragte er schließlich.

»Fahr mich zu meinem Auto«, sagte Katinka. »Ich will bei Paula vorbeischauen.«

»Ich kann dich direkt zur Klinik chauffieren.«

»O.k. Weißt du was?«, sagte sie und schluckte ihren Ärger herunter. »Wir sollten Ruth Stein in die Froschgeschichte einweihen. Die müssen doch längst auf die Abkürzungen gestoßen sein.«

Cuno zuckte die Achseln.

»Ich arbeite ungern mit der Polente zusammen«, erklärte er. »Aber wenn du es für nötig hältst.«

»Du bist ja richtig zahm.«

»Reg mich nicht auf!« Er warf die Kippe aus dem Fenster und folgte den Schildern zum Leopoldina-Krankenhaus. »Wie machen wir jetzt weiter?«

Katinka seufzte.

»Ich weiß es selber nicht. Eigentlich können wir nicht groß was tun. Wenn Wertinger der Mörder ist …«

Cuno lachte auf.

»Den können wir nicht mehr fragen. Vielleicht ist er es nicht, aber die Bullen freuen sich, wenn sich ihre Akten flott schließen lassen. Wieder ein netter kleiner Erfolg.«

Katinka fühlte sich elend.

»So einen desolaten Fall hatte ich noch nie. Ein Mord, ein Selbstmord, ein Suizidversuch – und dann auch noch Marie.«

Cuno hielt an der Straße.

»Ich warte hier.«

»Klar. Bis später.«

Katinka sprang aus dem Bus.

An seinem zehnten Geburtstag hatten sie ihn geholt.

Daran war nur sein Bruder schuld. Der so viel weniger Mut hatte als er! Immerhin hatte der Große ihn angestiftet. Hatte das Feuerzeug mitgehen lassen, als sie mit der Mutter in den Drei Kronen den Geburtstag feierten. Mittags waren sie dort. In einem unbeobachteten Moment hatte sein Bruder das Feuerzeug eingesteckt. Es gehörte einem von den Männern, die Tag für Tag in der Schwemme standen und Bier tranken, bis ihnen der Schaum aus dem Mund quoll. Diese Männer rauchten, drehten sich die Zigaretten selbst. Stanken nach Bier und Rauch.

Später schenkte sein Bruder ihm das Feuerzeug. Obwohl es strenggenommen geklaut war. Die Mutter bereitete den Kaffeetisch vor, es sollten ein paar Kinder kommen, um seinen Geburtstag weiterzufeiern. Sie wusste nichts von dem Feuerzeug. Georg lernte schnell, wie man das Rädchen anschnicksen musste, damit die Flamme aus dem Loch schoss. Sie übten im Garten, weit hinten, bei den Kaninchenställen von Nachbar Anton.

Es war ein trockener Juli gewesen, seit Wochen hatte es nicht geregnet. Georg erinnerte sich nicht, wie es passiert war. Irgendetwas knisterte. Laut, eilig, brutal. Sie konnten das Feuer nicht löschen, nicht so schnell, wie es die einzelnen Holzverschläge auffraß, das Stroh und Antons Kaninchen. Georg nahm nur den Geruch wahr und den schwarzen Qualm, und er dachte noch, wie leid es ihm tue für Antons Kaninchen. Aber da kamen sie ihn schon holen. Schuld war sein Bruder.

19. Angegriffen

Ein Mann Anfang dreißig hockte neben Paulas Bett.

»Sie haben sie vor einer Stunde verlegt«, sagte er. »Ich bin Michael Henz.«

Katinka drückte ihm die Hand.

»Wie geht's ihr?«

»Besser. Sie schläft. Kein Wunder.« Er schüttelte den Kopf. »Ich habe so einen Schrecken bekommen. Die Tabletten haben ihr Atemzentrum gelähmt. Wenn Sie sie nicht gefunden hätten …«

»Das war mein Kollege. Unverschämtes Glück. Wir dachten, Paula wolle sich nach der aufregenden Nacht einfach ausruhen. Aber ihr Vater rief an und wollte sie unbedingt sprechen, sodass Cuno bei ihr klopfte und reinsah.«

»Mit ihrem Vater habe ich schon gesprochen«, sagte Michael Henz. »Ein netter Kerl.«

»Wie werden Sie mit der ganzen Geschichte umgehen?«, fragte Katinka. Sie betrachtete Paula. Ihr weißes Gesicht, die tiefliegenden Augen. Ein Infusionsschlauch leitete Flüssigkeit in ihre Venen.

»Paulas Vater sorgt sich um seine Tochter. Er will, dass sie schnellstmöglich wieder einen Versorger hat.« Henz lächelte verlegen. »So denken die älteren Männer eben.«

Katinka sagte nichts dazu.

»Ich habe ein gutes Gehalt. Ich kann für uns beide sorgen.«

»Lieben Sie sie?« Das ging sie nichts an, und es hätte Katinka auch nicht gewundert, wenn er nicht geantwortet hätte.

»Ja!«, sagte er überzeugt. »Ich meine es ernst.«

»Wertinger hat sich umgebracht«, sagte Katinka. »Der Angestellte aus der *Handelsagentur Stephanus*. Jemand wird es Paula sagen müssen, wenn sie wieder stabil ist.«

»Hat sich … umgebracht?«

»Und hatte weniger Glück als Paula«, sagte Katinka. »Er hat die Abgase seines Wagens ins Wageninnere geleitet. Auf dem Beifahrersitz lag ein Zettel. ›Sagt Paula, dass es mir leid tut.‹«

»Heißt das, er ist der Mörder?«

»Ich habe noch nicht mit der Polizei gesprochen«, wich Katinka aus. »Es könnte sein. Es könnte aber auch ganz anders sein.«

»Dass es ihm leid tut«, murmelte Michael und stopfte die Decke um Paula fest. »Das klingt reichlich billig als Entschuldigung für einen Mord.«

Katinka griff sich an die Stirn. Genau! Es klang billig. Sie sprang auf.

»Ich muss gehen. Was ist mit Hagens Beerdigung?«

»Paulas Vater und Bernhild, der alte Drache, haben alles verschoben. Frühestens nächste Woche. Geplant ist Mittwoch. Warten wir ab, wie es Paula geht.«

Vor der Klinik suchte Katinka ihr Handy. Es war nicht da. Sie wollte dringend Ruth Stein anrufen und schließlich Tom. Aber das Telefon steckte weder in der Jacke noch im Rucksack.

»Kacke!«, rief Katinka laut. Ein paar Leute drehten sich um.

Sie rannte in die Eingangshalle zurück und warf Münzen in den öffentlichen Fernsprecher. Es dauerte viele Minuten, bis sie Ruth Stein endlich an der Strippe hatte.

»Billig, meinen Sie?«, fragte Ruth Stein, als sie sich Katinkas aufgeregte Geschichte angehört hatte.

»Sind Sie sicher, dass niemand nachgeholfen hat, Wertinger in das Auto zu setzen?«

»Die Rechtsmedizinerin arbeitet noch dran. Außerdem sind hier die Schweinfurter Kollegen gefordert. Der Zuständige heißt Kilian Brandt. Rufen Sie ihn an, mit Grüßen von mir.«

»Frau Stein?«

»Was ist noch.« Sie klang ungeduldig.

»Ich nehme an, dass Hagen und Wertinger mit tropischen Tieren gehandelt haben«, sagte Katinka. »Mit Fröschen. Phyllobates terribilis und bicolor.«

»Tropenfrösche? Die fallen unter das Artenschutzgesetz! Woher wissen Sie von Fröschen?«

»Ich habe in dem Bauwagen auf der Bramberg ein Froschbuch gefunden.«

»Ein Froschbuch?«

Katinka fluchte innerlich, doch dann packte sie aus, wie sie und Cuno die Abkürzungen in Wertingers Buchhaltung gefunden und aufgelöst hatten.

»Pt und Pb. Das kann nichts anderes bedeuten«, bestürmte sie Ruth Stein. »Vor allem, weil eine Stückzahl angegeben ist. Es muss sich um etwas handeln, was in Stück gemessen wird, verstehen Sie nicht?«

»Doch, ich verstehe durchaus«, gab die Stein zurück. »Ich begreife zudem, dass Sie diese Information zurückhielten, um sie selbst auszuschlachten.«

Katinka klopfte unruhig mit den Fingern gegen die Plexiglaswand.

»Wie geht es voran mit den Brandtstiftungen?«, fragte sie.

Ruth Stein legte auf.

Katinka knallte den Hörer auf die Gabel. An diesen Telefonen konnte man wenigstens noch seine Wut auslassen. Aufgewühlt verließ sie die Klinik. Sie wollte lieber nicht daran denken, dass sie den Draht zu Hauptkommissarin Stein eben gekappt hatte.

»Ich finde mein Handy nicht mehr«, sagte sie, als sie zu Cuno in den Bus stieg. »Könntest du in Maries Wohnung vorbeifahren? Ich habe damit den Notarzt angerufen. Ich hatte es also noch, als wir bei Marie waren.«

»Geht klar.«

Katinka sagte keinen Ton, während Cuno zurück zu dem baufälligen Haus fuhr. Sein Handy klingelte, als er einparkte.

»Fischer?«, raunzte er. Dann wurde seine Stimme weich. Er legte eine Hand über das Telefon und sagte verschwörerisch: »Geh schon mal vor.«

Katinka grinste und stieg aus. Der Wind kam nun böig, und erste Regentropfen fielen. Sie eilte über die Straße und betrat das Treppenhaus. Die Wohnungstür im zweiten Stock war nur angelehnt.

»Hallo? Miriam?« Sie trat ein. Ein Fenster schlug. Alles war still. »Miriam? Ich bin es, Katinka Palfy.« Keine Antwort. Es war kalt in der Wohnung. Instinktiv kuschelte Katinka sich in ihre Jacke. »Hallo?«

Sie betrat das Wohnzimmer. Die Monsterstereoanlage schwieg. Die Tür zum Schlafzimmer bewegte sich sacht. Katinka schob sie auf. Das Fenster schlug mit lautem Scheppern zu. Gleich darauf blies der Wind es wieder auf.

»Miriam?«

Die Tür stieß gegen etwas. Katinka fuhr herum. Ein Mann stand hinter der Tür, eine Pistole auf sie gerichtet. Nicht irgendein Mann. Norbert. Der Kiebitz. Starr blieb sie stehen. Sie hatte nicht einmal Angst. Nur eine Welle eiskalten Erstaunens raste durch ihren Körper.

»Norbert«, würgte sie hervor.

»Du machst schon mehr als genug Ärger«, unterbrach er schneidend.

Katinka starrte ihn nur an. Das Verschmitzte, Humorvolle an seiner Erscheinung war wie weggeblasen. Er wirkte nicht mehr wie ein schlaksiger Junge.

»Was tust du hier?«, fragte sie flüsternd und starrte ungläubig in das kalte, schwarze Auge des Pistolenlaufes. Das hier konnte nicht stimmen. Sie wollte nicht sterben. Nicht niedergeschossen werden. Nicht verrecken, durchsiebt, mit zerrissenen Blutgefäßen, Muskeln und Gewebe. Wo steckte Cuno, verflucht. Telefonierte mit einer seiner Flammen, anstatt ihr das Leben zu retten. Ihre Waffe steckte sicher verwahrt im Holster unter ihrer Achsel. Er kam langsam auf sie zu.

»Bist du ihr … Dealer?«, fragte sie, weil sie etwas sagen wollte und keine Ahnung hatte, was.

Er lachte. Es klang metallisch und kalt.

»Nein. Falsch getippt.« Er kam noch näher. Katinka sah den Schalldämpfer an. Mit einem sachten *Plopp* würde er sie auslöschen. Hardos Gesicht tauchte plötzlich vor ihr auf. Er würde sie ansehen wollen, wenn sie in der Rechtsmedizin läge, hart wie ein Brett und wachsweiß. Und Tom. Einen Augenblick schwebte das Lächeln ihrer Schwester Melissa an ihr vorbei. Wo kommt nur Melissa her, dachte sie.

»Was suchst du dann hier?« Sie sah Norbert in die Augen. Nur nicht den Pistolenlauf anstarren.

»Geht dich das was an?«

Er zögerte. Er wollte sie nicht töten. Nicht kaltblütig, nicht einfach so. Auch er würde sich überwinden müssen.

»Hast du Wertinger umgebracht?«

Norbert verzog höhnisch die Lippen.

»Sag ›Gute Nacht‹, Katinka«, sagte er. »Hat keinen Sinn. Du bist viel zu nahe an uns rangekommen.«

»An wen?«, keuchte Katinka. Sie hatte keine Ahnung. Sie begann zu zittern. Ihr Atem ging ganz schnell, überschlug sich fast. Das Fenster schlug im Wind. Dort lag ihr Handy, auf der Fensterbank. Sie hatte es abgelegt und vergessen.

Gestorben wegen Schusseligkeit, dachte sie. Das wird auf meinem Grabstein stehen. »Nicht«, flüsterte sie. »Mach das nicht.« Ich flehe um mein Leben, dachte sie. Heldenhaft.

Die nächste Windbö schlug das Fenster zu. Die Scheibe klirrte. Norbert drehte sich um.

Katinka hob das Bein und trat ihm mit voller Wucht in den Schritt. Norbert krümmte sich. Sie stieß ein zweites Mal zu. Seine Waffe zeigte auf den Teppichboden. Im Treppenhaus erklangen Schritte.

»Cuno! Waffe! Vorsicht, Waffe!«

Norbert kämpfte sich hoch. Es kam ihr wie Zeitlupe vor. Dann hob er die Pistole. Katinka hechtete zur Seite. Sie stieß sich den Kopf am Türrahmen und rollte ins Wohnzimmer hinüber. Da stand Cuno, seine Ruger Blackhawk in der Faust. Aber Norbert war schneller. Er überrannte Cuno und stürzte aus der Wohnung. Der Schuss aus Cunos Waffe blieb in der Decke stecken.

»Lauf ihm nach!«, schrie Katinka, stolperte auf den nächstbesten Sessel zu und ließ sich mit einem Stöhnen hineinfallen.

»Sie wollten also Ihr Handy holen?«, fragte der Ermittler, der sich als Hauptkommissar Kilian Brandt vorgestellt hatte.

Katinka fragte sich, ob er wirklich so schwer von Begriff war, oder ob er ihr einfach nicht glaubte.

»Ja. Ich habe von hier aus den Notarzt angerufen, der Marie Stephanus ins Krankenhaus einwies.« Es fiel ihr schwer, alles möglichst ruhig zu erklären. Ihre Finger flatterten. Ihr Atem ging hastig, und die Stelle an ihrem Kopf, wo sie mit dem Türrahmen zusammengestoßen war, pulste.

»Und Sie sagen, Sie kennen den Mann?«

»Norbert Kahl. Er nahm an dem Bogenschießkurs teil, wo auch Paula und Hagen Stephanus dabei waren. Hagen Stephanus ist …«

»Ich bin mit der Sachlage vertraut«, sagte Kilian Brandt. Er sprach ausgeprägten Schweinfurter Dialekt. Sein blondes Haar hing ihm ins Gesicht. Er schüttelte es mit einer Bewegung weg. »Also gut, Norbert Kahl. Was hatte der hier zu suchen?«

»Ich weiß es eben nicht.« Katinkas Gedanken überschlugen sich. Sie wollte dem Kommissar nichts verschweigen, aber solange das Karussell in ihrem Kopf sich mit Höchstgeschwindigkeit drehte, musste sie zunächst sortieren, was sie noch zu fassen bekam. Eine Polizistin brachte eine Flasche Mineralwasser.

»Trinken Sie erst mal was«, sagte Kilian Brandt. »Sollen wir einen Arzt holen?«

Katinka schüttelte den Kopf, setzte die Flasche an und trank die Hälfte in einem Zug aus.

»Er sagte, ich sei ihnen schon zu nahe gekommen«, erklärte sie und schraubte die Flasche zu. »Ihnen. Was auch immer das heißt, keine Ahnung!«

Kilian Brandt stellte noch eine Menge weitere Fragen und telefonierte halbe Ewigkeiten, während ein anderer Polizist mit Cuno sprach. Katinka hockte auf dem schmutzigen Sofa und sah zu, wie der Regen gegen die Scheiben trommelte. Ihr war kalt, sie hätte sich gerne das Federbett geholt, aber es stank dermaßen, dass sie lieber fror. Außerdem zogen die Kriminaltechniker ihre Kreise in der Wohnung.

Ein Hundeführer traf ein. Der Schäferhund suchte nach Drogen. Vergeblich.

»Hier gibt's nichts für uns«, sagte der Hundeführer, als habe er nach *Chappi* gefahndet.

»Die Dealergeschichte können wir vergessen«, sagte Brandt.

»Aber wenn Norbert nur kassieren wollte?«, erwiderte Cuno. »Keinen Stoff dabeihatte?«

Brandt wiegte zweifelnd den Kopf.

»Der Hund findet selbst winzige Reste. Wenn in dieser Wohnung Drogen konsumiert wurden, würde er anschlagen.«

»Haben Sie Norbert ausfindig gemacht?«, fragte Katinka.

»Pustekuchen«, erklärte Brandt. »Norbert Kahl ist Gärtner in Fulda, steht seit heute Morgen in seinem Geschäft, und eine Menge Zeugen bestätigen, dass er sich da nicht wegbewegt hat.«

»Augenblick«, unterbrach Katinka. »Heißt das …«

»Das heißt, unser Norbert hier trägt den Ausweis des echten Norbert Kahl mit sich herum, der das Pech hat, ihm ziemlich ähnlich zu sehen. Diesen Ausweis hat der falsche Norbert in Lichtenstein vorgezeigt, als er nach dem Mord an Hagen Stephanus als Zeuge vernommen wurde.«

»Hat der echte Kahl nicht mitgekriegt, dass sein Perso weg ist?«, fragte Cuno.

»Nein«, antwortete Brandt. »Er fährt nie ins Ausland und mit uns hatte er auch noch nicht zu tun.« Er starrte einen Augenblick auf den Einschuss in der Decke. »Ich muss Sie bitten, mitzukommen, damit wir Ihre Fingerabdrücke nehmen können«, fuhr er fort. »Möglich, dass dieser Norbert hier welche hinterlassen hat.«

»Meine haben Sie schon«, entgegnete Cuno gelassen.

»Meine auch«, sagte Katinka. »Noch etwas: Am Montag war ich in Schonungen tanken. Da hielt an der Tankstelle ein silberner Sportwagen. Ich dachte einen Augenblick, Norbert säße am Steuer. Der falsche.«

Kilian Brandts Gesicht hellte sich auf.

»Das ist doch mal was«, sagte er. »Silberner Sportwagen? Wann am Montag?«

»Vielleicht zwischen drei und vier am Nachmittag«, versuchte Katinka sich zu erinnern.

»Na prima, immerhin ein Anhaltspunkt«, erklärte Brandt und freute sich sichtlich. »Was haben wir sonst über den Kerl?«

»Nach dem Bogenschießkurs sollte ich ihn zu einem Bahnhof bringen. Er war nicht mit dem Auto in Lichtenstein.«

»Schon seltsam. Sportwagenbesitzer nutzen jede Gelegenheit, um ihre Gefährte zu bewegen«, sagte Brandt.

»Er wollte nach Würzburg und von da nach Fulda. Ich ließ ihn in Haßfurt am Bahnhof raus, aber er fuhr nicht ab, ich traf ihn Stunden später wieder in der Stadt.«

Brandt machte sich eine Notiz.

»Wir fahnden nach ihm. Dazu brauchen wir Ihr fotografisches Gedächtnis«, sagte Brandt zu Katinka.

»Noch was«, bemerkte Katinka. »Marie sagte vorhin, Hagen und seine Freunde hätten Geld in den Osten gebracht. Was auch immer das heißt.«

Brandt kritzelte in seinen Block.

»Wo wurde Marie hingebracht?«

»Ins Leopoldina-Krankenhaus«, sagte Brandt.

»Komisch. Da liegt schon ihre Schwägerin nach einem Selbstmordversuch.«

Brandt schien das nicht besonders schicksalhaft zu finden.

»War Norbert hinter mir her?«, fragte Katinka schließlich, »oder hinter Marie? Und wo steckt Miriam?«

Gespräch 6

Er:	*Wie konntest du das nur dermaßen versauen?*
Der andere:	*Sie haben mich nicht erwischt. Niemand hat mich gesehen.*
Er:	*Steig endlich von deinem hohen Ross runter. Es ist albern, die Detektive aus dem Verkehr ziehen zu wollen.*
Der andere:	*Die Gelegenheit war so günstig wie nie!*
Er:	*Dafür hast du sie aber gründlich vermasselt. Die werden nach dir fahnden!*
Der andere:	*Der Mann ist eine ziemliche Pfeife. Aber die Frau ist clever. Die wird uns noch gefährlich. Deswegen …*
Er:	*Sie hat dich erkannt!*
Der andere:	*Sieh endlich zu, dass du die Lieferungen in den Griff kriegst.*

20. Veränderung

Katinka und Cuno verbrachten zwei weitere Stunden auf der Polizeidirektion, um eine Personenbeschreibung von Norbert zu liefern, die ein Experte zu einem brauchbaren Phantombild verarbeitete.

Vier verpasste Anrufe, dachte Katinka müde, als sie endlich wieder in Cunos Bus saß und ihr Handy anschaltete.

Zwei von Tom und zwei von Hardo. Sie stöhnte. Am liebsten hätte sie keinen Anruf abgehört.

»Was ist?«, fragte Cuno. »Gehen wir was essen?«

»Warte mal.«

Katinka rief im Krankenhaus an und fragte nach Marie. Natürlich erfuhr sie nur, dass am Telefon keine Auskunft zu bekommen war, aber wenigstens gab man ihr die Stations- und Zimmernummer. Katinka bedankte sich und wählte die Nummer ihrer Mailbox. Tom: *Wir müssen reden, Katinka.* Das zweite Mal: *Bitte ruf unbedingt zurück. Wir müssen reden.* Dann Hardo: *Ist alles in Ordnung?* Das zweite Mal: *Ist alles o.k.? SMS genügt.* Katinka lächelte unwillkürlich. Sie tippte zwei Wörter: ›Alles o.k.‹ und schickte die SMS an Hardo. Mit Tom würde es schwieriger werden.

»Was ist denn jetzt?«, bohrte Cuno. »Hier wäre ein *Subway*. Hast du eigentlich nie Hunger?«

»Cuno, ich kann jetzt nicht«, sagte Katinka. »Ich muss noch einen Anruf machen.«

Cuno schnappte einem Mercedesfahrer die Parklücke weg.

»Tu das. Ich hab Kohldampf. Ich gehe da jetzt rein. Keine Arschbewegung ohne Marschverpflegung. Du kannst nachkommen oder auch nicht.«

Er stellte den Motor ab und rannte durch den Regen zum Lokal. Katinka lehnte stöhnend den Kopf an die Scheibe. Sie musste es hinter sich bringen. Sie musste ihn anrufen.

»Thiele?«, meldete er sich sofort.

Idiot, dachte Katinka, er muss doch meine Nummer auf seinem Display sehen.

»Ich bin's«, sagte sie. »Wo steckst du?«

»Wir müssen reden, Katinka«, sagte er.

»Deshalb rufe ich an.«

»Nicht am Telefon.« Er klang unangenehm berührt. »Kommst du heute nicht mehr nach Hause?«

»Doch. Ich komme.« Sie musste heimfahren. Vielleicht war es nur dieses ›nach Hause‹, das den Ausschlag gab. Ein Zuhause. Wer jetzt kein Haus hat. »Ich bin noch in Schweinfurt. In einer Stunde?«

»Gut. Ich warte auf dich.«

Es hatte eine Zeit gegeben, wo himmlische Düfte sie empfangen hatten, wo Tom in der Küche gestanden und seine Küchencheffähigkeiten ausgespielt hatte. Ob das noch einmal so sein würde?

Sie rief sich ein Taxi, kritzelte Cuno eine Mitteilung und legte sie aufs Armaturenbrett. Zehn Minuten später war sie bei ihrem Auto. Sie fuhr zügig über die nassen Straßen zur Autobahn und dann Richtung Bamberg. Bei Knetzgau hörte der Regen schlagartig auf. Sie beschleunigte.

»Ich kann da nicht mithalten«, sagte Tom. Alles drehte sich im Kreis. Um diese eine Aussage. Nicht mithalten.

»Was meinst du damit?«, fragte Katinka. Er hatte Wiener Würstchen heiß gemacht, die in Wien Frankfurter hießen, und die Katinka hartnäckig weiter so nannte: Frankfurter. Sie tunkte das Würstchen in den Senf und biss ab.

»Ich passe nicht in deine Welt«, sagte Tom. Seine Stimme klang unendlich müde. »Wo alle mit Schießeisen wedeln, knallharte Verhöre führen und über Leben und Tod bestimmen.«

So ein Quatsch, wollte Katinka sagen. Wer von uns bestimmt über Leben und Tod. Aber sie hatte keine Kraft zum Streiten.

»Du meinst doch etwas ganz anderes, oder?«, sagte sie. »Du hast eine andere Frau kennengelernt.«

Tom starrte sie an, die Frankfurter auf halber Höhe zwischen Teller und Mund.

»Also stimmt es?«, fragte sie und rührte im Senf. Sie mochte Senf, aber sie hatte schon immer gefunden, dass Senfgelb eine nichtssagende Farbe war.

»Ja. Ich habe jemanden kennengelernt.«

»Mit ihr ist alles ganz anders als mit mir, habe ich recht?«, fragte Katinka. »So wie es mit ihr ist, so war es mit mir nie.«

Er seufzte.

»Sie ist Buchhalterin in einer großen Firma. Sie hat einen normalen Feierabend und am Wochenende frei.«

Buchhalterin! Katinka hätte am liebsten gelacht. Wie das ging, hatte sie vergessen.

»Sie wird dir zwei Kinder gebären, nach der Babypause als deine Buchhalterin arbeiten, am Wochenende macht ihr Ausflüge zum Schwimmen und Kanufahren, und an den Abenden haltet ihr Händchen vor dem Fernseher.«

»Bleib doch sachlich!«, bat Tom ungeduldig.

»Wir sprechen aber nicht über eine Sache. Wir sprechen über uns, und wir sind Menschen.«

Tom schwieg.

»Ich bin nicht so«, sagte Katinka. »Ich habe keine Lust auf einen Job mit Stechuhr. Ich liebe das, was ich tue. Dafür stehe ich. Du kannst mich lieben als die, die ich bin. Ich werde aber keine andere.«

»Ich weiß«, gab Tom zurück.

»Seit wann geht das?«

»Ich kenne sie schon fast ein Jahr. Aber erst in den letzten Wochen haben wir uns öfter getroffen.«

Katinka spürte ihren Magen eiskalt werden. Öfter getroffen? Wie hatte er das hingekriegt? Wie oft war öfter?

Warum hatte sie nichts gemerkt? Warum tat das so weh? Sie schleuderte den Rest ihrer Frankfurter auf den Teller.

»Wann und wo?«

Tom sprang so heftig auf, dass sein Stuhl umfiel.

»Das ist es, was ich so hasse. So dermaßen hasse. Diese Verhörfragen. Ich bin kein Verdächtiger, kapierst du das nicht?«

»Nein, du bist geständig«, erwiderte Katinka ruhig.

»Du spinnst ja.« Er setzte sich wieder. »Ich dachte, wenn wir heiraten, dann weiß ich wenigstens, dass du mich wirklich willst. Aber so habe ich immer das Gefühl, du stehst mehr auf Hardo als auf mich.«

Katinka spielte mit dem Würstchen.

»Stimmt das? Ist Hardo eine Alternative für dich? Als Mann?«

»Das ist die falsche Frage«, sagte Katinka.

»Warum?«

»Das hier hat nichts mit Hardo zu tun.«

»Du hängst an ihm, auf irgendeine … ganz seltsame Art und Weise. Ich kann das nicht richtig erklären, wahrscheinlich verstehe ich es auch gar nicht.«

Katinka zerstückelte den Wurstrest. Sie hatte Toms Vertrauen nicht mehr verdient.

»Und er hängt an dir. Ich glaube manchmal, er liebt dich mehr als du mich«, fuhr Tom fort.

Katinka seufzte. Das mochte stimmen. Sie musste es sich nur eingestehen. Wie Hardo sie ansah. Wie er mit ihr redete. Wie sie sich seinen Geruch ins Gedächtnis rief, wenn sie sich alleine fühlte.

»Und du?«, fragte sie. »Liebst du mich?«

»Das habe ich dir x-mal gesagt!«

»Warum bist du dann mit der anderen zusammen? Glaubst du, sie wird das witzig finden, wenn du deiner Ex nachtrauerst?«

»Adriana ist ...«

»... eine langhaarige Tussi, die im Kostümchen zur Arbeit geht?«

»Ach, verflucht, das bringt doch nichts!«, schrie Tom. Er hieb mit der Faust auf den Tisch. »Wir sind beide über dreißig. Glaubst du nicht, es ist allmählich Zeit, die Weichen zu stellen?«

»Was für Weichen? Willst du Kinder?«

»Ja.«

Katinka starrte ihn entgeistert an.

»Davon hast du nie auch nur eine Silbe gesagt.«

»Du würdest sowieso nicht mit dir reden lassen«, sagte Tom und lächelte. Ein trauriges Lächeln. »Oder?«

Detektivin mit Babybauch, dachte Katinka, oder noch besser, Beschattung mit winselndem Kleinkind.

»Nein. Jetzt nicht.«

»Wie lange willst du warten? Bis du vierzig bist?«

Katinka schob angeekelt ihren Teller weg.

»Kindererziehung gehört sicher nicht zu meinen Stärken.«

»Woher willst du das wissen? Hast du es je probiert?«

»So was kann man nicht probieren, Tom. Da gibt es nur eine Entscheidung, und dann heißt es: Augen zu und durch.«

Er machte eine wegwerfende Handbewegung.

»Hör mal«, sagte Katinka. »Ich wusste wirklich nicht, dass du dir darüber Gedanken machst. Wenn du doch nur einmal was gesagt hättest.«

Er trat ans Fenster.

»Will Adriana Kinder? Lass mich raten. Sie hat dir ins Ohr gesäuselt, dass sie ein Baby von dir möchte.«

Er fuhr herum. Bingo, dachte Katinka. Ich habe immer geglaubt, Männer ergreifen auf solche Äußerungen hin die Flucht.

»Was würdest du Hardo antworten, wenn er sagt, er will ein Kind mit dir?«

»Definitiv nein!«, schnaubte Katinka. »Bin ich der Wünscheerfüller für Männer mit Vervielfältigungsdrang?«

»Das ist so typisch für dich!«, sagte Tom.

Katinka wurde wütend.

»Worüber sprechen wir hier eigentlich? Ich schlage vor, wir unterhalten uns über die nächste Zukunft. Gehe ich recht in der Annahme, dass du zu ihr ziehen willst?«

Er schwieg.

»Wir haben die Sache mit der Wohnung zu klären«, sagte Katinka. »Ich suche mir gerne was Neues. Kein Thema.«

»Das bringt doch nichts«, sagte Tom.

»Was *willst* du denn?«, fuhr Katinka ihn an. »Was *willst* du? Willst du mit Adriana leben«, sie betonte den Namen so, dass er möglichst widerwärtig klang, »oder mit mir? Wie lange brauchst du, um dich zu entscheiden? Und inwieweit bist du bereit, meine Vorstellungen vom Leben und meine Wünsche an eine Partnerschaft in deine Planung einzubeziehen?«

»Warum musste das soweit kommen?«, fragte Tom traurig.

»Ja. Warum.« Katinka sah sich in der Küche um. »Ich möchte eine klare Antwort auf meine Fragen.«

»Eine klare Antwort habe ich seit Monaten nicht von dir bekommen«, regte sich Tom auf. »Du sagst, du brauchst Zeit. Ich sehe das ein. Aber meinen Gefühlen läuft die Zeit davon. Ich will jetzt wissen, was Sache ist. Wenn wir nicht mehr zusammenpassen, dann beenden wir unsere Beziehung. Warum sich unnötig weh tun.«

Katinka schluckte. Er hatte recht. Sie forderte von ihm, was sie selbst nicht zu geben bereit war. Klarheit. Entschlossenheit. Ihr Handy klingelte. Sie drückte den Anruf weg.

»Wenn ich jetzt sage, ich heirate dich«, fragte Katinka leise, »würdest du dann Adriana abschreiben und mit mir zusammenbleiben? Mit mir, so wie ich jetzt bin? Soll ich mich ändern? Wie soll ich sein?« Sie stand langsam auf. Das war völlig absurd. Eine unerträgliche Illusion. So unerträglich, dass sie in ihrem Zorn die Wurstreste vom Teller klaubte und in hohem Bogen in die Spüle pfefferte. »Merkst du, dass das nicht funktioniert? Diese Adriana wird es immer geben!«

»Hardo wird es noch viel deutlicher geben«, versetzte Tom.

Sie sahen einander an.

Katinka fuhr nach Schweinfurt zurück. Kaum hatte sie die Autobahn erreicht, fühlte sie sich freier. Es war beinahe Mitternacht. Sie musste sich an den Gedanken gewöhnen, dass Tom nicht mehr da wäre, wenn sie zurückkam. Sie fragte sich, ob sie sich daran gewöhnen könnte. Zerbrochen, dachte sie. Alles zerbrochen und zerschlagen. Sie spielte durch, was geschehen würde, wenn sie Tom heiratete. Eine Notheirat. Nicht wegen Schwangerschaft, sondern wegen drohenden inneren Zerfalls. Sie würgte. Hielt auf dem Standstreifen und übergab sich vor dem rhythmischen An und Aus des Warnblinklichts.

Gegen die Resignation gab es nur ein Mittel. Arbeit. Arbeiten bedeutete, in die Rollen der anderen hineinzuschlüpfen, um etwas über ihre Absichten und Beweggründe herauszufinden. Je tiefer Katinka sich in die Seelen anderer hineinversetzte, desto leichter vergaß sie ihre eigenen Abgründe. Als sie ihren Beetle hinter Cunos Campingbus eingeparkt hatte, hob sie den Kopf und lauschte in die Nacht hinaus. Es regnete nicht mehr, aber die Luft war angenehm feucht und duftete nach Erde. In Paulas Arbeitszimmer brannte Licht. Katinka stieg aus, verriegelte die Türen und ging auf das Haus zu.

Cuno hockte vor Paulas Rechner und spielte Minesweeper. Sie schlich sich hinein und griff nach seinem Weinglas.

»Zum Wohl, Cuno.«

»Verfluchte Scheiße!«, fuhr er auf. »Du erschreckst mich zu Tode!«

»Was machst du hier?«, fragte sie scharf.

Er guckte verlegen.

»Ich konnte nicht schlafen.«

Katinka probierte vom Wein.

»Ein gigantisches Weinlager hat sie, unsere Paula!«, schwärmte Cuno. »Herrliche Tropfen, gut sortiert. Alles spanische Rotweine. Ein Liebhaberkeller.«

Katinka stellte das Glas ab. Cuno hatte eine ziemliche Fahne.

»Macht das Spaß, mit Minesweeper?«

»Ich kriege die Profiversion in weniger als drei Minuten hin. Es ist unglaublich entspannend.« Cuno hieb auf die Maus. Die Minen gingen hoch. »Schiet!« Er schlug mit den flachen Händen auf den Schreibtisch.

»Von wegen Entspannung. Das macht nur mürbe«, sagte Katinka. »Ich habe die Spiele auf meinem Laptop längst deinstalliert.«

»Klares Zeichen von Abhängigkeit«, erklärte Cuno und stand auf. Aus der Küche holte er ein zweites Weinglas und schenkte Katinka ein. »Und was treibt dich hierher? Mitten in der Nacht?«

Katinka zuckte die Achseln.

»Ich konnte auch nicht schlafen.« Sie überlegte, ob damit genug über ihren Zustand gesagt war.

»Ist was mit dir?«, fragte Cuno. »Bist du krank? Du siehst so blass aus.«

Katinka trank mehr Wein. Sie wusste nicht, was ihr Magen dazu sagen würde, aber die Wärme, die der Alkohol entfachte, tat gut.

»Geht so. Gerade hat sich Tom von mir getrennt.«

»Bitte was?« Cuno sah völlig entgeistert drein. »Und das sagst du so nebenbei?«

»Was erwartest du: Ein Kammerspiel in drei Akten?«

Cuno tippte sich an die Stirn.

»Du bist ja nicht echt. Was ist los?«

»Er hat eine andere.«

»Boah!« Cuno lehnte sich zurück. »Echt Schrott, so was.«

»Es kommt eben vor«, sagte Katinka ruhig und stellte ihr Glas ab. Sie wollte noch fahren. »Auf dem Weg hierher habe ich über Marie nachgedacht. Über das, was sie gesagt hat, als sie schon halb am Umfallen war. Hagen und seine Kumpels hätten Geld nach Osten gebracht. Was soll das bedeuten, deiner Meinung nach?«

Cuno schwenkte sein Glas.

»Fantasiegebilde«, sagte er.

»Ich glaube nicht. Ich glaube, dass Marie einen messerscharfen Verstand hat, den sie auch einzusetzen weiß, wenn sie gerade nicht bekifft oder betrunken ist.«

»Wie kommst du darauf?«

»Sie wirkt einfach intelligent.«

»Das ist auch ein Hirngespinst!«, gab Cuno raus. »Wie willst du das wissen?«

»Ich habe vor, sie zu besuchen.«

»Jetzt? Mitten in der Nacht?« Cuno hob umständlich den Arm und betrachtete seine Uhr. »Es ist nach eins.«

»Egal. Kommst du mit? Zu zweit kriegen wir das hin.«

Cuno stellte bedächtig sein Weinglas ab.

»Ich mache mir einen Kaffee«, sagte er.

In der Küche sah Katinka ihm zu, wie er Kaffee aufsetzte, und erläuterte ihm ihre Gedankengänge.

»Ich habe den Eindruck, dass der Mord an Hagen weder mit der Familie Stephanus noch mit der Handelsagentur zu tun hat.«

Cuno brummte etwas Unverständliches.

»Hagen ist in eine Sache hineingeraten, die sich irgendwo anders abspielt«, sagte Katinka.

»Aber wie passt Maries Aussage dazu, dass Hagen Geld verschoben hat? Und was soll das überhaupt heißen, nach Osten? Das ist so ein perverses Klischee! Meinst du vielleicht, die Tycoons aus Moskau haben Hagen ausgeschaltet?«

Katinka schüttelte den Kopf.

»Ich habe nie davon gehört, dass die Russenmafia mit Curare mordet«, sagte sie. »Dennoch ist die Mordwaffe von Bedeutung. Warum Curare? Hagen hat nicht mit Curare gehandelt, nicht soweit wir wissen.«

»Wertinger hat beim großen Manitu geschworen, dass weder er noch Hagen mit Pfeilgiften zu tun hatten.«

Katinka runzelte die Stirn. Wie sie es auch drehte und wendete: Sie kam nicht darauf, obwohl schon seit Stunden ein winziger, abseitiger Gedanke durch ihren Kopf trudelte. Einer, der höflich genug war, sich nicht aufzudrängen.

»Wer braucht Curare, Cuno?«, fragte sie. »Wer benutzt es?«

Cuno wiegte den Kopf.

»Keine Ahnung.«

Er stellte die Kaffeemaschine ab und goss zwei Tassen voll.

»Milch ist aus«, verkündete er.

Katinka verabscheute schwarzen Kaffee, aber sie trank dennoch eine halbe Tasse, um fit zu bleiben.

Sie parkten an der Straße gegenüber der Klinik.

»Du lenkst die Dame am Empfang ab und ich gehe zu Marie«, bestimmte Katinka.

»Ja, der alte Cuno darf wieder die Hilfsdienste verrichten.« Sie stiegen aus. »Schräg, dass Marie in derselben Klinik liegt wie Paula.«

»Und außerdem auf derselben Station«, sagte Katinka. Sie fühlte sich seltsam leicht. Ab und zu geisterten Bilder auf sie zu, Stimmen, Tom, immer wieder Tom. Aber es war einfach, sie wegzuschicken wie unliebsame Staubsaugerverkäufer an der Haustür.

Cuno machte seine Sache gut. Er mimte den erschütterten Bruder, dessen Schwester nach einem Selbstmordversuch im Krankenhaus gelandet war. Er gab vor, nicht zu wissen, wo er sie suchen sollte. Die mütterlichen Instinkte der Dame am Empfang weckte er so bedingungslos, dass Katinka ohne Schwierigkeiten zum Treppenhaus laufen konnte. Auf den Stationen herrschte Stille. Geschickt wich sie den gläsernen Kanzeln aus, hinter denen die Nachtschwestern Dienst schoben. Es ist so einfach, dachte sie, irgendwo reinzukommen.

Marie lag in einem Zimmer neben einer Frau, die an ein Drainagegerät angeschlossen war. Wahrscheinlich hatte sie eine Lungenoperation hinter sich. Katinka kannte die Apparatur. Nach seinem Lungenschuss hatte Hardo das gleiche widerliche Blubbern über sich ergehen lassen müssen. Die Frau hielt die Augen geschlossen. Katinka schlich zu Maries Bett.

»Marie?«, flüsterte sie und berührte die junge Frau an der Schulter.

»Was ist?«

Gott sei Dank, sie ist bei Bewusstsein, dachte Katinka.

»Ich bin es, Katinka Palfy. Wie geht es Ihnen?«

»Passt schon«, sagte Marie.

»Ich muss Sie unbedingt etwas fragen«, sagte Katinka. »Was meinten Sie heute, als Sie davon sprachen, Hagen und seine Geschäftsfreunde würden Geld nach Osten bringen?«

Marie leckte sich die Lippen.

»Wie ich es gesagt habe. Sie wollten in Marienbad einen Ableger ihres Geschäfts aufmachen.«

»In Tschechien?«

»Ja. Eine neue Filiale in Tschechien.« Marie schloss die Augen.

»Nicht einschlafen«, bat Katinka. »Was genau sollte das für eine Filiale sein?«

Marie zog eine Grimasse, als hätte Katinka nach dem Leben auf dem Mars gefragt. »Keine Ahnung.«

»Hat Hagen davon gesprochen?«

»Ab und zu. Er war eigentlich dagegen. Aber sein Buchhalter war Feuer und Flamme. Der hat sowieso einen Drall. Schuftet wie ein Brauereipferd. Was anderes gibt es für den nicht.«

»Kennen Sie einen Norbert Kahl?«

»Nie gehört.«

»Groß, schlaksig, Brille. Braunes Haar, wird bereits weiß.« Katinka hoffte, er würde sich doch noch als Maries Dealer entpuppen.

Marie runzelte die Stirn. »Vielleicht«, sagte sie. »Ich kenne ziemlich viele Leute.«

Die Frau in dem anderen Bett wurde unruhig. »Schwester?«, flüsterte sie.

»Ich muss weg«, zischte Katinka. »Marie, wenn Sie irgendetwas wissen über Hagen und sein Geschäft, dann sagen Sie es mir jetzt!«

»Schwester?«, kam es schwach aus der Dunkelheit. Über der Tür begann ein rotes Licht zu blinken.

»Fragen Sie doch die Paula. Die war mit ihm verheiratet.«

»Wo ist Miriam?«

»Woher soll ich das wissen. Die kleine Nutte geht mir sowieso auf den Geist.«

Auf dem Gang waren Schritte zu hören. Katinka tauchte gerade noch rechtzeitig unter Maries Bett, als die Tür geöffnet wurde.

»Frau Brühl? Sie haben geläutet?«

Licht flammte auf. Die Schwester machte sich an den Schläuchen zu schaffen. Das Gefummel zog sich unerträglich in die Länge. Katinka wagte kaum zu atmen. Wenn nur Marie den Mund hielt. Die Schwester zog Maries Decke zurecht, löschte das Licht und ging.

Katinka wartete eine Weile, bis sie unter dem Bett hervorkroch. Marie war eingeschlafen. Vorsichtig schlich Katinka zur Tür. Sie drehte sich um. Die Patientin an der Lungendrainage sah Katinka mit großen Augen an.

»Eine Filiale in Marienbad? Komisch. Ich meine, große Unternehmen verlegen ihre Produktion gerne nach Osten. Einfach wegen der Kosten«, sagte Cuno. Sie schlenderten zum Auto zurück. »Aber eine Klitsche wie Hagens? Sie produzieren ja nichts!«

»Hätte ein Import-Export-Geschäft in Tschechien Steuervorteile?«

»Kann schon sein. So genau weiß ich das nicht. Wertinger hat nichts davon gesagt. Aber natürlich habe ich ihn auch nicht gefragt. Ich hatte keinen Anlass.«

»Schon gut.« Katinka blinzelte in den klaren Nachthimmel. Die Luft war feucht, und die Sterne schienen ihr sehr groß, als stürmten sie unaufhaltsam näher.

»Hat dein Kerl wirklich mit dir Schluss gemacht?«, fragte Cuno unvermittelt.

Katinka blieb abrupt stehen.

»Ich meine nur, weil du rummachst, als wäre nichts.«

»Lass mich einfach in Ruhe«, sagte Katinka.

Cuno schnarchte in seinem Bus, während Katinka an Paulas Rechner saß und sämtliche Dateien durchstöberte, die sie sich in den letzten Tagen angeeignet hatte. Sie fand keine Hinweise auf Tschechien oder Marienbad. Vielleicht wirklich ein Hirngespinst, dachte sie und schenkte sich Wein nach. Schaltete die Stereoanlage an und hörte Paulas CDs durch. Es gab viele Opern, Weltmusik, russische liturgische Gesänge. Eigenartige Mischung, dachte Katinka. Sie stellte sich auf den Balkon. Es hatte wieder zu regnen begonnen. Die Tropfen kamen sanft, beinahe zärtlich vom Himmel. Katinka atmete tief durch. Wieder nur eine Blödsinnsspur, dachte sie. Ein Nebengleis. Strenggenommen gab es keine Spur. Sie könnte nach Hause fahren und versuchen, ihr Leben in den Griff zu kriegen. Sie sollte mit Tom reden. Sie konnte nicht zulassen, dass ihre Beziehung einfach zerbrach, ohne dass sie im entscheidenden Moment um sie kämpfte. Aber sie hatte keine Energie zum Kämpfen. Sie hatte nicht einmal Interesse daran, als habe eine bedingungslose Resignation sich auf sie gelegt, allumfassend und endgültig. Im Grunde interessierte sie sich nur noch dafür, diese Resignation zu vertuschen. Ich bin doch wie Paula, dachte sie und schaltete die Musik aus. Die Stille raste gegen ihre Trommelfelle. Vertusche meine eigene Traurigkeit. Als ließe sie sich nur aushalten, wenn man sie ignoriert. Ignorant. Sie lachte. Stellte das Weinglas weg, ging ins Bad und kotzte.

In der Nacht waberten fiese Träume heran. Jemand versuchte, mit aller Gewalt einen Schlauch in Katinkas Luftröhre zu pressen. Ein gleißend helles Licht blendete sie. Sie wehrte sich, aber ihre Hände und Füße waren fixiert. Menschen mit Masken vor den Gesichtern schlichen um sie herum. Sie erstickte fast und schrie um Hilfe. Keuchte. Würgte. Wachte auf.

Katinka kroch aus dem Bett und stellte sich ans Fenster. Dort unten stand Cunos Campingbus. Es mochte sein, dass sie zu viel mit Kliniken zu tun hatte, mit Suizidversuchen und Notärzten. Solche Träume waren Versuche des Unterbewussten, Erlebnisse zu verarbeiten. Katinka ging in die Küche und goss sich ein Glas Leitungswasser ein. Sie trat auf den Balkon hinaus. Die Kühle tat ihr gut. Sie trank ihr Wasser und beobachtete die Straße. Alles war still, nur ab und zu hörte man ein Auto vorüberfahren. Ihr Hals tat richtig weh von dem Schlauch. Obwohl es nur ein Traumschlauch gewesen war. Warum wollte ihr jemand eine Narkose verabreichen? Und wer wollte das? Ein einsamer Spaziergänger kam die Straße entlang. Guckte neugierig in Cunos Bus.

Katinka grinste. Cuno scherte sich offenbar nicht darum, dass er gut sichtbar wie in einem Schaufenster seine Weinseligkeit ausschlief. Der Mann ging weiter und verschwand gleich darauf aus Katinkas Gesichtsfeld.

Sie ging wieder ins Bett. War zu traurig, um Ruhe zu finden, zu erschöpft, zu aufgewühlt. Die klassische Narkoseeinleitung, hörte sie Ruth Stein sagen. Narkoseeinleitung?

Sie sprang so rasch auf, dass sie Sternchen vor den Augen sah und sich einen Moment am nächstbesten Stuhl festhalten musste. Dann hatte sie schon ihr Notizbuch in der Hand und blätterte hastig. Tubocurarin, dazu ein Sedativum. Katinka schlug das Buch zu und warf es in die Tasche zurück. Das ist es, dachte sie. Narkose. Jetzt will ich nur wissen, weshalb jemand narkotisiert werden soll. Und wer. Und von wem.

Er hatte versprechen müssen, es sein zu lassen.

Aber das ging nicht.

Heute Morgen war er mit Kopfschmerzen und einem Gefühl schleichender Übelkeit aufgewacht. In den Minuten, die der ersten Orientierung im Raum folgten, tasteten seine Finger über das eigene Gesicht, als sei es ein fremdes. Er griff nach der Bibel.

›Ein Sturmwind kam von Norden, las er bei Ezechiel, eine große Wolke mit flackerndem Feuer … Aus dem Feuer strahlte es wie glänzendes Gold.‹ Er war süchtig nach diesem Gold.

Wenn es ihm schlecht ging, konnte er sein Lesepensum nicht durchhalten. Mit dem Lernen hatte er Schwierigkeiten gehabt, seit er denken konnte, weil es ihm schwerfiel, sich zu konzentrieren. Manchmal klappte es gut. Manchmal gar nicht. Als ertrügen seine Augen die Buchstaben nicht. Er hockte dann da und starrte die Bibel an, sah sich kaum satt an dem bunten Einband. Er hatte sie vor einigen Monaten neu gekauft und stets darauf geachtet, sie nur mit sauberen Händen anzufassen und nicht aufgeschlagen auf die Seiten zu legen. ›Denn im Feuer wird das Gold geprüft, und jeder, der Gott gefällt, im Schmelzofen der Bedrängnis.‹ Diesen Satz aus Jesus Sirach hatte er sich auf einen Zettel geschrieben. Den nutzte er als Lesezeichen.

21. Curare

Hardos Anruf weckte sie um acht.

»Was höre ich da?«, fragte er betont gelassen. Dennoch konnte Katinka die Erregung in seiner Stimme beinahe körperlich spüren. Sie war mit einem Schlag wach. Ohne eine einzige Tasse Kaffee zu trinken, hämmerte ihr Herz im Stakkato.

»Was?«, fragte sie zurück.

»Lenk nicht ab. Jemand hat dich mit einer Waffe bedroht. Wo steckst du schon wieder drin?«

Katinka seufzte und berichtete von Norbert, dem Schalldämpfer auf seiner Pistole, änderte aber wohlweislich ihren nächtlichen Besuch bei Marie ab. Hardo ging sparsam mit Hintergrundsignalen um, sodass sie ihn schließlich fragte:

»Bist du noch dran?«

»Allerdings. Mädchen, kann man dir diese Eskapaden eigentlich nicht abgewöhnen?«

»Ich mache meine Arbeit.« Katinka zupfte nervös rosa Hautfetzen von ihrer Brandwunde.

»Das ist deine typische Ausrede. Dann mach sie professionell, ohne dich in Gefahr zu bringen.«

Katinka stöhnte. »Können wir dieses Thema nicht einfach ausblenden?«

»Katinka, ich täte nichts lieber!«

Die unterdrückte Traurigkeit in seiner Stimme ließ ihr die Tränen in die Augen steigen.

»Ich passe schon auf«, flüsterte sie heiser. »Muss Schluss machen.«

Sie legte auf.

»Kapierst du nicht?«, empfing Katinka Cuno eine Stunde später in Paulas Küche. »Hier sind Ärzte am Werk. Ärzte. Leute, die Narkosen machen.«

»Anästhesisten«, half Cuno aus und eierte wie ein Schlafwandler auf die Kaffeekanne zu.

»Parasit!« Katinka nahm sie ihm ab und goss sich selbst einen Becher ein. »Wo bitte kommen Ärzte in unserem Fall vor?«

Cuno zuckte die Schultern.

»Hör mal«, sagte er, »meine Heuer ist definitiv rum. Denkst du, ich kriege die Kohle, wenn ich weitermache?«

Katinka funkelte ihn wütend an.

»O.k.«, knurrte Cuno und plättete die Strähnen, die aus seinem Pferdeschwanz spiekten wie Schaschlikspieße. Er roch ungeduscht. »Du leckst wohl immer Blut. Bist wahrscheinlich ein Werwolf oder so was. Umso besser, wenn ich mich aus dem Staub mache, bevor Vollmond ist.«

»Du bist doch komplett bescheuert!«, fuhr Katinka ihn an. »Gibst an wie ein nacktes Model. Du hast doch gar keinen neuen Auftrag! Weder in Bremen noch sonst irgendwo!«

Cuno sah sie aus zusammengekniffenen Augen an.

»Du weißt, wo das Bad ist«, redete Katinka weiter. »Du stinkst nämlich wie ein Iltis. Mach dich frisch, und dann unterhalten wir uns weiter.«

»Kindergärtnerin wäre kein schlechter Job für dich! Wahrscheinlich greifst du drauf zurück, wenn du pleite bist, so wenig, wie du darauf achtest, deine Kröten zusammenzuhalten.«

»Das Inkasso kannst du mir überlassen«, sagte Katinka müde. Sie hatte keinen Nerv, morgens um neun zu streiten. »Mach hinne, ich brauche deine Denke!«

Er zog ab. Katinka lauschte dem Plätschern von Wasser aus dem Bad und verdrängte den Gedanken, wie sie immer morgens im Bett gelegen hatte, während Tom unter der Dusche gestanden und Morgenlieder gepfiffen hatte. Vorbei. Schlussstrich. Sie verließ das Haus, um einzukaufen. Kam mit Brötchen und Aufschnitt zurück. Cuno stand auf dem Balkon in der Sonne und trank Kaffee.

»So was Verrücktes. »Die Wolken sind abgezogen. Wieder Sonne satt, als hätten wir immer noch Sommer.«

»Freu dich doch.« Katinka stellte ihre Sachen ab. »Dienstbesprechung, Kollege.«

Sie setzte ihm auseinander, was sie sich zusammengereimt hatte.

»Der Mord an Hagen hat nichts mit der Handelsagentur zu tun. Auch nicht mit den Fröschen. Das war eine kleine Nebeneinnahme«, sagte sie. »Der Hund liegt an ganz anderer Stelle begraben. Aber weder wir noch die Polizei haben der Mordwaffe ausreichend Aufmerksamkeit geschenkt.«

»Vielleicht haben sie das doch und uns nicht eingeweiht.«

Daran hatte Katinka nicht gedacht.

»O.k., vielleicht. Was Hagen im Blut hatte, war ein Curarederivat: Tubocurarin. Das weiß ich sicher. Von Ruth Stein. Sie sagte, es sei die klassische Narkoseeinleitung. Wir haben es mit Leuten zu tun, die operieren. Chirurgen.«

»Glaub nicht, dass es was Besonderes wäre, wenn giftige Substanzen verschachert werden. In der Firma, wo ich mal gearbeitet habe, lagen die Strychninpäckchen wochenlang auf der Ablage und keiner hat sich dran gestört.«

In Katinkas Kopf begann es zu rumoren.

»Hagen ist nicht umgebracht worden, weil es um irgendetwas in seinem Job ging. Auch nicht in der Agentur. Import-Export, all das geschäftliche Chaos mit Wertinger – es hat nichts mit dem Mord zu tun.«

Cuno nickte bedächtig.

»Klingt logisch«, sagte er. Nach einer guten Portion Koffein schärfte sich sein Verstand messbar. »Wir hätten längst einen Gedanken darauf verschwenden können. Wenn man so gar nichts findet, da wo man sucht, dann sucht man eben woanders. Ist bei Ostereiern auch so.«

»Aber was gibt es über Hagen zu wissen? Wie kommt Norbert ins Spiel, der nicht Norbert heißt?«

»Wir müssen mit Paula sprechen.«

Katinka lehnte sich zurück. Sie mochte die Wärme auf ihrem Gesicht, den bronzenen Glanz auf dem Herbstlaub. Sie wünschte sich, dieser Herbst würde ohne Umweg in den Frühling übergehen, ohne die Polarnacht dazwischen. Es war gar nicht die Kälte, die sie abschreckte, sondern die langen Monate ohne Gerüche. Das lichtlose Grau und das Eingesperrtsein im Haus. In einem Haus, in dem sie von nun an einsam sein würde.

»Wir haben doch alles abgegrast. Privat. Und geschäftlich. In Sachen Business haben wir nichts gefunden«, sagte sie lahm.

»Privat auch nicht. Da steckt Henz ziemlich in der Kloake, und ich verstehe auch nicht, weshalb die Bullen ihn nicht längst plattgemacht haben«, schnaubte Cuno. »Er hat kein Alibi. Er ist Paulas Geliebter.«

»Aber laut Marie ist es eher sein Wunschtraum, Paulas Geliebter zu sein. Er steckt in der Warteschleife fest.«

Cuno wiegte den Kopf.

»Also auch privat nichts als Leere.«

»Keiner hat ein Alibi, bis auf Marie und Paulas Vater«, regte sich Katinka auf. »Niemand von den Beteiligten ist Arzt. Oder Anästhesist«, schob sie mit einem ironischen Blick auf Cuno nach.

»Fragen wir nach den Motiven. Paula hätte eventuell eines. Sie wollte Hagen und die Firma und alles loswerden. Wertinger wollte die Firma für sich haben und hat einen dubiosen Abschiedsbrief hinterlassen. Außerdem hatte er Kontakte, über die er sich Curare beschaffen hätte können.«

»Hätte beschaffen können«, verbesserte Katinka.

»Was?«

»Die Reihenfolge der Verben. Hätte beschaffen können, nicht beschaffen hätte können.«

»Zicke!«

»Und Goddi?«, fragte Katinka. »Mit dem haben wir uns noch gar nicht befasst.«

»Du vielleicht nicht, aber ich. Habe mit ihm geredet. Er ist eine Knalltüte. Hundertprozentig unfähig, jemanden mit Pfeil und Bogen zu erlegen.« Cuno schenkte sich Kaffee nach und übersah demonstrativ Katinkas leeren Becher.

»Das ist Punkt zwei, den wir noch einmal angucken sollten. Die Tatwaffe ist nicht nur Curare, das sich jemand besorgt haben muss, der auch weiß, wie viel davon gebraucht wird, um einen anderen ins Jenseits zu schicken. Der Täter musste mit Pfeil und Bogen umgehen. Das konnte Paula. Und außerdem Karl Süßholz. Er ist Mitglied im selben Sportbogenverein wie Paula und Hagen.«

»Woher weißt du das?«

»Recherche?«, fragte Cuno mit einem zynischen Flackern in den Augen zurück.

»Aber er hat kein Motiv.« Eins zu Null für Cuno, dachte sie.

»Hat er nicht? Vielleicht hat er ein richtig gutes, aber wir kennen es nicht.«

Katinka massierte sich die Schläfen. Das mochte stimmen. Irgendwo zwischen den Seiten steckte ein fettes Motiv, aber sie hatten es nicht gesehen, und die Polizei auch nicht. Der Mörder lauerte unmittelbar neben ihnen, ohne dass sie die leiseste Ahnung hatten, wer er war.

»Wir haben immer nur an Hass, verratene Liebe, berufliche Konkurrenz gedacht«, murmelte sie. »Aber es gibt doch auch andere Motive.«

»Und Tschechien.«

»Das Strafgesetzbuch sagt, Mörder ist, wer aus Mordlust, zur Befriedigung des Sexualtriebes, aus Habgier und so weiter auf heimtückische und grausame Weise oder zur Ermöglichung oder Verdeckung einer Straftat einen Menschen tötet.«

»Hübsch auswendig gelernt, Kollegin. Heimtückisch und grausam – diese Begriffe treffen absolut zu. Wir kennen nur die Ausführungsart, aber nicht den Beweggrund und nicht den Zweck.«

»Mordlust können wir ausschließen. Habgier? Ich weiß nicht«, sagte Katinka. »Aber Ermöglichung oder Verdeckung einer anderen Straftat – Cuno! Vielleicht hat Hagen Wind von etwas bekommen, das anderen gefährlich werden konnte?«

»Schon möglich«, überlegte Cuno. »Hat er etwas von Undercover-Narkosen mitgekriegt?«

»Und Wertinger am Ende auch? Himmel, vielleicht wurde er doch ermordet. Ich muss mit Ruth Stein sprechen. Sie ist zwar sauer auf mich, aber egal.«

»Vorsicht, Palfy«, sagte Cuno, als Katinka schon zum Handy griff. »Denk an Norbert.«

»Du knöpfst dir Paula vor«, befahl Katinka. »Ich fahre nach Haßfurt und rede mit der Stein.«

»Seit wann verteilst *du* die Aufgaben?«

»Möchtest du lieber zur Polizei fahren?«

»Nicht nötig, Boss. Ich rede mit Paula.«

Hauptkommissarin Stein ließ Katinka zwei Stunden warten, bis sie sie endlich in ihr Büro bat. Es war düster und kühl dort.

»Bitte.« Ruth Stein wies auf den Stuhl vor ihrem Schreibtisch. »Was wollen Sie?« Sie fischte einen Schokokuss aus dem Karton vor ihr und biss hinein.

»Ist Wertinger umgebracht worden?«, fragte Katinka. Sie war während des Wartens von Minute zu Minute zorniger und nervöser geworden.

»Den Fall bearbeiten die Schweinfurter Kollegen. Fragen Sie Brandt.«

»Aber Sie wissen doch Bescheid, oder?«

Die Stein betrachtete Katinka eine Weile voller Missbilligung. Schließlich schob sie ihr den Karton hin.

»Bedienen Sie sich.«

Katinka pickte behutsam einen Schokokuss aus der Packung. Sie mochte die Dinger nicht, aber Ruth Steins Friedensangebot durfte sie nicht ablehnen.

»Es gibt Hinweise, dass sich Wertinger nicht freiwillig in sein Auto gesetzt hat. Wir fanden zwar keine fremden Fingerabdrücke, aber das heißt noch nichts. Auf dem Schlauch allerdings, der die Gase ins Wageninnere leitete, ist nur ein einziger brauchbarer Daumenabdruck zu erkennen. Wertingers Daumen. Seltsam, oder? Wenn er sich umbringt, dann wischt er wohl kaum seine Abdrücke weg.«

»Jemand hat Wertinger den Schlauch an den Daumen gehalten, damit sein Abdruck drauf ist«, schlug Katinka vor.

»Wahrscheinlich.« Ruth Stein nahm die Brille ab und rieb sich die Augen. »Dafür spricht die Position dieses Daumenabdrucks. Mitten auf dem Schlauch, quasi senkrecht. Einen Schlauch fasst man so nicht an, man hält ihn in der Faust. Normalerweise packt der Daumen quer oder leicht schräg zu. Außerdem haben wir keine Abdrücke von Handfläche oder Ballen.«

Katinka verzehrte den Schokokuss und wischte sich die Finger an der Jeans ab.

»Wertinger hatte ein gute Portion *Rohypnol* im Blut. Ein sehr schnell wirkendes Schlafmittel. Sorgt für mangelnde Urteilsfähigkeit und beeinträchtigt Bewusstsein und Motorik. Eigentlich ein typisches Selbstmördermittelchen, denn auch Selbstmörder haben Angst.«

Katinka wurde kalt. »Er kann es selbst genommen ...«

»... oder verabreicht bekommen haben, ja«, nickte die Stein. »Das würde man gerne wissen.«

»Haben Sie in seinem Haus ...«

»Nein. Keine Spuren.«

Katinka hielt den Atem an. Sie glaubte an Ruth Steins Instinkt, und dass sie selbst in Wertingers Haus herumgekramt hatte, würde sie nicht beichten, nicht nachdem sie gemeinsam mit der Kommissarin den Friedensschokokuss gefuttert hatte.

»Die Nachbarn haben nichts gesehen. Kein Wunder, in dieser Gegend führen die Menschen ein gottgefälliges Leben, schlafen nachts und glotzen nicht aus dem Fenster.« Ruth Stein seufzte. »Wir tappen völlig im Dunkeln.«

»Norbert Kahl«, schlug Katinka vor.

Ruth Stein nickte versonnen und blinzelte kurzsichtig in den Schokokarton. »Blöde Sache, das mit dem gestohlenen Ausweis. Der echte Kahl kennt sein Double nicht, jedenfalls nicht nach dem Phantombild, das wohl auf Ihr Konto geht.«

Katinka sagte nichts.

»Ein Phantom also«, bemerkte Ruth Stein spitz. »Ein Phantom mit einem falschen Namen, einem gestohlenen Ausweis und einer Pistole mit Schalldämpfer. Kahl, der Gärtner, hat keinen Schimmer, wann und wo ihm sein Ausweis abhanden gekommen ist. Seine Frau sagt, ihr Mann sei sich nicht einmal bewusst gewesen, einen Ausweis zu besitzen. Hat der falsche Norbert Kahl auf dem Kurs in Lichtenstein durchblicken lassen, was er von Beruf ist?«, fragte die Kommissarin.

Katinka schüttelte den Kopf.

»Nein. Er hielt sich überhaupt bedeckt mit privaten ... meinen Sie, er hat Hagen ermordet?«

»Man kann es wenden, wie man will. Norbert Kahl scheint der Dreh- und Angelpunkt zu sein. Er ist nah beim Tatort, er bedroht Sie, verfolgt Sie vielleicht sogar. Sagten

Sie nicht, Sie hätten ihn kurz vor seiner Attacke an einer Tankstelle gesehen?«

»Ja.«

»Er kann mit Pfeil und Bogen umgehen, hat kein Alibi. Leider auch kein Motiv.«

Katinka erzählte von ihren und Cunos Überlegungen.

Die Stein schwieg eine Weile, bevor sie fragte:

»Hatten Sie während des Kurses in Lichtenstein den Eindruck, dass Hagen oder Paula diesen Norbert kannten?«

»Nein. Sie kannten ihn nicht. Und wenn, dann haben sie das sehr geschickt überspielt.«

Die Stein setzte ihre Brille auf und sagte:

»Leider haben wir nicht die leiseste Ahnung, wo wir Norbert Kahl finden. Noch, wie er wirklich heißt. Beides geht Hand in Hand. Die Fahndung läuft, schließlich hat er einen bewaffneten Überfall auf Sie verübt, kein Klacks.« Sie schnappte sich den letzten Schokokuss. »Aber wir wollen noch nicht an die Öffentlichkeit gehen, obwohl wir das üblicherweise schnell tun, um Hinweise zu bekommen. Wenn wir sein Bild in den Medien veröffentlichen, warnen wir ihn. Im Augenblick kann er sich noch in Sicherheit wähnen.«

»Falls er nicht längst über alle Berge ist. Im Ausland vielleicht. Außerdem wissen Sie doch nicht sicher, ob er Wertinger umgebracht hat.«

»Was wollte Kahl von Ihnen?«, fragte die Stein.

»Er sagte, ich sei schon viel zu nahe an sie herangekommen. ›An uns‹, sagte er. Sie sind also mindestens zu zweit.«

»Aber wer könnte der Zweite sein? Und wobei sind sie zu zweit?«

Katinka zuckte die Schultern. Ruth Stein seufzte.

»Es wird uns nichts anderes übrig bleiben, als spätestens morgen die Unterlagen an die Presse zu geben. Wir treten wirklich auf der Stelle«, sagte sie. »Und Sie sollten vorsichtig sein. Kahl wollte Ihnen ans Leder. Wir haben gleich eine Sitzung«, sie warf einen Blick auf ihre Uhr. »Irgendeine undichte Stelle hat einem Journalisten ein paar delikate Details aus diesen Ermittlungen rübergeschoben. Ich hoffe nicht, dass Sie das waren?«

Überzeugt schüttelte Katinka den Kopf. Sie verließ das Gebäude mit dem guten Gefühl, nichts als die Wahrheit gesagt zu haben.

Draußen parkte Hardos Golf. Katinka überlegte einen Augenblick. Die Verlockung war groß, einfach auf ihn zu warten, aber sie würde der Situation nicht standhalten können. Stattdessen fuhr sie los und rief vom Auto aus bei Britta an.

»Na, wieder auf der Jagd nach dubiosen Verträgen?«, fragte Britta cool.

»Nicht direkt.« Katinka überlegte. »Sagt dir der Name Karl Süßholz was?«

»Aber sicher!« Britta lachte leise. »Der hatte mal ein Unternehmen in Bamberg. Irgendwas mit Strom.«

Katinka wurde sofort hellhörig.

»Was weißt du darüber?«

»Pfff, nicht viel. Er hat Hals über Kopf die Brücken hinter sich abgebrochen und irgendwo in Unterfranken neu angefangen.«

»In Schweinfurt«, schlug Katinka vor. »Das Unternehmen heißt *Mesoltech*, und der Vertrag, den du für mich hast checken lassen, war einer von denen. Aber weshalb hat Süßholz Bamberg verlassen?«

»Ich habe damals einen kleinen Beitrag für den *Fränkischen Tag* geschrieben«, sagte Britta beiläufig. »Es gab ein

Gerichtsverfahren gegen ihn. Die Kollegin, die normalerweise bei Gericht schreibt, war krank.«

»Nun sag schon!«, rief Katinka ungeduldig.

»Süßholz hatte eine tschechische Dependance in Eger, auf tschechisch Cheb, mit dem klangvollen Namen *MySun*. Dort hat er angeblich Solarzellen verkauft, in Wirklichkeit war die Firma nur ein Briefkasten. Ich kriege die Geschichte nicht mehr richtig zusammen. Ich glaube, er hat offiziell Schulden gemacht, aber in Wirklichkeit doch gut Geld verdient.«

»Alles klar, Britta.« Katinka hatte es eilig. »Überprüfst du das? Ich bräuchte es …«

»… sofort. Ich weiß. Sei froh, dass ich schon beim Mittagessen war.«

Katinka spürte ihren Magen knurren.

»Danke dir«, sagte sie rasch. »Bist ein Schatz.«

Sie legte auf. Wollte nicht riskieren, dass Britta nach Tom oder Männern im Allgemeinen fragte.

Sie beschloss, dass es auf einmal mehr Fastfood nicht ankäme und nahm die Ausfahrt Schweinfurt/Hafen. Sie bestellte sich einen Hamburger und Pommes, bekam aber nur die Hälfte hinunter, als ihr Toms Bœuf Bourguignon einfiel. Konzentrierte sich auf Süßholz, den Mann mit der Waffe im Handschuhfach. Der so freundlich mit Wertinger geredet hatte, spät am Abend, im Büro. Vor über einer Woche.

Katinka nahm sich einen Pappbecher Kaffee mit und setzte sich in ihr Auto. Sie öffnete das Verdeck. Am frühen Nachmittag stach die Sonne beinahe. Sie hatte ihren Kaffee gerade ausgetrunken und knüllte den Becher zusammen, als ihr Handy klingelte.

»Britta?«, rief sie aufgeregt nach einem Blick aufs Display.

»Persönlich am Apparat. Du, die Sache mit Süßholz war so, wie ich es dir gesagt habe. Er hat mächtig Steuern hinterzogen. Hat behauptet, der Aufbau von *MySun* in Tschechien verschlinge Gelder ohne Ende. Er legte fingierte Rechnungen vor, die ihm befreundete Unternehmer ausstellten. Unerfreulich das alles, aber nicht sonderlich spannend. Allerdings gibt es eine andere Sache, die nur gerüchteweise kolportiert wurde: Süßholz soll in Organhandel verstrickt gewesen sein.«

Katinka stieg aus und warf den Kaffeebecher in den nächstbesten Mülleimer.

»Erzähl!«

»Da ist eben nicht viel! Gerüchte und heiße Luft. Er soll seine Briefkastenfirma auch als Verbindungsbüro zur Organmafia benutzt haben. Sogar die Staatsanwaltschaft hat sich damit befasst, aber es gab nie eine Anklage. Wenn du mich fragst: Das war alles viel zu lose, es gab keine Beweise. Nichts Handfestes. Falls Karl Süßholz wirklich mit Organhandel zu tun hatte, dann nur sehr am Rande. Vermutlich ist er rechtzeitig abgesprungen.«

Organe, dachte Katinka. Wer Organe entnimmt und transplantiert, muss die sogenannten Patienten in Narkose versetzen.

»Danke, Britta. Du hast mir unendlich geholfen. Ich melde mich wieder.«

»Mach das. Immerhin ermittelst du in freier Natur, wie mir scheint, während ich in der Redaktion unter Kunstlicht verkümmere.«

Katinka stutzte. Kunstlicht?

»Mach keinen ...«, hörte sie Britta noch sagen, aber sie unterbrach das Gespräch. Sie würde nur dasselbe sagen wie Hardo. Mach keinen Mist.

Ruth Stein kam aus ihrer Besprechung, nachdem Katinka dem Diensthabenden in schillerndsten Farben erläutert hatte, dass es um den ultimativen Durchbruch im Fall Stephanus ginge.

»Ich hoffe, Sie haben einen guten Grund, unsere Sitzung zu stören. Höchste Kreise sind anwesend.« Sie verdrehte ironisch die Augen und wickelte ein Sahnebonbon aus.

»Habe ich«, beruhigte Katinka. »Mir ist eingefallen, was Norbert Kahl, der falsche, von Beruf sein könnte: Anästhesist.«

Ruth Steins Augenbrauen schnellten in die Höhe. Eiskalt glitzerten ihre türkisen Augen. »So?«

»Als ich ihn nach dem Kurs zum Bahnhof mitnahm, redete er davon, dass er das schöne Wetter genießt, weil er in der folgenden Woche wieder unter Kunstlicht schmachten würde.«

»Kunstlicht?«

»Er hat einen Job, wo er unter Kunstlicht arbeitet.« Katinka fuchtelte vor Ruth Steins Gesicht herum.

»Das habe ich schon verstanden«, gab die Stein zurück. »Aber ich sitze an meinem Schreibtisch auch unter Kunstlicht.«

Enttäuscht lehnte sich Katinka gegen den Türrahmen.

»Dennoch könnte es sein, dass er in einem OP arbeitet. Vielleicht auch als Pfleger. Ich wollte Ihnen das nur mitteilen, damit Sie mir nicht wieder vorwerfen, ich hätte Infos zurückgehalten.«

Die Stein lachte kehlig und wandte sich zum Gehen.

»Übrigens, Uttenreuther lässt Sie grüßen«, sagte sie über die Schulter, bevor sie hinter der Tür des Besprechungszimmers verschwand.

22. Die Brüder Süßholz

Katinka fuhr auf den *Mesoltech*-Parkplatz und schloss ihr Verdeck. Im Westen zogen Wolken auf. Sie richtete sich auf eine längere Wartephase ein und rief Cuno an, dessen Handy ausgeschaltet war. Sie hinterließ eine lange Nachricht auf seinem Anrufbeantworter und erläuterte ihm die Zusammenhänge, die sie sich nach Brittas Anruf zurechtgelegt hatte. Auch Ruth Stein ging nicht an ihren Apparat. Ärgerlich legte Katinka auf, sie hatte keine Lust, noch einmal einer Maschine alles zu erklären.

Süßholz' Geländewagen stand nicht auf dem Parkplatz. Katinka stieg aus und drehte eine Runde um das Firmengebäude. Aufmerksam musterte sie sämtliche in der Nähe geparkten Fahrzeuge, aber sie entdeckte weder Süßholz' Wagen noch den silbernen Sportwagen, den Norbert fuhr. Die Zeit wurde ihr lang. Sie tippte Hardos Nummer ein, unterbrach aber den Rufaufbau.

Kurz nach vier, als Katinka schon meinte, Krampfadern zu bekommen, fuhr der schwarze Geländewagen auf den Parkplatz. Rasch verglich Katinka das Kennzeichen mit dem, das sie sich vor einer Woche notiert hatte. Es stimmte überein. Allerdings stieg nicht Karl Süßholz aus dem Wagen, sondern ein Mann mit ähnlich lockigem Haar, dessen Körper aber hagerer war als Süßholz'. Katinka kletterte aus ihrem Auto und sah ihm nach. Irgendwie kam er ihr bekannt vor. Er schritt durch die automatische Drehtür.

Katinka trat zu dem Geländewagen und lugte hinein. Natürlich sah sie keine Waffe, wahrscheinlich bewahrte jemand wie Süßholz sie auch nicht für länger im Handschuhfach auf. Auf dem Armaturenbrett klebte ein roter Aufkleber: *Nach 50 – 100 gefahrenen Kilometern alle Räder nachziehen lassen*. Sie besah sich die Reifen: Süßholz hatte Winterreifen aufziehen lassen. Katinka fand den Namen des Autohauses auf dem Nummernschild. Entschlossen zückte sie ihr Handy.

»Firma *Mesoltech*, Ann-Kathrin Luger, was kann ich für Sie tun?«

»Autohaus Gundolf«, sagte Katinka. »Wir haben soeben den Wagen von Herrn Süßholz ausgeliefert. Leider ist uns ein Lapsus passiert. Unser Lehrling hat vergessen, Verbandskasten und Warndreieck wieder in den Kofferraum zu legen.«

Es war still in der Leitung.

»*Wer* sind Sie?«, kam es schließlich gedehnt. »Herr Süßholz hat den Wagen persönlich abgeholt. Er hat ihn vor wenigen Minuten gebracht.«

Katinka duckte sich hinter das Auto und legte auf. Süßholz hatte seinen Wagen nicht selbst abgeholt. Sie hatte es doch mit eigenen Augen gesehen. Wütend steckte sie ihr Telefon in die Hosentasche. Eine Weile wartete sie, dann ging sie zu ihrem Beetle und fuhr ein paar Straßen weiter. Sie parkte am Straßenrand und stellte den Motor ab.

›Herr Süßholz hat den Wagen persönlich abgeholt.‹ So ein Quatsch, dachte Katinka und schaltete das Radio ein. Sie probierte verschiedene Programme aus und landete bei einer Sendung über Schizophrenie. Lustlos steckte sie eine CD in den Schlitz und lauschte der Peer-Gynt-Sonate. Irgendwas arbeitete in ihrem Kopf. Sie wusste nur nicht, was, aber die Nervenzellen suchten sich ihre Verbindungen selbst. Ihr wurde heiß. Sie öffnete das Fenster. ›Herr Süßholz hat den Wagen persönlich abgeholt.‹

Sicher!

Sie fuhr hoch und schlug sich das Knie am Lenkrad an. Süßholz hatte einen Bruder! Wertinger hatte es ihr erzählt. Karl Süßholz kümmerte sich um seinen Bruder, der wegen Schizophrenie in einer Klinik behandelt und mit halbwegs guten Aussichten entlassen worden war. »Wie hieß er doch«, murmelte Katinka. Es war auch so ein klassischer Name. Nicht Karl natürlich. Aber so ähnlich. Werner. Nein. Andreas. Nein. Gregor. »Georg!«, schrie sie und stellte die Musik ab. »Georg Süßholz«, sagte sie zum Rückspiegel. Und sie hatte ihn schon gesehen, gestern, nach ihrem und Cunos Besuch bei Karl Süßholz. Wenn man so gar nichts findet, da wo man sucht, wiederholte sie Cunos Worte, dann sucht man eben woanders.

Katinka startete den Motor und fuhr zu *Mesoltech* zurück. Wieder wartete sie eine gute halbe Stunde. Dann tauchte Georg Süßholz auf. Er kam im Stechschritt aus dem Firmengebäude und quetschte sich in einen grünen Polo. Katinka fuhr ihm nach. Mitten im Schweinfurter Stadtverkehr rief Cuno an.

»Ja?«, rief Katinka gehetzt.

»Ich war bis jetzt bei Paula. Morgen wird sie entlassen.«

»Wie geht's ihr?«

»Sie ist relativ ruhig und gefasst und will versuchen, erst mal die Beerdigung und das alles hinter sich zu bringen. Hagen wird nächsten Mittwoch beerdigt. Wir sind beide eingeladen, aber ansonsten entzieht Paula uns jeden Auftrag.«

»Warum das denn?«

»Es ist das einzig Richtige, Katinka. Wir können nichts mehr ausrichten.«

»Moment. Du vielleicht nicht. Ich sollte sie beschützen.«

»Wahrscheinlich sieht sie keine Notwendigkeit mehr«, sagte Cuno flapsig. »Sie braucht höchstens jemanden, der sie vor sich selbst schützt.«

Fluchend fegte Katinka bei Dunkelgelb über eine Ampel, um den Anschluss an Georgs Polo nicht zu verlieren.

»Ich habe sie auch gefragt, warum sie und Hagen ihr Geschäft ausgerechnet in Schweinfurt aufgemacht haben. Paula wollte das so. Sie lebt gern hier.«

Katinka schnaubte. »Hör mal, ich fahre gerade dem Bruder unseres Kumpels Süßholz nach. Hast du meine Nachricht abgehört?«

»Nachricht?«, fragte Cuno. »Nein.«

»Dann mach's und ruf mich wieder an.« Genervt legte Katinka das Handy weg.

Georg Süßholz verließ Schweinfurt über Gochsheim. Ab und zu ließ Katinka ein Auto zwischen sich und ihr Zielobjekt einbiegen. In Grettstadt hielt er sich links, und bald merkte Katinka, dass sie in den Steigerwald kamen. Es wurde dämmrig. Die feurigen Herbstfarben der Wälder verblassten allmählich. Nur die Baumwipfel leuchteten noch wie bunte Kapuzen. Im Rückspiegel bestaunte Katinka einen dramatischen Sonnenuntergang, der den Himmel in schrilles, kitschiges Pink tauchte.

Georg querte mehrere Dörfer. Er fuhr nicht schneller als siebzig, bog zügig ab und wusste anscheinend genau, wo er hinwollte. Schließlich lenkte er den Polo auf einen Flurbereinigungsweg. Katinka schaltete ihr Licht aus und folgte ihm in großem Abstand. Hier war alles einsam. Nichts für Cuno, dachte sie und grinste. Hoffentlich hatte er sich endlich ihre Nachricht zu Gemüte geführt. Sie rief ihn an, aber wieder schaltete sich nur die Mailbox an. Sie nannte ihm das Kennzeichen von Georgs Auto und gab durch, wo sie sich ungefähr befanden. Der Polo bremste. Georg blendete die Scheinwerfer ab und stieg aus. Katinka stellte den Motor ab. Sie sprang aus dem Beetle und folgte Georg Süßholz. Im Dunkel des Herbstabends war er kaum noch zu erkennen. Dennoch tat sie sich leicht, ihm nachzugehen. Er bewegte sich in seinem eigenartig steifen Gang geradeaus und schaute weder nach rechts noch nach links. Schließlich trat er von dem asphaltierten Sträßchen in den Wald. Katinka zögerte kurz, vergewisserte sich, dass sich ihre Waffe an Ort und Stelle befand, und tappte ihm nach. Sie ließ großen Abstand. Zweige knackten unter ihren Füßen. Auch Georgs Schritte raschelten im Laub. Zuerst sah sie kaum die Hand vor Augen, aber bald gewöhnte sie sich an die Dunkelheit. Georg Süßholz schien kein Problem damit zu haben, sich im Finstern fortzubewegen, ohne gegen Bäume zu stoßen oder in Traktorfurchen umzuknicken. Nach einer Weile schaltete er eine Taschenlampe an. Er stand vor einer Scheune, mitten im Wald. Machte sich an einem Vorhängeschloss zu schaffen und schob das Tor auf. Katinka tastete sich langsam vor. Drinnen in der Scheune irrte der Lichtkegel über die Wände. Sie musste herausfinden, was er hier tat. Warum fuhr Karl Süßholz' Bruder am Abend in diese Einöde? Bestimmt nicht, um eine Grillparty vorzubereiten. Behutsam setzte Katinka Fuß vor Fuß, bis sie direkt am Tor stand und hineinlugte.

Im Bruchteil einer einzigen Sekunde verstand sie. Die losen Enden all ihrer Ermittlungsfäden wirbelten durch die Luft und verknoteten sich hier, im Wald, in einer aufgeräumten, gut hergerichteten Scheune. Womöglich hatte auch Hagen hier gestanden und einen Blick ins Innere von Georgs Höhle gewagt. Und hatte es mit dem Leben bezahlt. Katinka wich zurück und stieß gegen eine Schubkarre. Es dröhnte wie Donner, als sie umstürzte. Georg rumorte in seinem Unterschlupf. Plötzlich brandeten die abendlichen Geräusche aus dem Wald laut gegen Katinkas Ohren. Sie drehte sich um und tauchte in die Dunkelheit.

Schnell. Nicht so keuchen. Du hörst nur deinen eigenen Atem.

Er folgte ihr. Sie hörte jemanden schnaufen. Hektisch und aufgeregt. Jemand, der schneller war als sie. Sie rannte, strauchelte über Wurzeln, stieß sich an Bäumen, riss sich die verletzte Hand an borkiger Rinde auf. Vor Schmerz wurde ihr übel. Lichtpünktchen blitzten vor ihren Augen auf. Sie griff zum Holster. Eine Hand hielt ihre Schulter. Katinka fuhr herum. Georg Süßholz starres Gesicht war direkt vor ihrem. Er nahm sie in den Schwitzkasten. Sie war gelähmt vor Angst. Stocksteif, taub, wie versteinert. In Lichtgeschwindigkeit zogen die Bilder von Hagen vorbei. Sein entsetzter Gesichtsausdruck, die Qual in dem toten Gesicht. Der Pfeil in seinem Oberschenkel. Er bringt mich um, dachte Katinka.

Ihr wurde schwarz vor Augen.

Der Kofferraum eines Polos war keine komfortable Reisemöglichkeit. Als Katinka zu sich kam, spürte sie für einige Minuten nichts als Schmerzen am ganzen Körper. Sie lag gefesselt im Dunkeln, in Embryohaltung, es stank nach Benzin. Dicht neben sich hörte sie Flüssigkeit schwappen. Allmählich kroch die Erinnerung aus der Finsternis. Die Scheune. Die sauber aufgereihten Benzinkanister, die sie im Schein von Georgs Taschenlampe hatte erkennen können.

Es stand ihr so klar vor Augen: Hier gab es drei Fälle, die ursächlich nichts miteinander zu tun hatten und nur durch dumme Zufälle und Hagens unfreiwilligen Beitrag zu einem verschmolzen waren. Katinka wurde kalt. Ihre Muskeln zitterten im Krampf. Ihr Atem kam rasend schnell. Nicht in Ohnmacht fallen, dachte sie. Bitte nicht. Ich will hier raus!

Sie konnte nicht schreien. Ihr Mund war mit Kreppband verklebt. Sie bewegte die Lippen, um es abzustreifen, aber unmöglich: Sie würde sich eher das Gesicht häuten, als das Klebeband abzukriegen. Angst zu ersticken. Beruhige dich, befahl sie sich, aber wie sollte man sich beruhigen, gefesselt im Kofferraum eines unsanft chauffierten, stinkenden Kleinwagens?

Den Atem normalisieren, dachte sie und probierte es mit langen Atemzügen. Es klappte nicht. Der Polo ratterte über einen unebenen Weg. Katinka stöhnte vor Schmerz. Es gab keine Stelle an ihrem Körper, die ihr nicht wehgetan hätte. Nachdenken! Zuerst die Benzinkanister. Georg Süßholz ist der Feuerteufel. Wahrscheinlich versucht Karl, ihn zu schützen. Oder er weiß gar nicht, dass sein Bruder zündelt. Der Wagen schwankte, wurde langsamer und nahm eine langgezogene Kurve. Ein Benzinkanister rutschte auf Katinkas Bauch. Georg ein Brandstifter. Katinka kämpfte wie irr gegen die Fesseln, aber die Stricke ließen sich so wenig abschütteln wie die rasende Angst. In der nächsten Kurve stieß sie sich den Kopf. Beinahe dankbar sah sie das gleißende Licht auf sich zujagen, das irgendwo tief in ihrem Gehirn zerplatzte und sie davontrug.

Der Wagen stand. Vielleicht schon eine ganze Weile. Leute redeten. Katinka schnappte nach Luft. Ihre Nase war geschwollen, sie konnte kaum atmen. Jemand riss den Kofferraum auf.

»Verdammt, Georg!« Das war Karl Süßholz. »Bist du wahnsinnig geworden?« Karl beugte sich zu Katinka herunter. »Hol sie da sofort raus.«

Katinka schnitt ihm wilde Grimassen. Endlich verstand er und riss das Klebeband ab. Sie keuchte auf. Luft. Nur Luft kriegen.

»Wenn du schreist, knall ich dich ab.« Das kam von Norbert. Der Pistolenlauf war genau auf Katinkas Kopf gerichtet.

Katinka holte einige Male tief Atem. Sie brauchte nur einen kurzen Blick um sich werfen, um zu wissen, wo sie waren: auf dem Parkplatz am Fuß der Burg Bramberg. Schon wieder. Es war zu verrückt, um nicht wahr sein zu können.

»Georg, kannst du mir das erklären?«, fragte Karl Süßholz sehr scharf.

Georg hockte auf der hölzernen Bank des Rastplatzes und zuckte nur die Schultern. So, wie er da saß, mit hängenden Schultern und gleichgültigem Blick, wollte man kaum glauben, dass er Katinka überwältigt, gefesselt und in seinem Polo herumgefahren hatte.

»Sie hat alles gesehen«, sagte er nur.

»Was hat sie gesehen?«, kam es streng von Norbert. »Erklärt mir auch mal jemand was?«

Das war gut: Die Drei hatten einen kleinen Zwist unter sich. Katinka biss die Zähne zusammen. Vielleicht konnte sie Kapital daraus schlagen. Cuno hatte Georgs Autokennzeichen. Wenn er sich nur schnell kümmerte. Wenn er nicht wieder die halbe Nacht Rotwein trank und Minesweeper spielte!

»Halt die Klappe, Norbert«, sagte Karl.

Norbert?, dachte Katinka aufgeregt. Heißt er doch Norbert?

»Sie weiß alles«, erwiderte Georg ungerührt.

Norbert ließ die Waffe ein Stück sinken.

»Wie bitte?«

»Ich habe alte Autoreifen im Wagen«, fuhr Georg fort. »Die Leiche findet niemand.«

Nein, schoss es Katinka durch den Kopf. Der will dich entsorgen. Sag endlich was. Reden! Die Zeit verlängern. Bitte, Cuno, mach dich auf die Socken. Hol Hardo. Ihr Herz jagte noch schneller. Oder die Stein. Oder wen auch immer!

»Wenn mir jemand sagen könnte, was ich eigentlich gesehen habe, wäre ich auch zufriedener«, sagte sie heiser.

Norbert lachte auf. »Neugierig wie ein Tierbaby.« Er drehte sich zu Karl. »Machen wir schnell. Georg soll die Reifen aufschichten. Oben, wo der Wagen gebrannt hat. Keinem wird was auffallen, wenn nachts schwarzer Rauch zwischen Bäumen hervorquillt.«

»Das machen wir nicht«, erklärte Karl Süßholz sofort, und in Katinka tobte eine Welle der Zuneigung für ihn. Sie musste Karl auf ihre Seite ziehen, ihn, keinen anderen.

Georg stand ungerührt auf und begann, vergammelte Autoreifen aus dem Wageninneren auszuladen. Er musste den ganzen Polo mit Ausnahme des Fahrersitzes ausgenutzt haben.

»Beste Leichenvernichtungsmethode, die man sich denken kann, aber das weißt du wahrscheinlich, wie?«, fragte Norbert.

»Habt ihr die Gasheizung in dem Bauwagen dort oben manipuliert?« Sie drehte ihr Gesicht zu Karl. »Waren Sie das, Herr Süßholz?«

Er schüttelte den Kopf. »Ich habe gestern in der Zeitung davon gelesen. Ich war es nicht. Ich nicht.«

Aber du hast Hagen getötet, dachte Katinka. Du warst es. So wie du da stehst und schaust und vor Schuld ganz wirr bist.

»Keiner von uns war es«, schnarrte Norbert.

Aus den Augenwinkeln sah Katinka Georg nach, der in der Dunkelheit den Berg hinaufstieg, einen Plastiksack Autoreifen auf dem Rücken.

Mein Gott, dachte Katinka. Mach langsam, Georg, ganz langsam. Der Weg zum Steinbruch ist weit. Lass mich am Leben. Sie ignorierte die dumpfen Schmerzen in ihren Muskeln und sagte:

»Kann Georg die Gasheizung manipuliert haben?«

Karl schüttelte nur den Kopf.

»Beeilen wir uns«, unterbrach Norbert. »Die Dame weiß zu viel.«

»Ich weiß gar nichts!«, rief Katinka. Wieder suchte ihr Blick Karl Süßholz. »Herr Süßholz, ist Ihr Bruder der Brandstifter, der seit dem Frühsommer von der Polizei gesucht wird?«

Karl nickte.

»Sie wussten davon, oder?«

»Ich habe es mitgekriegt, als er nicht zu Hause war und ich in sein Zimmer ging. Um mich umzuschauen, nicht die feine Art, aber er war doch erst kurz zuvor aus der Klinik entlassen worden. Ich mache mir immerzu Sorgen. Tag für Tag, Stunde um Stunde. Frage mich, ob er es schafft, in der Wirklichkeit Fuß zu fassen. Aber augenscheinlich kriegt Georg das normale Leben nicht in den Griff.«

Raschelnde Schritte kamen näher. Georg tauchte auf, den leeren Plastiksack lässig in der Hand, und begann, die nächsten Reifen hineinzupacken. Er arbeitete schnell. Katinka wurde schwindlig. Sie lag immer noch auf der Seite, und musste von ihrem eingeschränkten Blickwinkel aus die Situation beurteilen. Norbert war geschickt aus ihrem Gesichtsfeld getreten. Sie wusste nicht, was er tat. Aber sie war sich sicher, er würde sie abknallen, einfach so. Er besaß die nötige Kaltblütigkeit. Ihr Magen krampfte sich zusammen. Sie stöhnte vor Schmerz.

»Könnten Sie mir hier raushelfen?«, fragte sie Karl Süßholz.

Er nickte und kam heran.

»Lass das«, fuhr Norbert dazwischen.

»Norbert, bitte.« Etwas Aristokratisches ging von Süßholz aus, seinem Anzug, seinem lockigen Haar, selbst sein resigniertes Gesicht strahlte Vornehmheit aus. Er trieb ein Taschenmesser auf und zerschnitt Katinka die Fesseln. Ihre Gelenke waren steif, die Finger taub. Jede Bewegung tat weh. Es gelang ihr kaum, sich aufzurichten. Karl Süßholz musste ihr helfen. Die Berührung seiner Hände beruhigte sie.

»Sie könnten abhauen«, murmelte Katinka. »Nehmen Sie Ihren Bruder und Ihren Kompagnon und machen Sie sich davon.« Sie hockte sich auf die Stoßstange.

Er lächelte müde. Norbert streckte ihr die Pistole entgegen und sagte:

»Halt! Hier wird kein Tänzchen aufgeführt.«

Karl legte ihm die Hand auf die Schulter. »Es ist vorbei«, sagte er nur.

Norbert spie aus. »Wenn du nicht die Nerven verloren hättest, wäre nie etwas aufgekommen. Nie. Unsere hübschen kleinen Geschäfte interessieren doch gar nicht.«

»Bist du Arzt, Norbert?«, fragte Katinka. »Und wie heißt du eigentlich wirklich?«

»Ich?« Vor Verblüffung ließ er die Waffe sinken. Dann fing er sich. »Ach so! Quatsch! Schön falsch kombiniert, Detektivin!« Er lachte laut auf, so laut, dass der Wald das Echo zurückwarf. Katinka gefror das Blut in den Adern. »Ich bin ein simpler Uhrmachermeister. Da hast du es.«

Deswegen arbeitete er unter Kunstlicht! Katinka stöhnte auf.

»Und das Curare?«

»Es bringt Geld«, sagte Norbert. »Ich brauche die Kohle, die man damit verdient. Verstehst du? Die Kohle! Wir haben eine super Quelle und einen potenten Abnehmer. Im Einkauf liegt der Verdienst, weißt du das eigentlich? Kaufe so billig wie möglich ein, aber verkaufe so teuer, wie es nur geht.«

»Wertinger hat euch diese Quelle aufgetan, oder?«

Norberts Gesicht verhärtete sich. »Hör jetzt auf zu quatschen.«

Karl Süßholz jedoch nickte. »Es war kein Problem, Frau Palfy. Wirklich alles, was existiert, kann man kaufen. Man bekommt alles. Wir hatten einen Kunden in der Tschechischen Republik. Unter Nachbarn kennt man sich ja. Norbert ist unschlagbar in dieser Hinsicht. Seine Mutter war Böhmin, er spricht fließend Tschechisch.«

»Aber wer benutzt das Curarin? Die Leute, die den Opfern die Nieren entnehmen?«

Süßholz sah sie erstaunt an, dann lächelte er. »Aber nein. Keine Organe. Abtreibungen. Es gibt ein paar Gynäkologen, die abends nach Praxisschluss Abtreibungen vornehmen. Schnell und effizient. Auch bei Schwangeren, die längst über den dritten Monat raus sind.«

»Halt doch den Rand!«, regte sich Norbert auf. Katinka betrachtete ihn. Er machte auf cool, aber letztlich war er ein

Stümper. Er hatte nicht einmal nachgesehen, ob Katinka ihre Waffe noch hatte. Sie spürte die Beretta unter ihrer Achsel. Sie musste sie nur schnell genug ziehen, aber das ging nicht, solange Norbert aufmerksam war und seine Pistole schon geladen in der Hand hatte. Wenn sie ihn ablenken könnte. Wenn Karl Süßholz ihn ablenken könnte …

»Hat Wertinger Stress gemacht?«, fragte sie. »Musste er deshalb sterben?«

Norbert zuckte nur die Schultern.

»Ich wollte das nicht«, erklärte Süßholz. »Ich wollte das nicht. Aber …«

Also war Norbert Wertingers Mörder? Wie finden nur zwei Vögel wie Norbert und Karl zusammen, fragte sich Katinka. Norbert, der sich hauptsächlich dafür interessierte, seine Einkünfte durch ein paar Geschäfte aufzustocken, und Karl Süßholz, der in einen Mord gerutscht war, um seinen Bruder zu schützen?

Georg taperte den Hang herunter. »Noch ein Sack«, sagte er unbeteiligt, »dann haben wir genug.«

Karl Süßholz hat Hagen umgebracht, dachte Katinka. Er ist im Sportbogenverein. Er kann schießen. Warum hat es nicht Norbert gemacht? Als Teilnehmer, der an Ort und Stelle war, im Hotel in Lichtenstein?

»Warum hast *du* Hagen nicht umgebracht?«, fragte sie Norbert rundheraus.

Er sah sie starr an. »Ich bin nicht so treffsicher. Nicht mit Pfeil und Bogen. Weißt du doch.«

Karl Süßholz ging ein paar Schritte. Sein Geländewagen parkte wenige Meter neben Georgs Polo, dort, wo am vergangenen Sonntag Cunos Bus geparkt hatte. Er kam mit einem Alurohr zurück, das aussah wie eine Zeichenrolle, nur kürzer.

»Es hat keinen Zweck, Frau Palfy. Ich habe ein Sedativum beigemischt. Bequemer geht es nicht. Sie werden einfach einschlummern.«

Katinka wollte nicht sterben. Sie wollte nicht krepieren wie Hagen, und nachher auf einem Haufen alter Reifen verbrannt werden, damit kaum etwas von ihrer Leiche blieb.

»Ging es wirklich nur ums Geld?«, fragte sie, nur um etwas zu sagen. Damit Süßholz die Todesspritze nicht allzu konzentriert zurechtmachen konnte. Nicht locker lassen. Gib dich nicht auf!

»Was ist daran so verkehrt?«, fragte Norbert. »Im Business geht's immer um Geld. Bei dir doch auch. Verdienst du, ist es gut. Arbeitest du umsonst, ist es Mist.«

»Hast du Wertinger betäubt und in sein Auto gesetzt?«, fragte Katinka.

Norbert sagte nichts. Georg kam herbeigetrabt. Plötzlich standen sie alle da, um Katinka herum, die auf dem Rand des Kofferraums hockte. In Karls Hand sah sie eine Spritze. Eine große. Zehn Milliliter Fassungsvermögen. Wehr dich doch, dachte Katinka. Wehr dich. Zeig dem Erkennungsdienst, der hier demnächst antritt, dass es einen Kampf gab. Sie riss die Waffe aus dem Holster, aber Norbert war schneller. Katinka warf sich zur Seite. Die Kugel ging knapp vorbei. Raste durch die Heckscheibe des Polos. Katinka zielte auf Norberts Knie und drückte ab. Schreiend knickte Norbert ein. Georg erwachte aus seiner Lethargie und nahm ihm die Pistole weg. Katinka zielte auf seine Beine, aber aus dem steifen Georg wurde in Bruchteilen von Sekunden ein geschmeidiger Kämpfer. Katinka spürte einen höllischen Schmerz an der Schläfe. Mit einem dumpfen Geräusch sank sie auf den Waldboden.

23. Showdown

Die Schläge prasselten auf Katinka nieder wie Hagelkörner. Sie barg den Kopf zwischen ihren Armen.

»Hör endlich auf!«, schrie jemand. Karl.

Die Schläge brachen abrupt ab. Katinka wälzte sich zur Seite. Sie stöhnte vor Schmerz. In ihrem Mund war Blut. Jeder Atemzug tat weh. Angeknackste Rippe, dachte sie lakonisch. Egal, wenn man sowieso abtritt. Heute noch wirst du im Paradies sein.

»Geh zur Seite. Ich setze die Spritze.« Wieder Karl.

»Nein!«, flüsterte Katinka und robbte ein Stück. Der wahre Held kämpft bis zuletzt. Sie sah aus den Augenwinkeln die Spritze in Karls Hand. Er war drauf und dran, die Hülle von der Nadel zu streifen. Neben ihrem Kopf lag ihre Pistole. Niemand war auf die Idee gekommen, sie an sich zu nehmen. Sie fühlen sich zu sicher, dachte Katinka.

Jetzt. Auf eine bessere Chance durfte sie nicht warten. Norbert lag am Boden und hielt sich das Bein. Seine Pistole konnte Katinka nicht sehen. Die beiden Brüder standen unbeteiligt nebeneinander. Tatsächlich glaubte Katinka, eine gewisse Ähnlichkeit in ihren Zügen zu erkennen. Es ist die Augenpartie, dachte sie, griff nach der Beretta und zielte.

»Spritze weg!«, schrie sie Karl an. Er zögerte. »Spritze weg.«

Er ließ sie fallen.

»Verschnüren Sie Ihren Bruder«, befahl Katinka. Karl zögerte. »Na los. Fesseln. Und ihr anderen, nehmt die Hände hoch.«

Karl griff nach dem Klebeband. Norbert lag am Boden und winselte.

»Du miese Schnüfflerin«, keuchte er. »Das tut so gemein weh.«

Irgendeinen der drei hatte sie aus den Augen gelassen. Vielleicht war sie einfach schon zu ausgelaugt. Georg hatte ihr die Pistole aus der Hand geschlagen, ehe sie auch nur einen Gedanken an Abdrücken verschwenden konnte. Eiskalt durchtränkte das Benzin ihre Kleider. Sie schnappte nach Luft. Nicht so!, wollte sie schreien. Nicht so verenden. Georg schlug sie zu Boden. Karl hob Katinkas Waffe auf. Er hatte noch nie eine Pistole in der Hand gehalten, geschweige denn abgedrückt. Hielt sie in der Faust wie einen gegrillten Maiskolben. In der anderen Hand hatte er die Spritze.

Georg war nicht zimperlich. Seine Schläge waren brutal gewesen, aber als er Katinka nun mit Klebeband fesselte und an den Füßen den Berg hinaufschleifte, glaubte sie, der Tod könne nicht schlimmer sein. Norbert blieb irgendwo in den Schatten zurück. Katinka wimmerte vor Schmerz, als ihr Kopf gegen Steine und Wurzeln stieß. Jacke und Pulli rutschten hoch. Der Waldboden riss ihre Haut auf. Fast war sie erleichtert, als die traurigen Reste des Bauwagens in Sicht kamen, den Wertinger und vielleicht auch Hagen als Büro benutzt hatten. Sie überschritt eine Grenze. Konnte und wollte sich nicht mehr wehren. Wünschte nur, dass es vorbei wäre. Ohne mit der Wimper zu zucken warf Georg sie auf den aufgeschichteten Hügel aus Autoreifen. Der Benzingestank brannte in ihrer Lunge. Dann hörte sie Schreie und Schüsse. Cuno, dachte sie, Mensch, Cuno, stell dich bloß nicht wieder so blöd an.

»Mach schon!«, stieß Georg hervor. »Gib mir das Feuerzeug.«

»Ich hab keines«, sagte Karl lahm und klopfte seine Hosen ab.

Das gibt's nicht, dachte Katinka, während sie zitternd in den Nachthimmel schaute. Galgenfrist, weil die Feuerteufelchen kein Feuerzeug dabeihaben. Sie keuchte auf. Beinahe hätte sie gelacht. Feine Atemwölkchen kamen aus ihrem Mund. Sie schloss die Augen ganz fest. Mach, dass es endlich vorbei ist. Vielleicht könnte sie einschlafen. Vielleicht würde Karl ihr das Curare spritzen. Besser so als in den Flammen zu sterben.

»Es hat ohnehin keinen Zweck mehr«, fuhr Karl fort und ließ die Arme hängen. Plötzlich hatten die Brüder die Rollen getauscht. Karl teilnahmslos, Georg tatkräftig.

»Bist du bescheuert?«, kam es von Georg. »Wir haben's fast.«

»Das hier ist keine Läuterung«, sagte Karl müde. »Lass das.«

»Hast du es mir nicht beigebracht?«, fragte Georg. »Die ersten Streichhölzer, das erste Feuerzeug. Geht ganz leicht, hast du gesagt.«

Triumphierend hielt Georg eine Schachtel Streichhölzer hoch. Im Wald raschelte das Laub.

»Nein!«, schrie Katinka. Mit einem Mal begriff sie. Schrei, so laut du kannst. »Hilfe!«, schrie sie. »Helft mir!«

Georg ritzte das Streichholz an. Warm leuchtete es in seiner Hand. Sie sah sein Gesicht im Widerschein. »Und du hattest recht«, sagte er zu seinem Bruder. »Es ist ganz leicht. Tut nicht weh.«

Er war doch noch da, der Wille zu leben. Katinka gab ihrem Körper einen Stoß, rollte ein Stück, weg, nur weg von dem benzingetränkten Hügel aus Gummi. Rasender Schmerz fuhr ihr durch die Wirbelsäule. Karl machte einen

Schritt auf seinen Bruder zu und blies das Streichholz aus. Ein Schuss dröhnte. Karl brüllte auf und fiel auf die Knie.

»Er hat Streichhölzer. Der andere!«, schrie Katinka.

Viele Füße rannten über den Waldboden.

»Hände hoch! Polizei!« Das war Hardos Stimme.

»Hardo! Vorsicht! Hier ist überall Benzin!«

Lichter flammten auf. Als erstes sah Katinka Karl Süßholz auf dem Boden liegen. Er hielt sich die Schulter. Blut quoll zwischen seinen Fingern hervor. Cuno trat aus dem Dunkel.

»Mensch, Katinka«, sagte er. Ein paar Uniformierte tauchten neben ihm auf und kümmerten sich um Georg. Dann war Hardo bei ihr.

»Hilf mir!«, keuchte Katinka hysterisch. »Hier ist überall Benzin. Ich bin voll mit Benzin …« Ihre Stimme brach weg. Aus den Augenwinkeln sah sie Cuno, der seinen Revolver ins Holster schob. Aber auch Karl. Karls Hand, die die blutende Schulter losließ und nach der Spritze griff. In Zeitlupe reckte sich sein Arm und nahm Schwung, als wolle er einen Dartpfeil abschießen. Er erreichte Cunos Arm.

»Cuno!« Katinka keuchte. »Hardo, Notarzt, schnell. Er hat ihm Curare injiziert.«

Das folgende Chaos nahm sie kaum wahr. Hardo zerschnitt ihr die Fesseln. Jemand brachte eine Decke. Alle möglichen Leute stellten Fragen, aber Katinka sagte nur:

»Habt ihr Norbert?«

Ja, sie hatten ihn. Aus. Vorbei. Ich lebe.

»Er war es nicht. Es war Karl Süßholz. Er wollte seinen Bruder schützen«, sprudelte es aus Katinka heraus.

Hardo legte den Arm um sie.

»Das kannst du uns später erzählen.«

Aber Katinka musste immer weitersprechen. Reden, reden. Nur reden. Wer spricht, lebt.

»Ich weiß, wie alles zusammenhängt. Hagen hat rausgekriegt, dass Georg der Brandstifter ist. Warum auch immer Georg die Scheunen anzündet, Hagen hat es mitbekommen. Karl Süßholz hat ihn umgebracht, weil er nicht wollte, dass Georg wieder in die geschlossene Psychiatrie kommt oder in den Knast. Wir haben drei Verbrechen. Die Brandstiftungen, den Mord an Hagen, und den Handel mit giftigen Substanzen. Wo ist der Notarzt? Und Cuno?«

»Der Rettungswagen ist mitgekommen. Sie beatmen ihn«, beruhigte Hardo. »Und du ...«

»Ich gehe auf keinen Fall ins Krankenhaus«, sagte Katinka sofort. Nebel schwirrte durch ihren Kopf. »Ich muss mich duschen. Schnell. Dieses verfluchte Benzin ...« Sie bemerkte selber, dass sie vollkommen aufgedreht war, vollgepumpt mit Adrenalin. Nah an der Hysterie. Ein paar Zentimeter vom Zusammenbruch entfernt.

Hardo sagte gar nichts. Er nickte nur und gab Anweisungen. Ruth Stein tauchte aus dem Dunkel auf.

»Die Kollegin hat Norbert einkassiert«, sagte ein Grüner beeindruckt. Katinka grinste. Sie begann zu lachen, presste sich die Hand vor den Mut und schloss die Augen. Plötzlich fror sie in ihren klatschnassen Sachen. Eine dumpfe Taubheit ergriff von ihrem Körper Besitz.

»Geh nicht weg«, flüsterte sie.

»Wohin denn«, antwortete Hardo. Er hielt sie im Arm und murmelte zärtliche kleine Silben, bis sie sich halbwegs beruhigt hatte. »Gehen wir besser, was?«

Sie nickte. Hardo zog sie hoch, und gemeinsam gingen sie langsam den Hang hinunter zu den Einsatzwagen.

Im Schatten seines Golfs zog sie ihre Klamotten aus. Ruth Stein brachte einen Polizeipullover und eine Trainingshose, die Katinka zu groß war, aber sie krempelte einfach die Beine hoch. Der Rettungswagen mit Cuno war schon abgefahren. Wenn sie ihn gleich beatmeten, würde er es schaffen. Bestimmt. Sie fuhr sich mit klebrigen Fingern durch das nasse Haar. Sie ekelte sich vor dem Benzingestank. Ohne mit der Wimper zu zucken würde sie in den nächstbesten See springen, um das Zeug abzukriegen, und wenn sie als Eisblock herauskäme.

»Morgen kommen Sie vorbei und unterschreiben das Protokoll, klar?«, sagte die Stein, als Katinka schon in Hardos Auto kroch.

Sie nickte.

»Klar«, sagte sie schwach.

Auf der Fahrt erzählte sie alles haarklein. Die Geschichte musste raus. Die Angst, die ihr in den Knochen steckte und aus dem Dunkel des Waldes rechts und links der Straße Fratzen schnitt.

»Wie konnten Karl und Norbert hier auftauchen?«, fragte Hardo, als Katinka geendet hatte.

»Ich nehme an, Georg hat seinen Bruder angerufen und seinen Standort durchgegeben. Georg wusste, dass Karl alles tun würde, um ihn, also Georg, zu schützen. Keine Ahnung, was zwischen den beiden passiert ist, dass sie wie Pech und Schwefel zusammenhalten. Georg wusste auch, dass Karl Hagen als unliebsamen Zeugen aus dem Weg geräumt hat. Wenn ich nur eine Ahnung hätte, wie Hagen darauf kam, dass Georg der Brandstifter ist.«

»Vermutlich entdeckte er die Scheune, indem er sich ähnlich wie du an Georgs Fersen heftete. Das werden wir nie rauskriegen.«

»Nein, wahrscheinlich nicht«, murmelte Katinka. »Aber Wertinger hat ebenfalls was aufgeschnappt. Die Sache mit dem Curare. Süßholz hat einfach damit gehandelt. Es war für ihn nur ein Geschäft.«

»Die ganze Welt besteht aus Typen wie Karl Süßholz«, sagte Hardo. »Sie fragen nicht, was sie kaufen und verkaufen. Deswegen gibt's Kriege. Ist ein bisschen vereinfacht ausgedrückt. Aber vom Prinzip her stimmt es.«

»Wie kam es nur, dass Karl Süßholz aus dem Fahndungsraster fiel?«

»Frag Ruth. Sie hatte ihn auf ihrem Zettel, aber sie wusste ihn nicht genau einzuordnen. Erst die Verbindung zu Georg schließt den Kreis, und natürlich die Erkenntnis, dass Georg die Feuer gelegt hat.«

»Warum hat er das getan?«

»Daran werden sich noch ein paar Experten die Zähne ausbeißen. In Verbindung mit Georgs Krankengeschichte könnte ich mir vorstellen, dass die Brände eine Art Läuterung für ihn darstellten. Pyromanie ist ein klar umrissenes Krankheitsbild. Tritt fast ausschließlich bei Männern auf, meistens bei solchen mit geringen sozialen Fähigkeiten. Aber damit sollen sich die Psychologen befassen.« Er schwieg einen Moment, bevor er fragte: »Hast du schlimme Schmerzen?«

»Es geht«, sagte Katinka. Sie wusste, dass die Aufregung und das Adrenalin die Schmerzen unterdrückten. Sie wollte nicht gerne daran denken, wie sich ihr Körper in einer oder zwei Stunden anfühlen würde. »Ich muss wegen Cuno nachfragen.«

»Er wird wieder«, sagte Hardo. »Die Lähmungen hatten gerade erst eingesetzt. Es gibt Gegenmittel. Sie beatmen ihn. Hab keine Angst.«

Hab keine Angst. Ein einfacher Satz aus drei Wörtern. Hab keine Angst. Die Tränen stiegen ihr in die Augen.

»Wenn ich nur wüsste, ob Karl oder Norbert Wertinger auf dem Gewissen haben.«

»Das kriegen wir raus.«

Katinka nickte. Hardos Hand tastete zu ihr herüber, und sie griff danach. Sie war warm. Und groß genug, um darin zu verschwinden.

Katinka saß auf dem Wannenrand in Hardos penibel aufgeräumtem Badezimmer. Sie war nackt. Zwischen Hals und Knien gab es keine Stelle, die nicht blau, violett oder geschwollen gewesen wäre. Katinka zitterte vor Kälte, aber sie musste das alles ansehen. Sie musste verstehen, was in dieser Nacht mit ihr passiert war. Hardo wird mir wieder nahelegen, dass der Fall zu groß für einen allein war, dachte sie resigniert. Ich habe Paula nicht beschützt, den Fall nicht gelöst, Cuno in Gefahr gebracht, mich saudumm angestellt und nichts bewegt. Sie schauderte. Stellte sich unter die Dusche und ließ sich das Wasser so heiß, wie sie es gerade noch aushielt, auf die Haut prasseln. Die aufgeschürften und geschwollenen Stellen brannten. Sie wusch sich dreimal das Haar mit Lindenblütenshampoo. Rieb sich den Körper mit Cremeseife ein. Irgendwann, als genug Wärme in ihren Körper gespült und der Benzingeruch endgültig durch den Abfluss gegurgelt war, hüllte sie sich in ein Badetuch und musterte ihr Gesicht im Spiegel. Gerötet, vom heißen Wasser. Sonst nichts Besonderes. Einfach ein Gesicht, eine gewisse Hoffnungslosigkeit in den Augen.

»Katinka, ist alles in Ordnung?«, kam Hardos Stimme.

Wahrscheinlich kreiste er wie ein Barrakuda durch den Flur.

»Ich komme gleich!«, rief sie hinaus. Er hatte ihr ein paar Klamotten von sich gegeben, Pulli, T-Shirt, Sporthose. Dreimal zu groß, aber trocken und warm. Sie wickelte ein Handtuch um ihr nasses Haar und öffnete die Badtür.

»Wir müssen im Krankenhaus anrufen und nach Cuno fragen«, sagte sie.

Er lächelte.

»Mache ich sofort.«

Sie folgte ihm ins Wohnzimmer und setzte sich aufs Sofa. Irgendwie gelang es ihr, eine bequeme Stellung zu finden. Hardo redete mit verschiedenen Leuten, bis er schließlich jemanden an der Strippe hatte, den er so lange in ein Gespräch verwickelte, bis er wusste, was er wissen wollte.

»Es geht aufwärts«, sagte Hardo. »Er schwebt nicht in Lebensgefahr. Dem Curarin war ein Beruhigungsmittel beigemischt, sodass dein werter Kollege nicht viel von dem ganzen Drama mitbekommen hat.« Er setzte sich zu Katinka aufs Sofa. Sie spürte ihr Herz beschleunigen.

»Ich habe total versagt«, murmelte sie.

»Wer sagt das? Hast du den Fall nicht gelöst?«

Sie war ihm dankbar für sein Lächeln, schüttelte aber den Kopf.

»Nein, nein.«

»Du hast uns zu Georg geführt. Wir wären noch lange nicht draufgekommen. Gleich zwei Fliegen mit einer Klappe.«

»War die Gasheizung in dem Bauwagen eigentlich manipuliert?«, fragte Katinka.

»Die Brandfahnder sagen, es war ein technischer Defekt. Hätte ich nicht für möglich gehalten. Anscheinend hat noch niemand außer euch beiden das Gerät eingeschaltet. Sonst wäre es schon früher in die Luft geflogen. Übrigens, der falsche Norbert heißt auch Norbert, hört aber auf den Familiennamen Borgmann. Komischer Zufall.«

»Er spielt so was wie Dolmetscher für Süßholz«, sagte Katinka matt. »Er kann Tschechisch. Süßholz handelt mit den Narkosemitteln. Seine Abnehmer sind tschechische Ärzte, die Abtreibungen bei fortgeschrittenen Schwangerschaften vornehmen.«

»Aha!«, sagte Hardo und Katinka bemerkte, wie er sich eine Notiz in seinem Gedächtnis machte. »Wer hat deiner Meinung nach Wertinger umgebracht?«

»Ich denke, es war Norbert. Aber ich bin mir nicht sicher. Ich glaube, der Mord an Hagen hat Süßholz alle Kraft gekostet. Er ist nicht der Typ, bei dem es schon nicht mehr drauf ankommt, ob er einen oder zwei Menschen umbringt.« Sie schwieg eine Weile. »Wie habt ihr mich gefunden?«

»Das hast du deinem Kollegen zu verdanken, dem Anarchisten.«

Katinka musste lachen. »Er ist doch kein Anarchist!«

Hardo legte den Arm um sie. Sie kuschelte sich an seinen kratzigen Pullover.

»Egal. Er hatte deine ungefähre Position und das Kennzeichen von Süßholz' Polo. Zum Glück fiel einem Bramberger Einwohner, der Herbstnächte liebt, ein Convoi aus einem voll beladenen Kleinwagen und einem Jeep auf. Sie rasten in ziemlichem Tempo durch den Ort. Dann war es nur noch schlichte Kombination, die uns zur Burg geführt hat, immerhin sind wir schon mal dorthin ausgerückt. Georg muss seinen Bruder angerufen und gefragt haben, was er mit dir machen soll, nachdem du ihm auf die Schliche gekommen bist. Karl hat dann vorgeschlagen, dich auszuschalten«, Hardo drückte Katinka fest an sich, »und dort zu beseitigen, wo ohnehin schon eine Menge Brandspuren sind. Meiner Ansicht nach hätte die Spurentechnik sich dennoch ein genaues Bild machen können, aber Gott sei Dank ist es dazu nicht gekommen.«

Katinka zuckte die Achseln.

»Mit Elvira«, begann sie. Die Frage brannte auf ihren Lippen. »Das ist vorbei?«

Hardo seufzte.

»Da war nie was. Ich war zu spät bei der Explosion in Königsberg. Ich fühlte mich schuldig. Ich dachte ... ich dachte nichts, ich versuchte, zu kompensieren, ihr beizustehen, ich fühlte mich ihr verbunden, weil sie auch einen Menschen verloren hatte, wie ich.« Er machte eine lange Pause. »Hattest du gedacht, ich habe eine«, er suchte nach Worten, »Beziehung mit ihr angefangen?«

»So ähnlich.«

Er lächelte.

»Ach, komm schon!«

Katinka lehnte den Kopf an seine Schulter. Ein Stöhnen kam aus ihrem Hals.

»Was ist?«, fragte Hardo. »Selbstmitleid?«

Sie fuhr hoch.

»Schon gut.« Er streifte das Handtuch von ihrem Haar und fuhr ihr durch die feuchten Strähnen. »Hm, du riechst gut. Weißt du, Resignation ist das gefährlichste Gefühl, dem man sich hingeben kann. Es ist ein schleichendes Gift, macht hoffnungslos, und alle Begabungen und Fähigkeiten erlahmen. Etwas Schlimmeres kann man sich nicht antun.«

»Ich bemitleide mich nicht selbst. Alles tut mir weh.«

»Wollen wir das ändern?«, fragte Hardo.

Sie sah in seine grauen Augen, die schimmerten wie schmelzendes Eis. Er schob den Pullover hoch, den sie trug, und das T-Shirt. Hielt inne. Sie senkte die Augen.

Sie wollte nicht, dass er sie so sah. Und doch wollte sie es wieder. Seine Finger wanderten über die Blutergüsse und Schwellungen.

»Wer war das?«, fragte er mit seiner Polizistenstimme.

Sie konnte nichts sagen. Kein Laut kam über ihre Lippen. Sein Zeigefinger fuhr sacht über ihre Haut.

»Katinka! Wer war das!«

»Georg«, flüsterte sie. Ihr Hals war staubtrocken.

»Dieses Schwein!« Er sprang auf, kam mit einer Schachtel Schmerztabletten und einem Glas Wasser aus der Küche, setzte sich neben Katinka, drückte ihr zwei Tabletten in die Hand. »Dafür kriege ich ihn dran. Ich mache ihn alle.«

Epilog

Eine Woche später war der Herbst eingekehrt. Graue Regenschleier wehten über die Wälder und Hügel, als sie um zwei Uhr nachmittags vor dem kleinen Friedhof oberhalb von Ebrach hielten. Katinka war vorausgefahren. So ein Cabrio ist eindeutig nur was für schönes Wetter, dachte sie und zog fröstelnd die Schultern hoch. Irgendwo zieht immer der Wind durch.

»Manno, hier ist alles matschig«, beschwerte sich Cuno, der aus seinem Bus sprang und sich in Hardos Auto rettete. »Ich sag's ja: Die Welt ist gnadenlos, sadistisch und selbstgerecht. Warum muss es ausgerechnet heute schütten wie aus Kannen?«

Hardo verdrehte die Augen. Katinka kletterte auf den Beifahrersitz und grinste ihn verschwörerisch an. Sie hatte ihren ersten guten Tag. Die blauen Flecken an ihrem Körper verblassten, und endlich konnte sie sich halbwegs schmerzfrei bewegen. Am Abend zuvor war sie sogar joggen gewesen, was ihr einen genervten und mindestens ebenso besorgten Blick von Hardo eingebracht hatte.

»Eines noch«, sagte der Kommissar, »bevor es losgeht hier. Karl Süßholz hat ein paar Telefongespräche auf Band aufgenommen, die er mit Norbert Borgmann geführt hat.«

»Was? Wozu das denn!«, rief Cuno und glättete seinen nassen Pferdeschwanz.

»Offensichtlich hat er seinem Dolmetscher nicht über den Weg getraut. Hatte richtig Angst vor ihm«, sagte Hardo. »Ihr beide kommt auch darin vor.«

Katinka und Cuno warfen sich einen Blick zu.

»Daraus geht hervor, dass Norbert vorschlug, Katinka und vielleicht auch Sie auszuschalten, Herr Fischer.«

Herr Fischer, dachte Katinka und presste die Lippen zusammen, um nicht laut zu lachen. Klingt aus Hardos Mund und mit Bezug auf Cuno und seinen Indianerohrring nicht gerade passend.

»Man muss sich das auf der Zunge zergehen lassen«, fuhr der Kommissar fort. »Norbert wusste, dass Karl Hagen auf dem Gewissen hat. Norbert hatte seinen Kompagnon also in der Hand.«

Paula empfing sie in der Kapelle. Sie trug ein enges, schwarzes Kostüm. Ihre ausdruckslosen Augen gingen auf das Konto von Medikamenten. Katinka musterte die Gäste. In ihren Trauerklamotten sahen sie aus wie melancholische Raben, aufgereiht für den Abflug in eine andere Welt.

Bernhild trug ein extravagantes Kleid, Marie saß neben ihr und lehnte den Kopf an ihre Schulter. Gerfried Jäger sah ehrlich erschüttert aus, Paulas Bruder Goddi konnte nicht stillsitzen, und Michael Henz kauerte sich in der hintersten Reihe zusammen.

Der Sarg wurde in den Regen hinausgetragen. Katinka kamen die Tränen. Ruth Stein trat zu ihnen und nickte kurz. Sie hatte einen roten Anorak an und ihre Baskenmütze zum Schutz gegen den Regen auf. In der Düsternis des Herbstnachmittags leuchtete sie wie ein Warndreieck.

Die Grube war halb mit Wasser vollgelaufen. Katinka konnte nicht hinsehen, als der Sarg hinuntergelassen wurde, und nahm sich vor, für ihr eigenes Ableben eine Feuerbestattung festzulegen. Cuno zupfte sie am Ärmel.

»Was ist?«, zischte sie.

»Ich lasse mich verbrennen. In einer Lehmgrube will ich jedenfalls nicht enden. Guck mal, wie das blubbert«, wisperte Cuno in ihr Ohr.

»Danke, dass du gekommen bist«, sagte Paula, als Katinka sie umarmte. »Danke auch für deine ganzen Mühen. Immerhin wissen wir jetzt, wer Hagen auf dem Gewissen hat.« Sie sah in die Ferne. »Ich bin jetzt allein. Ich habe niemanden mehr. Alles steht mir offen. Schick mir die Rechnung.«

Sie verließen den Leichenschmaus in einem Ebracher Café so früh wie möglich, ohne dass es allzu unhöflich aussah. Es hatte aufgehört zu regnen, und ein scharfer Wind hatte die Wolken weggeblasen. Die Sonne ging in dramatischen Farben unter.

»Hexensabbat des Weltenraums«, murmelte Ruth Stein.

»Haben Sie schon Rückmeldung von den tschechischen Kollegen?«, fragte Katinka.

»Sie sind dran. Ein Arzt ist geständig«, antwortete Hardo.

»Der Fall ist so verrückt«, murmelte Katinka. »Wir haben die ganze Zeit in der Handelsagentur herumgeschnüffelt und nichts Brauchbares gefunden. Dabei hätten wir unsere Fühler nur mal in eine andere Richtung strecken müssen.«

»Das ist oft so«, sagte Ruth Stein tröstend. »Leider sind Menschen Wesen, die immer in festgefahrenen Bahnen denken. Das hängt mit unserem Gehirn zusammen. Es kalkuliert voraus, ob sich die Mühe lohnt. Im Zweifelsfall siegt die Faulheit. Übrigens: Norbert Borgmann hat gestanden. Er hat Wertinger betäubt und in den Wagen gesetzt, den Motor laufen lassen – finito.«

Cuno verzog das Gesicht. »Warum hat er das getan?«

»Wertinger hat irgendwann einmal eine Unterhaltung zwischen Süßholz und Norbert mitbekommen«, sagte Ruth Stein. »Wahrscheinlich ein Gespräch, das ihm Aufschluss gab über Dinge, die ihn schon länger erstaunten. Norbert wollte einfach einen unliebsamen Zeugen verräumen.«

»Was wird nun mit Georg Süßholz passieren?«

»Er ist wahrscheinlich nicht schuldfähig«, sagte Hardo, »und zieht wieder in die Klinik um. Es wird eine Flut von psychologischen Gutachten und Gegengutachten geben. Außer Karl hat er keine Verwandten, die sich um ihn kümmern könnten, und sein Bruder fällt jetzt aus.«

»Warum hat Süßholz die Telefonate mit Norbert mitgeschnitten?«, fragte Cuno. »Das war dermaßen unvorsichtig. Er hätte ahnen können, dass ihm diese Geschichte das Genick bricht.«

Die Stein stülpte sich ihre Baskenmütze über das Kraushaar.

»Ich nehme an, er wollte irgendwas in der Hand haben, womit er Norbert unter Druck setzen konnte. In den Verhören gab er zu verstehen, dass er sich seinem Kumpel schon ziemlich lange ausgeliefert fühlte. Einem wie Karl Süßholz passt das gar nicht.«

»Karl Süßholz hat Hagen wirklich nur umgebracht, weil er seinen Bruder schützen wollte«, sagte Katinka nachdenklich. Es wurde nun sehr schnell dunkel. Die feurigen Farben am Horizont verloschen. »Das Curare hatte er ja. Er nahm Pfeil und Bogen von unserem Kurs, um von sich abzulenken.«

»Ich hatte es mir gleich gedacht«, erklärte die Stein, »dass es jemand sein musste, der gut zielen kann. Ob mit Hightechpfeilen oder Eibenbögen«, fügte sie mit einem Seitenblick auf Katinka hinzu.

Katinka sagte nichts. Sie vergrub die Hände in den Hosentaschen.

»Georg hat gerne gezündelt, als kleiner Junge schon«, sagte Hardo. »Es begann mit harmlosen Geschichten. Er fackelte Müllcontainer ab und entwickelte eine Leidenschaft für Lagerfeuer. An seinem zehnten Geburtstag brannte er einen Kaninchenstall ab, mitsamt Kaninchen. Karl erzählte der Mutter davon. Georg kam in ein Heim. Karl fühlt sich heute noch schuldig, glaubt, seinen Bruder verpetzt zu haben, obwohl er vollkommen richtig gehandelt hat.«

»In der Mordnacht traf sich Hagen mit Süßholz im Wald bei Lichtenstein«, sagte die Stein, »nachdem sie sich per Handy verabredet hatten. Es sollte nachts sein, damit Paula nichts mitbekommt. Ich habe mich die ganze Zeit gefragt, weshalb die beiden ein Rendezvous hatten. Karl Süßholz hat die Lücke geschlossen: Hagen schuldete ihm Geld und war bereit, zweitausend Euro abzubezahlen. Weitere Tausender sollten folgen.«

»Hagen hatte die Kohle aber nicht dabei, stimmt's?«, fragte Katinka. Sie selbst hatte schließlich Hagens prallen Geldbeutel in der Hand gehalten.

Ruth und Hardo sahen einander misstrauisch an, sagten aber nichts, und Katinka hütete sich, von durchsuchten Brieftaschen zu sprechen.

»Wieso Schulden?«, schaltete sich Cuno ein.

»Karl Süßholz hat Marie gesponsert«, sagte die Stein, »ihr das Geld für die Drogen vorgestreckt und Hagen auf diese Weise von sich abhängig gemacht.«

»Klingt nicht danach, als wäre der unglückselige Vertrag auf Hagens Wunsch hin ausgearbeitet worden«, sagte Katinka.

»Nein, wirklich nicht. Wenngleich er juristisch einwandfrei war«, erwiderte die Stein.

»Was hatte Norbert Borgmann in der Wohnung von Maries Freundin zu suchen?«, fragte Hardo.

»Er suchte eine Gelegenheit, das Duo Palfy-Fischer auszuschalten. Als Sie beide«, Ruth Stein nahm die Brille ab und blinzelte von Katinka zu Cuno, »mit Marie sprachen, konnte er sich nicht durchringen, zuzuschlagen, und schließlich kam der Notarzt. Aber als Sie alle weg waren, checkte er die Wohnung und sah Ihr Handy auf der Fensterbank, Katinka.« Ruth Stein putzte ihre Brille mit einem aufdringlich riechenden Tuch. »Er wusste, Sie würden zurückkommen.«

»Marie hing also an Hagens Geldtopf«, sinnierte Cuno, als könne er es nicht glauben.

Heuchler, dachte Katinka. Sie fragte:

»Was brachte Marie auf die Idee, Hagen transferiere Geld nach Marienbad?«

Ruth Stein setzte ihre Brille wieder auf und angelte eine Tüte *m&m's* aus ihrem Anorak. »Möchte jemand?« Alle bedienten sich. »Tja, da kann man nur spekulieren. Hagen und Wertinger dachten vielleicht wirklich über eine Filiale nach. Oder wollten hier die Brücken abbrechen und ihren Laden komplett drüben wieder aufbauen. Ich werde noch mal mit Paula sprechen. Aber es würde zu der ganzen Mischpoke passen, wenn sie davon nichts weiß.«

»Oder nichts sagt«, fügte Hardo hinzu.

Die Stein hob die Handflächen zum Himmel. »Wer kann die Seelen der Menschen verstehen?«

»Warum nahm Norbert an dem Bogenschießkurs teil?«, fragte Katinka. »Kannte er Hagen überhaupt? Wollte er ihn unter Beobachtung haben?«

»Dazu schweigt er sich aus. Wir knacken die Nuss schon noch.« Sie ließ ein letztes Mal die Tüte kreisen. »Norbert ist ein ganz Eifriger. Süßholz hatte Probleme mit der Lieferung. Norbert musste die tschechischen Abnehmer hinhalten. Deren Geduldsfaden war am Reißen, und Norbert hat den Druck nicht mehr ausgehalten. Nach dem Mord an Hagen schlug Süßholz vor, den ›Todesfall‹ als Vorwand zu nehmen. Gerade sei ein Geschäftspartner unter tragischen Umständen ums Leben gekommen. Wer würde denn da auf Lieferung drängen. Naja.« Sie nickte in die Runde. »Die Zollfahndung arbeitet schon dran. Sicher werden wir auch noch mehr über die bunten Frösche erfahren. Schönen Abend. Man sieht sich.« Sie stieg in ihr Auto und fuhr davon. Eine Weile hingen alle drei ihren Gedanken nach.

»Paula ist so widersprüchlich«, murmelte Katinka. »Naja, Trauer hat viele Gesichter.«

Hardo zog die Augenbrauen hoch.

»Jeder von uns will Widersprüche wegdeuten«, sagte er. »Sie bringen uns aus dem Konzept. Wir wissen nicht, woran wir sind. Richtige Stolpersteine sind sie.« Er sah Katinka von der Seite an.

»Paula ist immer noch auf der Suche nach der Liebe, von der sie denkt, dass es die wahre Liebe ist«, seufzte Katinka. »Hagen gab sie ihr wohl nicht, und ob Michael Henz das schafft …«

»Tja«, sagte Cuno leichthin, »nach mehr als dreißig Lebensjahren kennst du immer noch nicht dein eigenes Gesicht – nur deine Masken.«

»Wo hast du das denn her?« Katinka boxte ihn in die Seite.

»Bin eben kein so ignoranter Knochen, wie ihr denkt«, sagte Cuno. Er ging zu seinem Campingbus. »Also, wenn du mich wieder mal brauchst«, sagte er leutselig und umarmte Katinka. »Du weißt, mein Bus liebt die Autobahn.«

»Vergiss nicht, Paula die Rechnung zu stellen.«

»Halte mich auf dem Laufenden, was sie so macht, ja?«, bat Cuno.

Ruf sie doch selber an, dachte Katinka. Ihr selbst graute schon vor dem Papierkram. Am liebsten hätte sie nicht einmal mehr an Paula gedacht, und was aus der *Handelsagentur Stephanus* wurde, war ihr von Herzen gleichgültig. Cuno stieg ein und hupte. Katinka sah den kleiner werdenden Rücklichtern nach. Hardo lehnte an seinem Golf. Sie wusste nicht, was sie tun oder sagen sollte. Sie wusste auch nicht, ob sie nach Hause gehen sollte. Alles schien ihr leer, so leer wie der Parkplatz an diesem trüben Herbstabend. Vielleicht war einfach nur eine von vielen Phasen ihres Lebens zu Ende gegangen. Eine Liebe war gestorben. Da, wo ihr Herz schlagen sollte, gab etwas Dunkles, Schweres den Rhythmus vor.

»Katinka?«, fragte Hardo leise, als sie vor ihm stand.

»Hm?«

»Ist alles in Ordnung?«

Blöde Frage, dachte Katinka, aber sie hätte auch keine bessere zu stellen gewusst.

»Ich fahre nach Hause«, sagte sie.

Er nickte nur.

Katinka stieg in ihr Cabrio. Sie würde es nicht noch einmal über den Winter bringen. Sie würde es verkaufen und sich ein richtig praktisches Auto zulegen. Sie drehte den Zündschlüssel und fuhr an. Im Rückspiegel sah sie Hardo immer kleiner werden, bis ihn die Dunkelheit verschluckte.

Sie dachte an Rilke. An den Schatten auf den Sonnenuhren und die losgelassenen Winde. ›Wer jetzt kein Haus hat.‹ Verfluchte Poesie. Sie fuhr schnell, hatte Hardo längst abgehängt. In Bamberg hielt sie direkt vor seinem Haus. Er kam zehn Minuten später und parkte gegenüber. Sie stieg aus dem Käfer. Um ihre Füße wirbelten die letzten Herbstblätter.

ENDE

Herbsttag

Herr: es ist Zeit. Der Sommer war sehr groß.
Leg deinen Schatten auf die Sonnenuhren,
und auf den Fluren laß die Winde los.

Befiehl den letzten Früchten voll zu sein;
gieb ihnen noch zwei südlichere Tage,
dränge sie zur Vollendung hin und jage
die letzte Süße in den schweren Wein.

Wer jetzt kein Haus hat, baut sich keines mehr.
Wer jetzt allein ist, wird es lange bleiben,
wird wachen, lesen, lange Briefe schreiben
und wird in den Alleen hin und her
unruhig wandern, wenn die Blätter treiben.

[Rainer Marie Rilke: Das Buch der Bilder, S. 42. Zitiert nach: Die digitale Bibliothek der deutschen Lyrik, S. 59027 (vgl. Rilke-SW Bd. 1, S. 398)]

Für Unterstützung bei den Recherchen zu ›Pfeilgift‹ danke ich Dr. Christoph Schindler (Institut für Neuropathologie, Bamberg).

Dank an H.

Dank an GH.

Weitere Krimis finden Sie auf den folgenden Seiten und im Internet: www.gmeiner-verlag.de

Friederike Schmöe
Fratzenmond

229 Seiten, 11 x 18 cm, Paperback.
ISBN 978-3-89977-675-1. € 9,90.

Privatdetektivin Katinka Palfy wird von der 76jährigen Ida Schenck um Hilfe gebeten. Angeblich schleicht allabendlich ein als der berühmte »Bamberger Reiter« verkleideter Mann um ihr Haus und jagt ihr Angst und Schrecken ein. Katinka glaubt zunächst an eine etwas zu üppige Fantasie der alten Dame, doch als sie sich im Garten auf die Lauer legt, wird Ida Schenck zur selben Zeit in ihrem Haus ermordet …

Friederike Schmöe
Käfersterben

323 Seiten, 11 x 18 cm, Paperback.
ISBN 978-3-89977-681-2. € 9,90.

Eine spektakuläre Verbrechensserie im kalten Bamberger Frühsommer: VW-Käfer werden rituell ›erdolcht‹ und in der Stadt ›ausgestellt‹. Die Polizei glaubt an einen Spinner, doch Privatdetektivin Katinka Palfy hat schlimmere Sorgen: Warum verschwindet ihre Freundin, die Wiener Bildhauerin Dani Zanini, kurz vor einer wichtigen Ausstellung? Und wer stellte den ›erdolchten‹ Spielzeug-Käfer vor Danis Haustür ab? Als Katinka einen Hilferuf von Dani erhält, sucht sie Rat bei ihrem kunstverständigen Vater. Doch Ignaz Palfy verheimlicht seiner Tochter etwas und bringt sie damit in größte Gefahr …

KRIMI IM GMEINER-VERLAG
Wir machen's spannend

Friederike Schmöe
Schockstarre

324 Seiten, 11 x 18 cm, Paperback.
ISBN 978-3-89977-710-9. € 9,90.

Jahresbeginn 2005: Privatdetektivin Katinka Palfy ist vom Pech verfolgt. Erst wird sie Opfer eines Anschlags, dann verschwindet ihre Beretta, um kurz darauf wieder aufzutauchen: als Mordwaffe in einem Fall ohne Beweise, dafür mit umso mehr Motiven. Katinka folgt der Spur in das mittelalterliche Städtchen Coburg, wo sie sich sehr zum Missfallen der dortigen Polizei in die Ermittlungen einklinkt. Diese führen sie zur Arbeitsstelle des Toten, einer Werbeagentur. Als die Detektivin erkennt, dass seelische Abgründe hinter scheinbarem Glück und beruflichem Erfolg klaffen, wird der Burghof der trutzigen Veste Coburg zur tödlichen Falle.

Friederike Schmöe
Januskopf

271 Seiten, 11 x 18 cm, Paperback.
ISBN 978-3-89977-737-6. € 9,90.

Im unterfränkischen Königsberg stürzt eine Frau in den Tod. War es ein Unfall, Selbstmord oder gar Mord? Dem neuen Klienten der Bamberger Privatdetektivin Katinka Palfy wird der mysteriöse Todesfall per anonymem Brief in die Schuhe geschoben. Noch rätselhafter ist allerdings der Mann selbst: Ewald Isenstein leidet seit einem Unfall an einer Persönlichkeitsspaltung, sein Innenleben ist unberechenbar. Katinka hält ihn für unschuldig, doch dann geschehen zwei Morde, und Isenstein hat wieder kein Alibi. Als auch ein Anschlag auf Katinka verübt wird, macht Kommissar Harduin Uttenreuther eine erstaunliche Entdeckung: Der Mörder scheint E.T.A. Hoffmanns *Die Elixiere des Teufels* »nachzuspielen«. Doch wenn das stimmt, wird es einen dritten Mord geben …

KRIMI IM GMEINER-VERLAG

Wir machen's spannend

Das neue Krimijournal ist da!

2 x jährlich das Neueste aus der Gmeiner-Krimi-Bibliothek

ISBN 978-3-89977-950-9 kostenlos erhältlich in jeder Buchhandlung

In jeder Ausgabe:

- Vorstellung der Neuerscheinungen
- Hintergrundinformationen zu den Themen der Krimis
- Interviews mit den Autoren und Porträts
- Allgemeine Krimi-Infos (aktuelle Krimi-Trends, Krimi-Portale im Internet, Veranstaltungen etc.)
- Die Gmeiner-Krimi-Bibliothek (Gesamtverzeichnis der Gmeiner-Krimis)
- Großes Gewinnspiel mit ›spannenden‹ Buchpreisen

KRIMI IM GMEINER-VERLAG

Wir machen's spannend

Alle Gmeiner-Autoren und ihre Krimis auf einen Blick

Anthologien: Mords-Sachsen 2 (2008) • Tod am Bodensee • Mords-Sachsen (2007) • Grenzfälle (2005) • Spekulatius (2003) **Artmeier, H.:** Feuerross (2006) • Katzenhöhle (2005) • Schlangentanz • Drachenfrau (2004) **Baecker, H-P.:** Rachegelüste (2005) **Bauer, H.:** Fernwehträume (2008) **Beck, S.:** Totenklang (2008) • Duftspur (2006) • Einzelkämpfer (2005) **Blatter, U.:** Vogelfrau (2008) **Bode-Hoffmann G./Hoffmann M.:** Infantizid (2007) **Bomm, M.:** Notbremse (2008) • Schattennetz • Beweislast (2007) • Schusslinie (2006) • Mordloch • Trugschluss (2005) • Irrflug • Himmelsfelsen (2004) **Bosch van den, J.:** Wassertod • Wintertod (2005) **Buttler, M.:** Dunkelzeit (2006) • Abendfrieden (2005) • Herzraub (2004) **Clausen, A.:** Ostseegrab (2007) **Danz, E.:** Nebelschleier (2008) • Steilufer (2007) • Osterfeuer (2006) **Detering, M.:** Puppenmann • Herzfrauen (2007) **Dünschede, S.:** Solomord (2008) Nordmord (2007) • Deichgrab (2006) **Emme, P.:** Ballsaison (2008) • Tortenkomplott • Killerspiele (2007) • Würstelmassaker • Heurigenpassion (2006) • Schnitzelfarce • Pastetenlust (2005) **Enderle, M.:** Nachtwanderer (2006) **Erfmeyer, K.:** Todeserklärung (2007) • Karrieresprung (2006) **Franzinger, B.:** Jammerhalde (2007) • Bombenstimmung (2006) • Wolfsfalle • Dinotod (2005) • Ohnmacht • Goldrausch (2004) • Pilzsaison (2003) **Gardein, U.:** Die letzte Hexe – Maria Anna Schwegelin (2008) **Gardener, E.:** Lebenshunger (2005) **Gibert, M.:** Nervenflattern (2007) **Graf, E.:** Elefantengold (2006) • Löwenriss • Nashornfieber (2005) **Gude, C.:** Binärcode (2008) • Mosquito (2007) **Haug, G.:** Gössenjagd (2004) • Hüttenzauber (2003) • Tauberschwarz • Riffhaic • Tiefenrausch (2002) • Höllenfahrt (2001) • Sturmwarnung (2000) **Heim, U.-M.:** Das Rattenprinzip (2008) • Totschweigen (2007) • Dreckskind (2006) **Heinzlmeier, A.:** Bankrott (2006) • Todessturz (2005) **Imbsweiler, M.:** Bergfriedhof (2007) **Karnani, F.:** Turnaround (2007) • Takeover (2006) **Keiser, G.:** Apollofalter (2006) **Keiser, G./Polifka, W.:** Puppenjäger (2006) **Klausner, U.:** Die Pforten der Hölle (2007) **Klewe, S.:** Wintermärchen (2007) • Kinderspiel (2005) • Schattenriss (2004) **Klingler, E.:** Königsdrama (2006) **Klugmann, N.:** Die Tochter des Salzhändlers (2007) • Kabinettstück (2006) • Schlüsselgewalt (2004) • Rebenblut (2003) **Kohl, E.:** Willenlos (2008) • Flatline (2007) • Grabtanz • Zugzwang (2006) **Köhler, M.:** Tiefpunkt • Schreckensgletscher (2007) **Koppitz, R. C.:** Machtrausch (2005) **Kramer, V.:** Todesgeheimnis (2006) • Rachesommer (2005) **Kronenberg, S.:** Weinrache (2007) • Kultopfer (2006) • Flammenpferd • Pferdemörder (2005) **Kurella, F.:** Das Pergament des Todes (2007) **Lascaux, P.:** Salztränen (2008) **Lebek, H.:** Schattensieger • Karteileichen (2006) • Todesschläger (2005) **Leix, B.:** Waldstadt (2007) • Hackschnitzel (2006) • Zuckerblut • Bucheckern (2005) **Mainka, M.:** Satanszeichen (2005) **Matt, G./Nimmerrichter, K.:** Schmerzgrenze (2004) • Maiblut (2003) **Misko, M.:** Winzertochter • Kindsblut (2005) **Puhlfürst, C.:** Rachegöttin (2007) • Dunkelhaft (2006) • Eiseskälte • Leichenstarre (2005) **Senf, J.:** Knochenspiel (2008) • Nichtwisser (2007) **Seyerle, G.:** Schweinekrieg (2007) **Schmitz, I.:** Mordsdeal (2007) • Sündenfälle (2006) **Schmöe, F.:** Pfeilgift (2008) • Januskopf • Schockstarre (2007) • Käfersterben • Fratzenmond (2006) • Kirchweihmord • Maskenspiel (2005) **Schröder, A.:** Mordsgier (2006) • Mordswut (2005) • Mordsliebe (2004) **Schuker, K.:** Brudernacht (2007) • Wasserpilz (2006) **Schneider,H.:** Ernteopfer (2008) **Schulze,G.:** Sintflut (2007) **Schwab, E.:** Angstfalle (2006) • Großeinsatz (2005) **Schwarz, M.:** Zwiespalt (2007) • Maienfrost • Dämonenspiel (2005) • Grabeskälte (2004) **Steinhauer, F.:** Menschenfänger (2008) • Narrenspiel (2007) • Seelenqual • Racheakt (2006) **Thömmes, G.:** Der Bierzauberer (2008) **Thadewaldt, A./Bauer, C.:** Blutblume (2007) • Kreuzkönig (2006) **Valdorf, L.:** Großstadtsumpf (2006) **Vertacnik, H.-P.:** Abfangjäger (2007) **Wark, P.:** Epizentrum (2006) • Ballonglühen (2003) • Albtraum (2001) **Wilkenloh, W.:** Feuermal (2006) • Hätschelkind (2005) **Wyss, V.:** Todesformel (2008) **Zander, W.:** Hundeleben (2008)